手机密码

刘倩儿◎著

中国文史出版社

目 录

CONTENTS

引　子

东临是一座美丽的海滨城市，也是全国文明城市。

习晓恬是东临市商业银行系统的一位普通职员，她与三位闺密大麦、满分、惠惠，私下号称四朵金花，她们性格不尽相同，却有着许多相投的志趣。她们因友谊走到一起，同欢乐，共风雨，彼此关心，互相爱护，姐妹情深。她们各有爱好，但都为习晓恬取得的每一次进步、每一个成绩而欢欣雀跃。

习晓恬也是东临市摄影家协会会员。她有三部国产品牌手机，她给起的昵称分别是花花、眯眯、泡泡。某天早晨上班，她在工作单位东顺区商业银行门前泊车时，不慎将手机泡泡掉到车下，弄丢了。经查看单位监控录像，发现手机是被一个老年妇女捡走的。晓恬与同事、朋友多次拨打泡泡手机，均提示已关机，只好打110报警。

在接下来的日子里，四朵金花以丢失的手机泡泡为线索，展开了一场轰轰烈烈的寻找手机兼私家侦破的活动。因为泡泡手机未设锁屏密码，导致在寻找手机的过程中，发生了一系列令人啼笑皆非的故事。全书内容精彩纷呈，摇曳多姿，故事真实感人，情节跌宕起伏，充满悬念，在看似周详琐碎的叙述当中，实则伏笔不断，前后照应。

书中人物刻画栩栩如生，各有千秋，独具匠心。

　　大花大麦工作敬业，成绩突出，同时又豪放热心，对几个妹妹关爱有加，体恤细致，极具大姐大风范；二花满分泼辣大胆，曾因一时迷惑致使婚姻亮起红灯，在姐妹们的劝导抚慰下及时悬崖勒马，重新步入生活的正常轨道；三花晓恬性情高雅时尚，爱好摄影、文学、音乐、绘画等等，是一个热爱生活、善良阳光的文艺范；小花惠惠正值青葱恋爱季，因囿于梦幻而恋上父亲辈分的男子，后遇上执着上进的青年才俊欧阳驰，在三位姐姐的合力助推下，一对有情人可望终成眷属。

　　还有关爱残疾人、热心公益事业、爱国向上的当代大学生亮歌；热爱文学艺术，思想坚定、有使命感的北漂族青年向贵北……

第一章　宋庄的诗歌书屋

一

公元二〇一九年。人间最美的四月天，轰隆隆地来了。

四朵金花微信群，在一个春光明媚的正午时分。

恬恬：我今天有点小不开心。（低眉揉眼睛的委屈表情）

惠惠：姐姐为什么？（疑问表情）

满分：怎么了我的恬恬？（张大嘴巴的夸张表情）

大麦：这又是谁招惹的你？说出来姐收拾他。是起明妹夫吗？还是？（两只水果伸出手臂互相拥抱的表情）

满分：怎么不说"哭吧，哭出来就好受了"？（坏笑表情）

大麦：满分，有点姐姐样行不？（木棒子敲脑袋的表情）

满分：这不是想让咱妹妹开心嘛。（笑得流出眼泪的表情）

惠惠：难道，我的姐姐又想起了泡泡？（小脑瓜顶着问号的疑惑表情）

满分：想泡泡？晓恬，想也不能不开心呀。马上打住！说好了要重新开始的。（着急擦汗的表情）

大麦：我相信我妹妹。晓恬，好好写你的小说。（拥抱的表情）

惠惠：我天天盼着看姐姐的小说呢。（一束芬芳的花朵表情）

满分：小说里有没有我们姐妹几个呀？晓恬你可要把我写

漂亮点。（一个丑女子捂嘴巴笑的表情）

惠惠：我也要漂亮。不对，我们四姐妹都要漂漂亮亮的。（吐舌头的表情）

"北漂弟离婚了。"众姐妹正你一言我一语，恬恬忽然在微信群中发了这样一句话，后面紧跟一个心碎的表情。

四个姐妹的小小微信群一下子变成了沉默的小湖泊。

短短的十数秒钟安静之后，姐妹们纷纷向习晓恬发来晕倒的表情，有微信自带的，也有个人自定义的。

北漂弟家在贵州，大名向贵北，出于从小对文学艺术的热爱，专科学校毕业之后做了北漂族一员，从遥远的贵州漂泊到北京，在通州的宋庄艺术家之乡开了一家小小的书店，名曰贵北北诗歌书屋，同时兼职送快递。

北漂弟本来是开心快乐的单身狗一枚，某天忽然遇见了慕名与别人一起来店里的、也就是后来的弟妹雨儿。

北北个子不高不矮，眼睛很大很有神。雨儿穿上高跟鞋与北北差不多一般高，眼睛没有北北的大，一笑弯弯的。

北北与雨儿两个人很快坠入爱河，不久进入水深火热阶段，面见了双方父母，没出一个月，领证闪婚，成了一个屋檐下的夫妻。

然后，但见这北北弟在微信朋友圈各种晒，各种秀，晒幸福，秀恩爱。

对于能有个安稳的家这件事，北北、雨儿双方家长都是举双手赞成，因为都老大不小的人了，终于有了定数，当然大家都是为他们投赞成票，并且送上祝福的。

恬恬自然也为北北与雨儿高兴。

这北北弟，一直是恬恬心目中的好男孩，有理想，肯努力，朴实、真诚，待人热情，与人为善。恬恬的诗歌不止一次被北北选入他与朋友主编的《贵北北诗歌书屋精选》，北北还为恬恬推荐贵州老家的刊物发表作品。

北北说，他在做一件正能量的好事，他想让恬恬的诗歌给更多的人送去爱与温暖，让阳光充满人间的天地。

这世界不缺少物质上的富豪，但缺少精神上的贵族。

在恬恬看来，北北虽然没有钱，不是富二代，但北北就是一个精神贵族，是值得现在的年轻人学习的，他不慕钱财，但精神富有。他用自己的文字与书画给人们送去精神食粮，用自己并不强壮的一双手给人们带来的是美，是爱，是勇敢，是坚持，是对梦想的不懈追求。

二〇一九年春节，在网络头条曾经报道过"一个北漂青年骑摩托车独行千里回家过年"的新闻，那条新闻说的就是向贵北。

近日，北北的书店搬迁了新地址。北北的朋友圈里，每天都有文朋诗友、书画爱好者去他店里的消息。只是再也不见雨儿的身影。

春节北北回老家时，恬恬就没见到雨儿同行。当时，恬恬以为可能是雨儿家这边有什么事情脱不开身，或者她要留下来照料店铺。最主要的，是恬恬以为雨儿可能在待产过程中，那可是不方便不适宜远行劳累的。当时，在微信上，恬恬为北北点赞，并称赞他勇敢骑行只身回乡的时候，也曾留言问过北北：

"北北，雨儿弟妹怎么不同行？"

或许是北北千里回乡的旅途太辛苦，没有更多精力了，又或许是太多的人在关注这个上了头条的小伙子，太多的人都在留言评论，他无法一一回复吧？所以，恬恬并没有看到北北的回话。她没再追问北北，只是默默地给他发了一个大大的红包，告诉他开心过年。

在北北启程前及行程中，晓恬一再嘱咐他一路小心，平安归家。

前些天，北北与朋友又在编辑新一期的《贵北北诗歌书屋精选》。恬恬这一次帮助推荐了全国各省市十几位诗人的作品。这本倾注了北北很多心血的书就要付梓了，但还需要作最后一次校对。

这时，北北的新书店也刚刚挂牌开业。

他的新诗歌年选，他的新书屋，那么多的人在关注北北，有吃瓜群众，也有粉丝，他的朋友圈有些霸屏了。

恬恬为北北点赞。她看到有那么多的文艺青年来往于北北的书屋，她真替他开心。

可是，她又想起了什么，仿佛有一些缺失的东西。对，是那个雨儿好久不见呢。于是，她在微信对话框里找到北北，给他留言：

"北北，怎么许久不见雨儿弟妹？她回老家了吗？还是在待产？还是你们俩怄气了呢？"

"北北，新书店布置得很好！为你点赞。"

然后，恬恬发去一个"忙碌的日子要照顾好自己"的表情图片给北北。

接下去是沉默。是北北没有看到吗？还是在犹豫？他有什么为难的地方，不愿提及，不便于开口告诉恬恬吗？

"离婚了。"不知道过了多久，收到的是北北回复这三个字。没有标点，没有表情。

"好好的，蛮幸福的。怎么就任性了？"恬恬在许多个没想到的惊讶之余，这样问北北。

"幸福？"这是北北回复的话，两个字，一个问号。

"看你常晒，感觉你们很幸福。"恬恬想了想，又加上一句，"你那么在意她，觉得你非常喜欢，非常爱。"

"离婚半年了。"五个字，一个句号。不知道北北写下这几个字时，又是怎么样的心境与表情。

保密工作做得这么好，习晓恬竟然不知道，还没有觉察出来！幸好恬恬不是眼镜一族，不然，不惊掉眼镜才怪！

"莫非她对你不够好？"恬恬有的其实不只是这一个疑问。

"非常好。"北北的这三个字发过来时，让恬恬不知做何思考。

既然是对他好，那么一定是出在别的问题上了。而到了如今，也就是现在，恬恬正写着《亲爱的手机》这部小说的此刻，她认为北北的这三个字更像是反语，这样才更贴切。

"宁愿一个人孤单，宁愿是一个不要强的笨女人，也好过心痛的感觉。"这是北北说的，"在爱情里受的伤，我们让彼此无法继续走下去。"

原来是雨儿的强势将婚姻的围墙弄倒了吗？婚姻是需要两个人相互扶持、相互包容的，一味地任性不可以。

北北，请你坚强，试着忘掉过去的伤，好好地生活。如果你们可以从头再来，那么下一次，请你们一定好好珍惜；如果没有回头的可能了，就请阿弟好好向前走，会有更美的风景在等着你的。

北北，有我们大家在，你不孤单。

二

二〇一六年的十月，有一串难忘的日子。

那时，恬恬在北京参加了一个小亲戚的婚礼。

婚礼的场面非常隆重，既有仪式感又很热闹。在主持人颇具煽情的语言漩涡中，随着婚礼仪程的进行，一对新人站在舞台中央，表达着各自对恋人的爱，对双方父母的感恩。此时此刻，像恬恬这样感性的女子，就只有跟着在场的一些亲朋好友不停地落泪了。

参加完婚礼后，恬恬的儿子——刚刚就读于北京某大学的帅气男孩亮歌陪着恬恬去天安门广场，去北京市劳动人民文化宫，去香山，游览驻足，完成又一次对北京城神圣、崇高、壮美的认知。随后，他们去了雁栖湖，为的是探访那里美丽的爱情传说，为的是观赏那一带秀美的湖光山色，体验山水与人文之间的感动。

"恬恬姐，到宋庄来做客吧，宋庄欢迎你！北北期待中。"这是恬恬还在游玩中，北北发来的微信消息。

那时的北北还是一个无牵无挂的单身贵族，那时他的身边还没有雨儿姑娘。

宋庄，那个全国驰名的艺术家汇集地，恬恬也真心想亲临观瞻呢。

备上两袋子水果，恬恬还是由亮歌陪同，坐着让她没有方向感的地铁出发了。

抵达宋庄，已是暮晚时分。

出了地铁，恬恬与亮歌朝着贵北北诗歌书屋的方向一路步行，一边走一边沿途欣赏这个令太多文艺梦想者向往的地方。

是的，这个别具风格的宋庄，不仅有鳞次栉比的书画廊、艺术室，陈列着琳琅满目的书法作品、绘画作品，有光看名字就很文艺范的客栈、饭馆，摆满了雕刻、泥塑、彩陶、书法、绘画等文艺作品，还有恬恬即将亲临的贵北北诗歌书屋。

在北北的书屋门外，终于见到了站在那里焦急等候着恬恬到来的向贵北，那个有点腼腆的大男孩，还见到了诗人闵旭、画家季然等几位文艺界朋友。

在北北与他朋友的引领下，恬恬与亮歌先是参观古朴而又具现代先锋味道的诗歌书屋。

忽然，不知谁说了一句话："习晓恬，请你为我们的图书做代言吧。"

"好啊！晓恬姐，你特别适合做我们的书模！"北北热切地说道，他马上也在跟着提议，"拍出照片来，漂亮的姐姐一定会更漂亮。"

然后，就有人将自己的书递到恬恬面前。盛情难却，说的就是这种情况吧。北北的《在宋庄漂泊》、季然的《善良是我》、仡佬族青年闫旭的《无言之旅》，还有一些别人的书，恬恬一本一本接过来，一阵手机拍摄键响过之后，美轮美奂的书模照片就横空出世了。

那一晚，坐在书店北面的小小会客室中，大家一边吃着恬恬带去的水果，喝着北北泡的他从老家背来的山茶，一边聊着种种关于文学艺术、关于生活的话题。

时间过去得很快，转瞬夜已深。

当恬恬与亮歌离开书屋，还在返回北京市内的路上时，北北发了朋友圈，并配文字介绍：东临市著名女作家习晓恬亲临贵北北书屋，与文朋诗友亲切交流畅谈。还配上了亮歌用恬恬的手机为他们拍的合影，以及恬恬手捧北北诗集的照片。

再后来，北北的几位朋友都将自己的书及恬恬作书模的照片发在各自的微信朋友圈。一时间，仿佛恬恬成了网红，吸粉无数，留言纷纷：

"可盐可甜！非常棒！"

"习晓恬，真心好帅！"

"明明可以靠颜值，偏偏还要那么有才华。"

宋庄之行给恬恬留下了久远的印象。

记得北北书屋门前有一个老旧的水缸，水缸里养着一株莲花，三两片碧绿的荷叶睡在里面，两朵小荷亭亭而立。陪伴北北生活的那只猫，一会儿上了条形长凳，一会儿爬到水缸旁的木板上，一点也不怕生人。

最让恬恬震惊的是北北书屋的书架上方，赫然摆着鲁迅先生的大幅画像，这个小小的不经意的布置，却让恬恬记忆深刻，感慨良多。

北北同学是一位心怀正义、有使命感、懂生活、有思想的好青年。如果，有一个能与他同呼吸、共命运的女孩来陪伴，北北就不会有孤独的夜晚了。

后来，雨儿出现了，北北真的不孤独了。可是现在，孤独重新回到了北北身边。

"北北，看开了就好了。心宽才能体胖，身心健康最重要！"（大麦）

"爱拼才会赢。好女孩在等你！北北，我挺你！"（惠惠）

"来东临市吧，北北。姐姐我负责介绍女朋友给你。"（满分）

大麦、满分、惠惠三个姐妹转来微信留言，托恬恬务必捎给向贵北。

"北北童鞋，加油！"最后这一句，是恬恬坐在夜晚的灯光下，写给向贵北的。

从此以后，恬恬若有空闲，就会在微信上或者在电话中找雨儿姑娘谈心，也会找北北聊一些心得。她想：如果北北与雨儿还有复合的希望，那么她就要促成这桩好事。让两颗年轻的心都不再孤单。

春天来了
我想你
这是我花红柳绿的心事

我一直站在有阳光的方向
停靠在你的柔波里
以一个朝圣者的姿态
认真地，为心底的信仰做祈祷
并且在一个远大的愿景里

歌颂和平、美好

我的星辰大海是你
我的朝朝暮暮是你
你是我的自由
我的梦想，我的幸福
你是我生命里最清澈的召唤

　　这是习晓恬从自己已经出版的书上摘抄的诗歌，适合年轻人用以表达人生中的爱情、喜悦和希望。

　　现在，恬恬将这温暖明亮的诗句，以及新一期《贵北北诗歌书屋精选》、贵北北诗歌书屋新店面等图片发到她的微信朋友圈，为的是安慰贵北北、雨儿姑娘和她自己，以及所有生活中经历过或正在经历着失意和不快乐的朋友。

第二章　来自小山村的书信

一

时隔多日。春潮涌动的三月早已华丽转身，四月也即将成为过去式。五一劳动节就要到了。辛勤工作在各个岗位上的人们都面带喜悦，企盼着那个光荣的节日美丽出场。

这一天，一封来自那个遥远的扶叶园小山村的书信，寄到了习晓恬的手中。

晓恬：你好！

工作一定很忙吧？知道你在城市里，生活节奏一定很快。

给你写这封信，你一定意外。我也是很意外，又在意料之中，所以写这封信。

晓恬，是你那个叫简红麦的姐姐告诉我，我才知道，每年给我们小学寄来一万块钱资助费的人就是你。晓恬，你为我们学校做得太多了，谢谢你！我代表学校的全体师生感谢你！

晓恬，你小时候在咱们这个小山村生活过，那时候，我就知道你是一个好孩子，不嫌弃山里穷，跟你的一妈阿婆像亲娘俩一样。自从阿婆不在了，你也还是年年回来，还帮助做义工，还关心盼盼和她的奶奶。你真是一个好孩子啊！是个大好人！

晓恬，国家对贫困山区实行了许多帮扶政策，你也看到了，现在咱们山里比以前好过多了。

晓恬，大叔给你鞠躬了，谢谢你惦记咱山里这个家！

晓恬，今年有空再回来啊，孩子们想念你，大家都想念你！

此致

敬礼

昌吉大叔

2019 年 4 月 18 日

恬恬一个电话打到大麦手机上，直接问话："亲爱的姐姐，我收到了昌吉大叔的信，是你告诉他的吗？"

"嗯，妹妹总是做好事不留名。我想雷锋也是有名字的哦，所以。"大麦笑了，如实招认。

"所以今年你就供认不讳了？"晓恬拿这个姐姐真心没有办法。

"助人为乐本身就是好事，大叔知道了就知道吧。今年替你往那个扶叶园小学汇款的时候我写上了你的名字。电话还是我的。那个老校长昌吉大叔就来电话追问我真实情况。因为以前都按你说的，只说是一个慈善家大款寄的，人家不需要留下名字。今年我就实话实说了哦。别怪姐姐！"大麦笑着耐心陈述事实，态度诚恳真切。

既成事实，而且从接到昌吉大叔的信开始，习晓恬就已经接受了。

"嗯，好吧。我不会怪你的，好姐姐。"习晓恬知道姐姐一片良苦用心，她温婉地笑着说，"大叔还邀我今年回去哪，如果可以，你和惠惠、满分都跟我一起吧。"

"好妹妹，如果可以，我当然乐意。你小时候被家人发配去的那个又贫穷又落后的小山村，我真心想看看到底什么样子。"大麦的话很真诚。恬恬童年到底经历过怎样清贫又简单快乐的生活呢？

"怕是会让你失望了，想知道从前的样子，看我写过的回忆性文章就OK。"恬恬边说边笑，"现在的山村不是当年的旧模样，你跟我回去就怕会流连忘返啦。"

"那当然好，那我就不回来了，把你姐夫扔掉！从此隐居山里。"大麦开起了玩笑。

"怎么？要当现代版女陶潜呀？"恬恬打趣大麦，"你舍得吗？"

"舍得，当然舍得。有一舍必有一得。"大麦继续发挥语言哲思。

"听来好生动！"晓恬知道大麦在开玩笑，"姐姐，你有闲，你任性！好啦，不跟你闹了，我在工作。"

"哎恬恬，你先别挂电话。"大麦有些着急了，她对着晓恬这端说话的声音忽然加大了好几分贝，"我还有话没说呢。"

"怎么？"晓恬不明所以了，将要按下红色通话结束键的动作，又停了下来。

"你还记得我转发科创板的新闻吗？"大麦这样问了恬恬一句。

恬恬立刻想起了在证券部门工作的大麦曾在四朵金花群里转发的那条科普微信：

科创板作为上交所新设立的独立板块并试点注册制，

将优先支持符合国家战略、拥有关键核心技术、科技创新能力突出，具有较强成长性的企业，代表了一种变革和创新，整个中国资本市场将变得越来越市场化、法治化……

"知道的，我也是每天关心国家大事、关注国家新闻的好公民啊。"恬恬以为自己的理解非常正确，不假思索地就回答了麦子姐姐的问话。

"可你忘记了另一样事。"大麦说的是另一件事？

"什么事？"恬恬并不懂大麦要说什么。

"你每月定投的理财，会因资本市场的利好而获得收益。"原来大麦说的是这个。

"嗯，我知道。"恬恬在银行工作，当然懂得理财收益会因股市的向好而向好。

"你才不知道。"大麦抢过话头，"你的收益多了，你资助扶叶园小学的钱就不至于全都靠你节省工资了。会给你减轻不少负担的。"大麦用加快了节奏的语速，说出了她真正的本意。

哦，原来大麦发科创板新闻到四朵金花微信群里，并提示晓恬看，以及大麦说股市利好与理财收益的话，是她由大家想到了小家，她在替她的晓恬妹妹着想，真的是贴心贴肺的好姐姐！

晓恬又开始了手边的工作，在她的心中，不禁生出许多美丽的愿景。

二

太阳洒下的光，有着浅浅淡淡的金色，恰好与这新的一年一派崭新喜乐的景象相合。暖意被天上的白云驮载着，慢悠悠地从人们身边运送到远方去。

手机花花的铃声响了。是亮歌来电。习晓恬点开绿色接听键。

亮歌愉快的声音传过来："妈咪呀，在做什么？"

"浏览新闻。关心国家大事。"恬恬回答道，语调是轻松愉悦的。

"嗯，好习惯。"亮歌这小子以一种评判的口吻说话。难道他们这个年龄段的孩子都喜欢用貌似成熟的语气跟大人讲话吗？

"你妈妈可不是浑浑噩噩的人。"恬恬也是心情不错，"宝贝，昨晚看体育频道，中国男篮又赢了。前一天女排也赢了。"

"我知道的。我也知道我有一个爱国的妈妈。"亮歌故意拉长声音，显得有点贫。

"那是当然。"恬恬不在意亮歌的语调，只当是他跟母亲赖皮。她接着亮歌的话说道，"可是生活中就有那么一些人，一旦问他假如面临外敌入侵会不会投降？他马上说投降。我最讨厌这种没骨气没出息的人！"

"我给妈妈点赞。"亮歌语气笃定。

"宝贝，嫦娥四号在月球上与玉兔二号相会了。"恬恬面带喜悦地又说了一条新闻。

"知道的，妈妈。'厉害了我的国'，网上都在这样评论。作为大学生，有谁不知道中国科学技术的这个伟大壮举呢？"亮歌这男孩子，也是爱国之心满满。

"宝贝！"晓恬忽然想起一件事情，她温柔地唤了一声儿子的爱称。

"嗯，亲爱的妈妈，又有什么谆谆教诲吗？我在听。"亮歌不知道，他那喜欢突发奇想的妈妈又要谈些什么。

"宝贝，你们的大学生爱心献血部进展得怎么样了？就是有一次你说的要组织学生为红十字会创办的那个部。"当习晓恬想起这个重要话题时，她必然会询问自己的儿子。因为在她看来，那是一件非常光荣的事情。

"妈妈放心！已经组织成功了，而且也成功组织了我们学校大学生首次献血活动。学院领导特别重视，还专门召开校会表扬了我们。"亮歌的回答令恬恬满意。

男人，就是要做出一番造福社会、为百姓谋福利的事情。这是习晓恬对亮歌给出的人生定义。

"你发朋友圈了吗？"恬恬问道。

在亮歌的微信朋友圈，习晓恬并没有看到过有关他们爱心献血部的消息。

"没发。等一会儿我发。"亮歌回答。

"你们做的是公益事业，是公德善举，真让妈妈感到骄傲。宝贝，我以你为荣！"这是一句来自习晓恬心底的真情话语。

那天晚上，亮歌把他们爱心献血部几位成员及组织大学生献血活动的照片发在了微信朋友圈。

习晓恬为亮歌与他的同学点赞，并写下了评语："上善若水，大爱无疆。为你们的义举与大爱点赞！"

习晓恬也将亮歌他们的爱心链接转发在了自己的朋友圈。大麦、满分、惠惠三个姐妹以及家人、朋友、同事、同学都纷纷点赞，并留言称赞年轻人的大爱情怀。

那是一群朝气蓬勃的莘莘学子，脸庞上洋溢着属于他们那个年龄段的神采，青春、坚定、热情而美好，他们是早晨八九点钟的太阳，是国家与未来的栋梁之材，是春天，是曙光，是希望，是前辈们一声声深情的呼唤。

"我的妈妈是一个思想单纯的人，单纯即爱国。"这是亮歌给习晓恬做出的评价。有时，习晓恬会从记忆里把这句话翻找出来，想一想，亮歌这么说对不对。也会想起自己曾经写过的一首诗《莲开时节知音来》：

莲，是一位好看的素女子

我教她吟诗作画、唱歌跳舞

还教她爱国，爱家

告诉她别学某些不可一世的人

空有着虚假的勇敢

侵略者来了，扑通一声就会跪下

最后还落个被人家一枪打死的下场

要做就做个有气节的人，这不分男女

莲夸奖我外表与思想一样单纯

等到七老八十了，还会是一副少女模样

而她的季节是随时令走的

过了夏天，她就回去了

我说，喜欢莲古典又现代的韵味

我们是最知心的朋友

生如夏花之绚烂，死如秋叶之静美

一直是我崇尚的

等到有一天，我必须离开俗尘

就随着莲的香魂去了

这首从时光里淬炼出来的诗句，既具有穿越感又有幻想味道，还带着隐喻性质的幽默，是一种真实可感的人生体验与心灵表达。而那句亮歌给恬恬总结的评语，既有趣味又蛮有深意。

三

的确，习晓恬有一个习惯，就是每天早上起来，都会阅读手机上的早间新闻播报，上班的路上，也会收听中央人民广播电台的央广新闻。

按照几个姐妹的调侃说法，就是：我们的习晓恬同志位卑未敢忘爱国。

玉兔二号巡视器与嫦娥四号着陆器接受光照先后完成自主唤醒。两器成功经受月球背面极低温考验，安全度过首个月夜；

交通运输部：网约车安全是政府和企业必须共同遵守的底线；

江苏苏州一退伍军人办"雷锋修车摊"已27年，每天都义务为部队官兵、残疾人和困难市民修车；

某省出台方案：将为农村特困老人和高龄、留守老年人提供日间照料，短期托养等服务；

雾霾治理要一微克一微克地扣，北京2020年公交车全部改为电动公交车；

工信部：今年将降低移动资费20%以上，实现所有用户自由携号转网；

央行：强化对个人征信信息的保护，强化征信监管；

人类第六感首次被证实：人脑具有磁场感应能力；

银保监会批准筹建首家外资养老保险公司；

教育部：严禁宣传中高考"状元"和升学率；

网信办：短视频平台6月份要上线青少年防沉迷系统；

······

这是习晓恬在不同时间段浏览过的手机新闻。

习晓恬会收藏一些与自己生活息息相关的重要新闻，这俨然成了她的一种习惯。当亲爱的手机泡泡离开她之后，尤其是关于手机、互联网、通信、高科技、公益事业等新闻，她都会首位收藏，过后，还会时常翻找出来再看一看。

正是这些新闻，让晓恬更及时地了解到我国在发展过程中以及在国计民生方面取得的长足进步。

以前泡泡在的时候，习晓恬大多时候是通过泡泡阅读时事新闻的，自从泡泡远去，她只能用花花与眯眯来阅读想了解的各种新闻。

对于泡泡的失踪与找寻，恬恬鼓励自己更清醒一些，更客观一些，不作道德绑架也不退缩悲观。她一直相信：时间在一路向前，生活也在不停运转，幸福的摩天轮近在咫尺，与自己只是一个转身的距离。放下消弭意志、患得患失的过往，摈弃人性的弱点，积极推进光明，阳光就在前方。所以当那个老太太王连芹捡到手机泡泡却不肯归还，她的外孙齐良来找晓恬说抱歉时，晓恬选择的是宽容、谅解与放手，是真诚的鼓励与叮咛。

红尘之上，芸芸众生，人海茫茫。谁会与谁交集？谁会笑到最后，才最好看？

在一个幸福的国度里，生活的大舞台首先确定了你的生活基础就是幸福，那么，一个人更多的快乐与否，幸福与否，谁来买单？答案是：你自己。所以她告诉亮歌，告诉贵北北，告诉大麦、满分、惠惠，告诉那个男孩子齐良，告诉生活中她所能接触到的每一个人，请善待自己的同时，更要善待他人，那么你将获得更多的存在感、归属感，幸福指数会不断上涨。

第三章　锁定目标

一

　　当习晓恬拨打110报警电话的时候，还是抱着能找回手机泡泡的幻想的。

　　"你好，110接警中心！"是一个年轻女接警员的声音。

　　"110吗？我要报警。"此时的习晓恬，尽量让自己的语气平静一点。

　　"你在哪里？请你说明情况。"接警员问话专业。

　　"是这样的，今天早晨八点二十三分，我在来宝利广场北侧的东顺区商业银行门前把手机弄丢了。"晓恬简单地陈述了事情发生的经过。

　　"确定是来宝利广场吗？"接警员问道，紧接着又说，"那里归属宏兴派出所。"

　　"是来宝利广场。"晓恬确定地回答。

　　女警员立刻说："好，来宝利归宏兴派出所管辖，我帮你转过去，一会儿他们会给你打电话的。就是这个电话吗？"

　　"是的。"晓恬回答道。

　　"请您保持电话畅通。"女警员最后以熟练又显关切的语言结束了本次通话。

几分钟后，习晓恬的手机花花响了。真的是宏兴派出所打来的电话。她今天带的是花花、泡泡这两款手机，泡泡不见了，花花成了唯一。她向宏兴派出所接警员讲述了事情的经过。

"你这种是属于遗失案件，不归我们管，归法院管。"这个接警员是个男人，说话语气很重，很笃定。

"为什么？上法院，一定要那么复杂吗？"习晓恬一听，很是吃惊了，"我的手机里面有许多重要资料。我没有设置手机锁屏密码，所有的资料都可能被不法分子直接窃取利用的。"习晓怡继续焦急陈述，"我手机上还有银行工作的微信群、App，有我自己车辆的控制软件，有我的私人图片、信息。一定要上法院吗？"

男警员以非常肯定的口气解释："那都是你自己个人的客观情况。你已经确定手机是自己丢的，不是人家偷的、抢的，是被人捡走了，你已经看过监控录像确认是谁捡的了。这不是刑侦案件，就是属于遗失案件。遗失案件归法院管，听明白了吗？"男警员的解说很专业，很内行，说到最后，声调也轻松了许多。

"听明白了，可是，可是我怎么办呢？"晓恬问得无可奈何。

"你可以来派出所看一下你们那个小区的监控，进一步确认一下捡手机的人。"男警员又补了一句。或许由于恬恬的语气太恳切，又太失望，让他有些于心不忍吧。

"你们那里有我们这个小区的监控吗？"晓恬提起一点精神，这样问道。

"有，你来吧。"男警员确定地回答。

"好，再说吧。"晓恬最后说道，"先这样。谢谢！"

打完报警电话，同事们都围着习晓恬纷纷询问，大家你一言我一语，替她着急。

"怎么样？警察说啥了？"冉亮急切地问。

"给找吗？"安家成经理在一旁盯着晓恬打电话，这会儿，他问了一句。

"不管，让找法院。"晓恬无奈作答。

"那怎么办啊？"陶思梦太年轻了，立刻显出了一脸的茫然。

"警察不管？说不过去呀！"冉亮是个爱打抱不平的热血男儿，他说出了所有人的不解。

"就是啊，警察是干什么的呀。说不管就不管了？"吴友泉大哥接话了。

"警察说了，我这是属于物品遗失，不归他们管，归法院管。"晓恬无力地向大家解释。

在场的人一下不作声了。怎么局面会是这个样子？

"他们有这个广场的监控录像，说可以去查看。"晓恬的声音低下去，她此时不知如何做才好。

"咱们的监控录像清清楚楚摆在那里呢。"友泉大哥不满地说，"他们说不管，却说给看监控录像，算什么玩意！"

"他们不给找，咱自己找。"保安丰永录这时走过来，年轻气盛地说了一句打气的话。

"晓恬姐，你就去派出所，就找警察，当面直接报案，看他们怎么说。"冉亮大声地说。

"你去派出所试试，不行再想别的办法。"友泉大哥也转了话头，"就不信捡手机的老太太跑了和尚还能跑了庙哪。"

"恬恬姐，咱看看派出所的监控录像，再跟警察好好说说，说不定又同意给找了呢。"陶思梦有着女孩子统统都有的幻想症。

不再是幼稚女生的习晓恬也有幻想症，这可能是女子的通病。问了几位闺密，她们统统同意晓恬去派出所实地报案，哪怕看一下监控录像也可以，也好进一步确认事实真相。然后，咱们再寻其他之策。

"家成经理，我请个假，去派出所。"习晓恬决定还是去一趟派出所，或许还会有一些转机，或者可以发现一些线索。

安家成从监控室回到办公室没多久，习晓恬就敲门进来找他请假了。

"好，你去吧。好好找。"安经理很人性化。

习晓恬没有再耽误一分钟，她即刻出发了。

二

到了宏兴派出所，晓恬急步走进去。"为人民服务"的标语与威严的警徽，醒目地标识在正对着大门的墙上。可以看到三两名穿着制服的警察在过道里经过。

迎面一名眉毛浓黑的警察看到了习晓恬，马上警惕地问："你要干什么？"

"我打110报警了，说我可以过来看监控录像。"晓恬说明了情况。

"到值勤室，等下接电话的警员会过来。你跟他说。"黑眉毛警察一脸的严肃表情。

值勤室内，挨着门的整面墙上是大大的警徽标志，对面的墙上则是一幅挂图，图中密密麻麻的线路标识，是宏兴派出所管辖的区域划分，北面墙上张贴着值勤民警的职责、任务，南面是两大扇窗户，窗户以上的墙体部分写着一条标语：忠于职守、为民服务、警民携手、共筑和谐。几张办公桌摆在地面居中位置，桌上四台电脑，屏幕是开放状态的，那上面是辖区内各个路段的监控视频，这应当就是电话里那个警官说的可以来查看的监控了。

此时，两个面色焦急的人正由一名小个头民警指导着，查看一个监控画面。听他们谈话的内容，也是手机丢了，时间是前一天夜里十点，他俩喝了酒，在一个路口从出租车上下来，其中一个人回到家后发现手机不见了，不知是不是掉在了车上，他们忘记了看车牌号。

听见民警正在对他们说，你看吧，这个时间段有四辆出租车经过这个路口，你们能确定是其中哪一辆吗？你们要找哪一辆？

几分钟后，一名体型粗壮的警官走进值勤室。那位黑眉毛警察和他一起进来的，并示意习晓恬就是那个报警的人。

晓恬走上前，说道："你好，我是早上打110报警的居民。"

"我是给你打电话的值勤民警，我姓郝。"粗壮的警官说明了自己的身份。

"也给我看看监控录像吧。"晓恬没有说别的，只说录像。

"好。"郝警官开始把一个电脑的录像图做调整，不一会儿，来宝利北侧商业银行门前的画面出现了。

"时间是几点？"郝警官问道。

"八点二十三分。"这个时间点已经深深烙印在习晓恬的脑海中，挥之不去。

"咱们把时间往前调一点，看一下。"郝警官表现出应有的职业性耐心。

派出所的录像镜头是从来宝利广场东南面拍摄的，视野比银行由北向南拍摄的那个录像偏了一些，不过还算清楚。

不一会儿，一个戴着白色毛线帽、围着花格围巾、鸭蛋青棉服、白套袖、白线手套的老年妇女出现在录像里。她从广场东面的垃圾桶边走过来，直穿环形过道，走上这边的广场。她胳膊上那个蓝白条纹相间的大编织袋子相当醒目。只见那个老太太径直向银行前面的小路走去，很快到了银行门前。忽然，她加快了脚步，直接奔习晓恬的车左前方走过去，走到车跟前一猫腰，把一个东西捡起来，然后急匆匆地经过银行门前，朝广场西面走去了。

就是她了，这一系列镜头与晓恬他们银行的录像叠加在一起，正好相吻合。

"就是这个人，只是没有我们银行的视频清楚。还是不能帮我找手机吗？"晓恬有些心急，不知怎么表述才更好，"不都说有事就打110，找人民警察吗？我是在你们辖区内弄丢了手机，可你们不管。我不知道该怎么办了。"

"电话里我已经说得很明白了，你的手机是自己遗失，是被那个老太太捡走了，不是偷，不是抢，我们没法刑侦立案。"郝警官说的话听起来是挺专业的，但给晓恬的感觉似乎缺少了点什么。

郝警官个头一米七多一些，说话时眼睛睁得大大的，看上去精神头很足。可能是长期从事警察工作的缘故，必须时刻保持足够的清醒吧。

"还是只能找法院？"晓恬无望地问。

"你也可以自己先找找。"郝警官回答。

"找法院多费周折，一个找手机的小事，还要经过法院判决吗？你们就帮忙找一下不可以吗？我找法院告谁呀，我只知道是那个老人，还不知道她住哪里，叫什么名字。"晓恬还是想争取警察叔叔的同情。难道郝警官缺少的是同情心，是人情味吗？

习晓恬就像一个弄丢了玩具却无计可施的孩子，她不知道用什么方法才能把玩具找回来，她的心头逐渐变得沉重与压抑，有一种说不出来的无奈、感伤、急切、心慌。但是，也许是人的本能使然，在习晓恬的心里，失望之中又满含着热切的希望。她多么希望能够找回亲爱的手机泡泡。在那一方小小的心田上，她依然幻想着她亲爱的手机可以尽快回到她的手上，重归她的身边。

尽管晓恬与郝警官说着想争取警察叔叔帮助寻找手机的话，心中却不免越来越没有底气，对警察叔叔所抱的希望也越来越小。

一阵手机铃声在执勤室里忽然响起来。是习晓恬的手机，那个幸存的手机花花有电话打进来了。晓恬马上接听，她也看到了来电人的名字。

"恬恬呀，你在哪里？我过来看你，看能不能帮你找找手机。"是大麦来的电话。

大麦是四个姐妹中最沉稳冷静的，虽然极少出现，但只要有她在，就能给人一种安慰，无论事情成功与否，那种稳定军心的安抚感觉真的好舒服。而此刻的习晓恬是多么需要有人来给她安慰、帮助与力量啊！

"麦子姐姐，你快来，我没有办法了。"晓恬此时向自己的知心姐姐说出的话，是发自内心的无助又无措。

"我在路上，告诉我你在哪里。"大麦的话语，是给晓恬力量的温暖。

"宏兴派出所。"恬恬委屈的声音传入大麦的耳朵。

"你不是在微信上说他们不管吗？"大麦微微扬声问了一句。

"是，让找法院。"晓恬的委屈在升级。

"别急，恬恬，我马上与你会合，我们一块想办法。"大麦赶忙放缓语气，柔声地说。

"好的。"这时，晓恬边跟大麦通着电话边向外面走。

晓恬明白，再留在这里也没有大的必要，派出所已经有了不给找手机的充足理由。

"你先回去，先找到那个人再说。"在晓恬身后传来了郝警官的说话声。

晓恬径直向派出所门外走去，没有回应郝警官的话，她也没有心情回应，或者说，她已经没有了回应的力气。

大麦今天刚从深圳参加证券业务研讨会回来，还没回单位，就向领导告了个假，说有事先去处理一下。领导对偏爱的能干员工一向是仁慈加照顾的，当然，大麦说请假就给假了。

在宏兴派出所门外，大麦与恬恬见了面。她们俩商量了下一步方案，决定先去来宝利的物业管理处，看看在那里能否寻求到一些帮助。大麦开车，恬恬只管坐着就好。大麦不让晓恬开车，是怕恬恬有心事，开车不安全。

姐妹两个人都清楚，假如真的走法律程序，法院是要证据的，你想告，告的是谁，证据确凿吗？况且，法院的案件是按程序办理的，那个程序不会是三天两天那么简单。

况且，恬恬真心不想走到法院那一步，一个七老八十的妇人，因为一个手机而被抓、被逮捕，甚至判刑，那是多难受的一件事！能够以晓之以理、动之以情的方式解决，何必非要剑拔弩张？

三

来宝利小区的物管处就在来宝利广场东南方向、来宝利小区五期的一幢办公楼里。从很远处，就可以看到那块醒目的牌子：来宝利物业。

大麦与晓恬说明了来意，接待员小张姑娘到里面去找值班领导。

"丁主任，外面来了两位女士，她们手机丢了，想让咱们帮看看捡手机的人是不是咱小区的，她们手机上有监控录像。"小张垂手站在她的领导丁满业办公桌前，脆声汇报。

听了小张的汇报，丁满业有些吃惊，他那双单眼皮的不大的眼睛眨了眨，愣了一下神，他在这个小区当物管办主任有一段时间了，还是头一次遇上这种事。

下一秒钟，本来正在办公室写工作总结的这位丁主任马上放下手里的活，从座位上站起来，向外走。

"我是这里的主任丁满业，刚刚听小张说你们要找手机。这个我们一定配合你们。"丁主任满面笑容地走出来，主动上前打招呼，"放心，你们的事就是我的事。而且我也绝不容许在我们管辖范围内，有哪栋楼的哪个居民捡了业主的东西不归还的。那成何体统？！那不像话的喽！"

从一见面他的话就没停下来，看起来，主动热情的丁主任，应当也是一个热心敬业的人。他有很明显的异乡口音，说出的普通话有些生硬，但蛮有趣。

"好，那我们就讲讲情况。"大麦忍住笑，说了一句。

"哦对，还没听你们讲事情，我一个人先说上了，这是，这是搞工作总结搞的，还没有把思路停下来。"丁满业自嘲地笑了两声。

"恬恬，把视频打开，给丁主任看一下。"大麦用手拍了拍恬恬的手臂，示意她打开手机播放银行录像。

"嗯，好的。"习晓恬说着，找到手机上翻录的那几段监控视频。

"哦，这是咱们来宝利广场。这是商业银行。这个是你。"丁满业边看录像边自言自语，当他看到了录像里的习晓恬，有点兴奋的样子。

"是的，我是那家银行的员工。你看，把手机掉到车下的人就是我。"晓恬指着视频告诉丁满业。

"看出来了，一个漂亮女士！"丁满业拿眼睛瞄了一眼晓恬，脸上堆着笑说。

晓恬没有工夫听他说闲话，白了他一眼："我叫习晓恬，请帮忙看视频，我在找手机。"

丁满业不会因为晓恬的眼色不对就收起脸上的笑容。

一旁在看视频的小张姑娘也笑了，她打趣这个素日随和的领导："主任，注意力要集中。"

这个时候，画面上已经出现了捡手机的老太太，她本来走得并不快，因为年龄毕竟不小了，只是她一边走一边直盯着地面，忽然她加快了走路的速度，直奔晓恬的车左前方而来，迅速弯腰捡起了手机，然后急忙忙经过银行门前，离开广场，再从监控范围内消失。

"嗯，你们看看，捡了手机的这个人是不是你们小区的？"大麦没等播放完录像，就对丁满业和小张说。

"她住哪栋楼？你们认得吗？"晓恬迫切地补了一句。

广场西侧，都是朝向广场东开门的商家店铺，居住在店铺上面那些楼层的居民，都在背对着广场的那边进出，楼宇门都应当是朝向西边开的。从监控画面判断，那个人是朝西走了，很可能就是在广场后面的哪栋楼里住。这是晓恬的单位同事一致认为的，也是大麦与晓恬认为的，丁满业和小张也这么看。大家得出的这个初步结论，在没有更进一步的证据在手，没有进一步得到证实之前，尚显单薄。

丁满业与小张面面相觑，她们真的不认识，更不可能知道那个人的其他情况。

"我们小区八千多户居民，不可能都认识，但固定住户基本上都差不多。我们是干这一行的，就必须掌握业主们的基本情况。"丁满业说这话的时候，是蛮自信的。

"您的意思是，肯定不是您辖区内的居民了吗？"大麦马上接上话头，"就不会有住在业主家的临时居民吗？比如业主的父母，或者业主的亲戚朋友什么的。"

"这个当然很可能会有。"丁满业的尖嗓音，答应得倒是挺快。

"主任，找李阿姨问，她应当知道，她是那个广场的保洁员呀！"小张忽然插了一句话。正是这句话，解开了一个至关重要的谜团。

"对啊，小张，还是你脑袋瓜灵活。"丁满业也茅塞顿开了，他的外乡腔调说出的普通话一急就更不标准了，"你们等着，我马上找来宝利广场的保洁员李凤兰。这会儿她回家了，我现在就打电话找她来单位，你们给她看视频，让她认认。"

丁满业把小张递上来的员工电话表翻来翻去，最后还是小张用手指给他看的那个保洁员电话。他拿起吧台上的电话，拨出了那串数字。

"喂，李凤兰大姐吗？银行那边的小同志找您，她的手机丢了。您快来一趟单位，帮忙确认一下视频里的人。哦哦，你去街上了，要等一会儿。哦，那你要快，要快点。好，我让她们等着。"

丁满业挂了电话，忙向大麦与晓恬道歉："对不起，对不起，你们的李阿姨还在街上，回来还得等一会儿，你们就等一下吧。小张，你怎么忘了，快接水给美女们喝。"

小张兴许是也急着一起看视频，忘记了招呼客人的礼节，这时才反应过来，去拿一次性杯子，到饮水机前给两位客人接水。

"恬恬，我在这里等着，你先去广场后面找找，问问。咱们双管齐下。"大麦忽然提议，她觉得这样坐等恐怕夜长梦多。

"这个主意好，小习的姐姐厉害。"丁满业竖起大拇指，眼睛大睁，嘴巴夸张地一咧。

"好，姐姐你替我等那个阿姨，我这就把视频传到你手机里，等阿姨来，你让她帮着辨认一下，我先去别的地方看看。"晓恬也认为大麦的建议真不错，还不至于浪费不该浪费的时间。

"好的。"大麦答应着，同时，朝走出门外的习晓恬大声叮嘱，"恬恬，你也别太着急。"

"心急吃不了热豆腐。"丁满业的话就是多，也不知他从哪里学来的俗语，用在这里了。

四

习晓恬径直朝来宝利广场的方向走去。

走在广场东面只够两辆车并行的环形过道上，晓恬迎面看到一个穿着橘黄制服的环卫工人，那是一位大叔。她急步上前，跟大叔打招呼，说明她的情况，并拿出手机打开视频，让大叔帮忙辨认。

"嗯，是看过这个老太太，她有时从这里经过，胳膊上总挎一个大编织袋子，但她好像捡垃圾不是很长时间，也就是一年左右。"环卫大叔边看着晓恬手机上的视频，边向晓恬讲述着。

"好，大叔您知道她住哪栋楼吗？"如果，如果能有那个老太太的确切住址，事情会不会就好办得多？

"哪栋楼不知道。看她平时来来回回地在这个地方，不能是东边的楼，东面我负责卫生，我经常巡视，看不到她，应当是西面的楼。再详细的就不知道了。你快去西面问问吧。"大叔也是热心肠的人，"我要是看见她，就告诉你。"

"大叔，要我把电话留给您吗？您手机号是？"晓恬恭敬地问。哪怕只有一线希望，也应当及时把握。

"行，你这就往我手机上打一下电话，我就记住你的手机号了。"这位高高个头的大叔思路清晰，"你就在那家银行。我真找到她，直接到银行去告诉你，不也行吗？"大叔笑了，"去银行就能找到你喽。"

"随时可以找我。那谢谢大叔。再见！"晓恬客客气气地与环卫大叔告别，加快了脚下的步子。

接下来，习晓恬不再问路人了，她向广场西侧背面的那边走去。

习晓恬这一走，就是她的人生篇章在此画上了一个新标点，也是她结识新朋友的开始。

正是在那里，恬恬第一次走进了媛益源百货超市与丽美发廊，认识了爱笑的媛媛、颇有正义感的甘师傅。

"晓恬，李阿姨来了，她认识那个捡手机的人。她们有时见面还说说话，知道她住在哪栋楼。我马上开车带她去找你，你现在在哪里？"大麦的电话像及时雨。

"太好了，我在丽美发廊。这里的甘师傅也知道那个人的住址。等阿姨来，再相互确认一下，就更有把握了。"习晓恬的声音里有了转机乍然出现时的喜悦。

奚媛媛并不知道老太太住哪里，只是通过老太太领外孙女来媛益源超市买糖果才认识的。夏天的时候，媛媛偶尔会看到老太太带着外孙女在小区门口的几个石凳子那里坐着，她会上前跟她们打个招呼。

"眼镜啊，你们楼上捡垃圾的那个老太太住在几楼几号？就是她闺女在顺德商场卖服装的那个老太太。"甘师傅是用这样打电话的方式，从常来理发的熟人那里问来了老太太的住址。

李凤兰阿姨来了。从她朴实无华的面孔看，就知道是一位善良又有素质的好人。

一见到习晓恬，李凤兰老人就说："小习姑娘，我陪你们上楼去找吧。就是对面楼的十一层。我是没去过，但连芹那姐妹告诉过我好几次，我记住了。"

此时，是上午十一点多了。大麦、恬恬、李阿姨三人一同去了来宝利小区十二号楼一一〇三室。

敲了一会儿门，根本没有人回应，叫门也没有人答应。老太太女儿女婿不在家，应当是上班没回来。老太太也不在家，或许是出去买东西了，或许是去看在幼儿园的外孙女了，或许是还在捡垃圾没回来。

"阿姨，谢谢您！还辛苦您亲自跟我们跑一趟。"习晓恬给李阿姨添了麻烦，觉得过意不去。

"也不费啥事，都是电梯。姑娘，别着急，能找回来。"李凤兰倒是通情达理，还一直安慰习晓恬。

第一次上门找手机就这样遭遇了一个闭门羹。虽然锁定了目标，却以失败告终。这是习晓恬与大麦姐妹两个人没有想到的结局。

第四章　第一次交锋

一

大麦、晓恬送李凤兰回物管处，那个热情的丁满业还在等着她们，他想问问结果如何，想从李凤兰那里知道更多的情况。

大麦、恬恬向丁主任和李阿姨表示了感谢，随后离开了来宝利小区物管办。接下来，姐妹二人并没有分开，也没有回各自的单位，而是一同去了恋恋乡情餐厅。

大麦坚持要安慰刚刚丢了手机心情不佳的晓恬，晓恬坚持要给远道归来还没得休息的大麦接风。两个人僵持不下，于是，一起商量着作出决定，朝远近闻名的这家中西餐合璧的饭店出发了。

恋恋乡情餐厅到了。从这个三层建筑并不是那种追求豪华气派的外观，可以看出中西式餐饮元素并存的风格，在时尚流行的装饰布局中，加入了凸显典雅静谧的成分，很好地起到了让顾客宾至如归的视觉效果。

大麦轻柔地拉着恬恬的手，经过了餐厅的旋转门。

刚刚踏入门厅，还没站稳，一个火气冲天满身香水味的年轻女子正在往外冲，就要与姐妹两个撞个正着了，大麦抱住恬恬往旁边努力躲了一下，才躲过了一次人肉"事故"。

不过，三个人还是擦着了身体。

由于那女子的冲力大，大麦与恬恬跟跄了一下，虽然没有摔倒，但还是不由得惊呼出声。

"哎呀！"恬恬的浅荷色手包差一点就落在地上。

这时，一个穿咖色西装、戴蓝红格子领带的年轻男子紧紧跟过来，他看到了这个情形的全过程。

只见这个浓眉大眼的年轻人上前拉住那个冒火的女孩："你干什么？差一点就把别人撞倒了！"然后，他非常绅士地向两位女士道歉，"对不起，她今天心情不太好。"

"没关系！"大麦回应了一句。

"我们今天心情也不好。"恬恬补上了一句。

习晓恬本来是实话实说，但就是这说者有心的一句话，在这个本来有些尴尬的场合乍然讲出来，四个人听了，八目相对，面面相觑，意味似乎就变得特别起来了，仿佛成了某种调和剂，一下子就要升级的紧张气氛，在转瞬间降低到了可以放心接受的程度，本来像是箭在弦上的场面，迅速消弭于无形。

青年男子很主动地走向姐妹俩，稍稍弯了弯腰，并没有松开用手拽着的女孩，他又一次道歉："两位姐姐，对不起！"

"什么嘛？我又不是故意的。"女孩子有些不想买账地嘀咕了一句。

那男青年转头向女孩递了一个不许置疑的凌厉眼色。女孩马上噤声了，两眼中的不满与不屑被乜斜着的眼睑遮挡住了大部分，但还是被恬恬尽收眼底了。

"我是东顺区政府办的欧阳驰，以后遇到什么不开心的事，营业场所啦、社区啦等等，有不公平、不满意的事情都可以直接找我们，或者通过民心网找我们，我一定为你们伸张正义，秉公处理。"欧阳驰很谦逊地说着话，同时，递给晓恬一张名片，脸上写满歉意、无奈与不安，"这上面有我的电话，随时可以找我。"

习晓恬看了看面前这一男一女两个年轻人，或许是源于擅长观察生活的习惯，她在短短一瞬间，感觉这两个人有点莫名的不搭。一个文明礼让，一个傲气跋扈。从表面上看，他们显然是恋爱中的男女朋友关系，却怎么隐隐有一丝丝火药味道在他们之间，随时都有可能一触即发。这是一对以什么样的心态走在一起的年轻人呢？

"你这是要为人民服务吗？"恬恬的回答带着调侃，因为她看到欧阳驰拽着的这个女孩子身上有一种傲娇的强势，虽然是有过在先，但很显然，她可并不想承认。

"暂时不会劳烦您，以后或许会。"习晓恬说罢这句话，礼貌得体但又不卑不亢地看了一眼他们。

一身名牌、一身珠光宝气就了不起吗？谁稀罕？一个人的内涵远远比外表重要许多，如果连这都不懂得，那么女孩子，有你受伤与吃亏的时候。

"再见，绅士！"大麦接过话。

都不想与这一男一女有更多的接触了，一个姐姐简红麦，一个妹妹习晓恬，她们没有再看欧阳驰和他那由恼火变成了错愕的女伴，就向里面走去。

大麦、晓恬两个人吃得很简单，一小张田园风光披萨，一小盘烤至八分熟的牛排，每人一份特饮，一杯卡布奇诺。

席间，麦子一直对恬恬安慰不停："恬恬，手机丢了咱再买。不行姐姐给你买，你喜欢什么姐姐就给你买什么，只要我妹妹开心就好。"

自早上得知恬恬丢了手机泡泡后，几个姐妹的安慰话语在手机花花的微信上不只是满了一屏又一屏，而是已经铺天盖地了：

"恬恬三妹，你可不要哭啊！"

"恬恬姐姐，还有我们呢，一定会有办法的。"

"丢了就丢了，以后咱再拍更美更好的图片。"

"其他的东西用花花能挽救的赶紧挽救，能转移就转移，能卸载就卸载，能删就删。"

"咱立马买个最新款手机。"

"满分姐姐与你姐夫出钱给你买！"

"找不回来，妹妹我把工资拿出来，给姐姐买个新手机。"

"这一个姐一个妹的，就看你们俩表决心了。大麦姐姐我也一样可以给我们恬恬买手机啊！不过，别忘记了，恬恬家还有个起明妹夫哪！"

"那个对恬恬整年疏忽的方起明，赶紧通知他吧！"

"起明不给你买。咱们几个姐妹还可以众筹给你买。"

"放心啦，姐妹们，恬恬我有你们几位知心姐妹，就算手机找不回来了，我也是满心安慰的。感谢我最亲爱的闺密们！"

姐妹们都知道，恬恬不是多么割舍不掉她的手机泡泡，而是心疼那上面失去就再也回不来的珍贵的一切。

吃过了午饭，大麦送恬恬回单位继续上班，然后自己回家养精蓄锐。大麦想，等到晚上，陪恬恬再去一次那个老太太家。她就不相信，总也见不到那个老太太或者她的家人，她不相信捡了别人东西的人，就那么心安理得。

然而，"人心叵测"这个词不是空穴来风的，它的存在，也的确是因为有那样的人在这个世界上的某个地方存在过，或者存在着。

二

十二月十日的傍晚时分，家家户户灯火通明。该回家的回家，该吃饭的吃饭，该相约见面的就见面。这个时候，惠惠上晚班还不能回来，大麦与恬恬、满分相约着见面了。

三姐妹商量着去老太太家怎么做，遇到不同的情况该如何应对。

但是，她们都太善良了。她们没有想过她们面对的将是怎样顽劣不讲理的一家人，没有想过那一家子人是怎样的一副刁蛮嘴脸，正等着如何刁难她们。

"眼镜，能不能下来一趟，带我的几个朋友上楼，去找十一层的那个老太太。她把人家手机捡去了。"三个姐妹来找甘师傅帮忙，在他的发廊等着被叫作"眼镜"的人。

"手机被那个老太太捡去了？！"甘师傅的手机里传来"眼镜"惊讶的声音。

"啊！"甘师傅回答。

"那还能还吗？那家人多不好说话呀！"手机中又传来眼镜的质疑声。

"你甭管，先要要再说。快下来，到大哥这儿来，等你呢！"甘师傅可是正义感十足。

眼镜出现了，是一个微微有点将军肚的中等个子男人，戴着一副时下正流行的树脂框眼镜。

"那家人可不好说话了，我们楼里的人都不爱搭理他们。你们要有心理准备。不行别别要了。"眼镜面对三个柔弱的美女，忍不住提醒她们。

十一楼很快就到了。

"就是这里，门牌上有一一〇三，就那家。你们去吧，我先回了。"眼镜转身走掉了，仿佛像要躲一场不明真相的暴风雨一样，或者像人们说的躲瘟神一样，面色神秘又紧张。

咚咚，咚咚！

"有人在家吗？王连芹阿姨在吗？"司漫分开始叫门。

咚咚的敲门声渐渐由小变大。

"你好，我们来找阿姨。有人在吗？"简红麦也在喊话。

两个姐妹的声音都大小适度，且礼貌有加。

"敲什么门！你们是干啥的？"过了好一会儿，门里终于有了回应，凶巴巴的一个中年妇女的声音。

"我们来找阿姨，她早上在来宝利广场商业银行门前捡了我们的手机。我们有银行监控录像。你们可以看看，确认一下。"大麦大声回答。

"你们找啥阿姨？你看我是阿姨吗？我跟你们差不多！"估计是那女人从门镜里早看到姐妹几个了，所以这么说。态度依旧生硬，"录像跟我有啥关系？"

"我们找一个捡垃圾的阿姨，她叫王连芹，是这个家孩子的姥姥，是女户主的母亲。"这时，满分又说。

一看架势不对，满分觉得必须直捣关键人物、关键点，看他们还怎么抵赖？

"我不是捡垃圾的，我不捡垃圾！别跟我说！这儿没有你们找的人！你们找本人说去！"可是，门里蛮横的态度没有一点改变。

"您应该就是女户主，那我们跟你说也可以。你开门我们好好说，行不行？"习晓恬也开口说话了。她看到两个姐姐在被无端拒绝，她渐渐感觉出了无望。

临上楼前，满分还信心满满地说："妹妹瞧好吧，不用你说话，由我们两员战将出马就好使！"

"凭啥给你们开门？谁知道你们是不是坏人！我不听！告诉你们了，找本人说去！"恶狠狠的口气在逐渐升级。

"我们的手机今天早上八点多掉在来宝利广场的地上，被你家老太太捡去了。"

"我们想跟你们商量一下，能不能把手机还给我们。"

"我们给你们感谢费，几百块钱都行！一千块也行！"

"感谢费一千块嫌少，那就两千块钱，三千四千，多少钱都行，你们出个价！"

任凭门外三姐妹怎么说好话，门里就是再也没有回应。

"手机不给我们也行，只要把手机里的资料还给我们就可以，那我们就把手机送给阿姨，听明白了吗？"晓恬补充了姐妹三人前面说的话。里面还是没有动静。

"你们看我是本人吗？"一一〇三室的门突然间打开了，一个四十几岁的女人横眉立目地出现了，还没等几个姐妹看清楚眉眼面相，还没等再说话，门又立即砰地关上了，"你们看见了，我是本人吗？"门内又传来口气非常冲的声音。

"你不是本人，那让我们见见阿姨，我们跟她说也可以。"大麦心平气和地商量着。

"你们做梦！我家没有你们找的这个人。没有！听见了吗？"还是女人的凶神恶煞，"我不是本人，你们找本人说去！听见没有？"

门外，几个姐妹轮番上阵，无论怎么恳求门里的女人，结果还是怎一个"败"字了得！

"算了，遇上这种人家我也是醉了。"满分愤愤地说。

"我们太弱啦。"恬恬低下了头，无可奈何地说，"弱爆了。"

"只要我们是正当的，总有解决的办法，妹妹放心！"大麦在宽慰姐妹俩。

正义可以暂时迟到，但不会永远缺席。这是谁说的，太能安慰人了。

三

从十二号楼出来，姐妹三人向甘师傅简要说了说上楼后的遭遇，并请甘师傅帮忙平时留意一下，什么时候再看到那个老太太，随时打电话告诉习晓恬。

"那没说的，你们不说，我也会注意她们。我最讨厌心怀鬼胎的人了。"甘师傅是心口如一的人，以正压邪的忙，他必然会帮。

告别了甘师傅，三姐妹回到满分开的红色法拉利上。一边向恬恬家走去，一边继续想办法。

大麦、满分两个人都知道，恬恬心太软，不忍心把事情弄大。可是，从现在这种情况看，不弄大也解决不了什么实质性的问题。

"满分，把车停在一个地方，我们需要趁现在时间还不算晚，要快马加鞭，做点事情。"大麦说着，已经拨通了 114 查号台的电话，"您好，请帮我查询三个电话，公安督察、东顺区人民法院，还有信访办。"

满分将车停在行人车辆都很稀少的爱华路中段路边的时候，按照大麦的吩咐，她们姐妹三人一人打一个电话，去咨询现在碰到的事情如何处理。因为恬恬处处替别人着想的柔软心态，大麦让她打给公安督察，满分与大麦分别打给法院和信访办。

公安督察的电话很快接通了，是一个嗓音厚实的男子声音，一听恬恬的问题，又一听恬恬近乎少女的声音，或许以为就是一个小女生，因为丢了手机太紧张，不知如何办，很可能都快要哭了吧？那男人马上换上了老师教导学生的口吻：

"小妹妹，听我给你上点法律常识课啊。是这样的。"

是哪样的呢？就是宏兴派出所郝警官的那一番话，什么捡来的东西不归还失主，属于侵占私人财物了，什么侵占私人财物属于非法侵占，应当找法院了。简直是如出一辙！难怪都是一个警务系统的，民警的职责范围搞得可真不差毫厘。

晓恬被这个循循善诱的老师训导得无言以对。

法院的电话是一个年轻人接听的。那人听明白了满分的咨询，立刻说道："找派出所呀，这个不归法院管，归派出所，让警察去要。"然后就客客气气地挂了电话。

满分不死心，再次拨打那个电话，过了好一会儿，也不再有人接听，只好作罢。

信访办的电话，是一个下班晚点的女同志接的，说有事情明天来办理，现在是下班时间。

大麦的老公在市政府工作，所以她了解一些情况，不像法院、派出所以及其他一些机关单位，信访办在正常工作时间之外是不设值班员的。她以尽可能恳切的语气求得了信访办那个女同志的谅解，那女子回答了大麦的问题，也给出了大麦一个新思路：

一是找所在社区，如果社区也不管了，可以找他们信访办；还可以把诉求发网上去，通过网络，事情就好办些，比如民心网。

信访办的女同志还讲了一个实例，也是一个寻找手机的人，只是情况相对比较特殊，就是把事情发网上去了，就有相关部门给解决了。

关于互联网，大麦明白，满分明白，晓恬更明白，现在是网络大数据时代，通过将一些事情发布在微博、头条，或者小视频平台等自媒体上的方式，可以起到意想不到的关注与推动效果。

对于每一级政府部门来说，公信力是最令每一个公民信服的实践检验途径。

但是，习晓恬她愿意大事化小，小事化了，愿意息事宁人，坚决不把一个丢手机的小事情弄成轩然大波。所以，习晓恬只同意找社区，至于民心网，晓恬也不同意随便给政府找麻烦。

如果是公民自己能解决的小事情，为什么要给政府增加工作量？那些国计民生的大事才是政府工作的要务。

一、民心网工作主旨：是在省政府领导下，公开受理群众举报投诉的网络工作平台。民心网整合了群众监督、媒体监督和纪检监察机关的监督力量，着力解决群众身边的作风问题和腐败问题，监督各级政府转作风、转职能、转方式，推进民生问题的解决。

二、民心网24小时公开受理群众举报投诉和政策咨询问题。

三、民心网与全省2880家政府部门、纪检监察机关联网，举报的党员干部作风问题、违反中央八项规定精神的"四风"问题和群众身边的腐败问题，由纪检监察机关查处。属于民生领域的群众诉求，由各级政府及其部门、公共企事业单位直接办理，群众不满意的由其行业主管部门和纪检监察机关督办。

四、民心网举报范围：

1.损害群众利益的民生问题。

2.党员干部不作为、乱作为、不担当等作风问题。

3.群众身边的"四风"问题及腐败问题。

4.破坏经济发展的软环境问题。

这是大麦从手机上民心网的公众平台找来的一组文字，发在四朵金花微信群中了。四个姐妹明白，如果有必要，可以通过民心网找咱们的贴心政府。

姐妹三人来到恬恬家里，大麦亲自下厨，给两个妹妹和自己做了简单的晚餐。吃过之后，她们一起坐在听雨轩（晓恬家的阳光房），就着无边的月色，边喝茶边聊天。

自然，最多的话题还是怎样才能尽快找到手机泡泡。

四

事情往往并不会像人们预想的那样发生。

人们心底的美好愿景，常常被现实的风雨击打得失去了最初的色彩。这时，有人就会选择另谋蹊径。

几天之后，编号为 331027 的一纸诉求被发在了民心网上。全文如下：

诉求主题：想通过民心网责成社区、居委会等相关部门共同以温和的方式把失主的手机尽快追回，归还手机上的银行、车辆、个人等重要信息资料

诉求详细内容：2018 年 12 月 10 日周一早 8 点 23 分，失主在来宝利广场北侧东临市东顺区商业银行门前，遗失未设置锁屏密码的手机一部。手机内有失主所在银行员工微信群、员工渠道系统与工作方面的数款 App，随时会发布银行内部业务等各种商业信息，还有失主本人的手机、微信、短信等电子银行，及可遥控操纵失主车辆的软件、网络第三方支付等其他重要个人信息。失主在发现手机不见之后，从 8 点 32 分开始拨打该手机，先是无法接通，然后就一直是关机状态，令失主至今无法拨通电话，联系不到捡手机的人，无法及时找回手机。经监控视频及周围居民、环卫、保洁等多方辨认，确定是来宝利小区 4 期 12 号楼 11 层 1103 室捡垃圾的老太太王连芹捡走该手机。失主不止一次找到 12 号楼 1103 室，但仅在丢失手机当日及 14 日得到室内业主的回应。失主一方很想商量协调此事，以便尽快找回手机，以防手机

内银行等重要信息被窃取，并承诺给予感谢费。但是，无论失主怎么恳切请求商量，也没见到老太太，只有老太太的女儿及女婿态度极其恶劣，蛮横嚣张，拒不配合，其女儿还一再叫嚣"我不捡垃圾，这儿没有捡垃圾的，我不是本人，你们去跟本人说去"。

失主从10日到15日共去宏兴派出所三次，拨打报警电话数次，都被当班民警以"遗失物品找法院、不在他们工作范围内"为由拒绝。打电话咨询公安督察及东顺区人民法院，他们也是相互推诿，法院说是派出所的事，公安督察说是法院的事。

迫于捡手机那家人不能配合失主，15日通过市政府办出面协调，当晚宏兴派出所出警12号楼1103室一次，面对警察，其家人没再否认有捡垃圾老太太这个人，但说已去外地，她没有手机，联系不上。问到捡没捡手机，说他们不知道，说今天问过老太太了，老太太也说不知道。

自相矛盾，既然老太太联系不上怎么问的手机之事？如果没捡到手机，本来天天捡垃圾的老太太为何一再不出面？为何忽然离开住所？从哪天离开的？11日早上有周围居民还看到老太太带外孙女在超市买东西，15日早上又看到她出门捡垃圾。

试问：一个小小手机，如果走法院程序至少需要一两个月，那么失主的手机还能在捡手机者手上？手机上的信息还能保全吗？

试问：东临作为一个全国文明城市，如果居民捡到私人财物拒不交还却没人管，某些市民的社会公德水准低下却没人引导，那么文明城市还名副其实吗？

想通过民心网责成相关部门，共同以温和方式把失主的手机尽快追回，归还手机上的重要信息资料。

这是四朵金花中的某一朵给发在民心网上的，一定不是晓恬。

但初稿来自习晓恬的笔下。因为她是当事人，她最清楚事情的经过。只是另几位姐妹帮助做了修改，或者为了增加文字的力度，还添加了许多犀利的词语。至于力度怎样、犀利如何这一点，习晓恬并不晓得，她只是叮嘱姐妹们，一定要写上"以温和的方式"。

这期间，习晓恬找单位的保安小丰陪着她，又去那个王连芹家找过两次，但怎么敲门、怎么叫阿姨开门就是没有人回应。

之所以又去那个地方，那是丽美发廊的甘师傅来电话说，又看到老太太出门送外孙女了，又看到她在捡垃圾了，只是现在老太太换了一身装束，也改挎了另一个小一些的袋子。

晓恬他们去老太太家的时间一次是上午十点，一次是下午两点半。晓恬的同事们、闺密们都认为这个时间段，老太太家的女儿、女婿应当都不在家，在家的可能就只是王连芹她一个人，而老年人的心理防线或许不至于那么强硬，或许通过晓之以理动之以情的方式，可以让老人心一软就把手机还给恬恬了。

可是，有什么意义吗？那老太太一家人的门仍旧是对习晓恬关闭的，那家人所应当有的善意与友好也是对习晓恬关闭的。

五

习晓恬与简红麦、司漫分、舒惠她们姐妹四人一直在为寻找丢失的手机泡泡而努力。

她们也真的想像晓恬希望的那样，通过善意、温和、委婉的办法将恬恬的手机找回来，或者将恬恬手机上的重要资料信息找回来。

这期间，她们又打过派出所、信访办电话，都还是当初的说辞，没有任何进展。

市长热线电话12345也打过了。市长热线的接线员很干脆地说，找手机的事情不属于他们工作范围，那个归公检法管。

不过，再一次给东顺区人民法院打的电话，倒是与之前有所不同。

电话是一个声音成熟持重的男士接听的。开篇也说那是警察的事，找派出所，不要找法院呀，请找警察。

当姐妹们这边强调了几次，派出所不给出面找手机的原因，是说捡手机不还属于侵占私人财物的非法行为时，这个值班员语调放缓了，说道：这种案子我们法院没有先例，这个我们也不是不可以接手，你来，我们也可以给你立案。

然后，值班员又说：你必须提供被告的住址、姓名等一些身份资料，及一些其他具体情况，我们法院不可能给你立了案，再派人到处去侦查。我们只管要证据资料，证据确凿了，就可以判。

提到办案时间问题时，那个男同志说，一个案子下来，简易程序，也要一两个月。

最主要的是，姐妹们的努力有所突破，方向有了变化，增加了新的途径。

为了像写给民心网诉求件中希望的那样，能够得到相关部门更直接快捷的支持与协助，姐妹几个打了来宝利社区的电话，想通过社区关怀，解决这个寻找手机的问题。她们明确告知了社区方面，寻找手机的初步条件已具备——已经确认在来宝利辖区弄丢了手机，已经确认捡手机的那个老太太及她在来宝利辖区居住的线索。

这个社区的电话，姐妹们打过不止一次。

前两次电话是习晓恬亲自打的。

为了让来宝利社区工作人员能够从贴近民情、民心出发，也为了让他们能够设身处地从工作角度出发，晓恬先讲了优秀社区就连邻里纠纷、两口子吵架都会出面调解的新闻报道，然后，讲了自己丢手机的事情。她恳切地问，咱们社区可不可以帮忙去找那家的老太太或者她家人，做做他们的思想工作，要回手机或者要回手机中的重要资料。

最初两个接电话的女工作人员还不错，说可以帮忙，让网格员下去找那家人动员一下，明天给回话。

可是，这个所谓的"回话"就石沉大海了。

接下来，是四个姐妹中的另外三人打电话找来宝利社区，询问网格员做工作的情况。事情也就不是前两次晓恬打电话时的那种状态了。

其中有一次，是一个男人接的电话，他开口就理直气壮地说，他们工作没有帮居民找手机这一条，他们工作范围里不包括帮居民找手机！然后就将电话挂掉了。

另有一回是一个女人接的电话，口气冷漠，官腔十足，直截了当地说不知道有这回事。

这边陈述了找社区帮忙的简单过程。那女人则说，刚才问了，网格员去找过那家，其他情况不知道，网格员现在不在。

这边问，不是说网格员会回话吗，等好几天了呀。那女人的火马上就来了，说你们不就是想要结果吗？没找到手机回啥话？

这边说，知道一些情况也好呀，因为我们非常担心手机上存储的东西会泄密造成损失。那女人生硬地给了一句："把你电话留下，等回话！"

这边说那次不是留下电话了吗，如果没记下电话，你们怎么回话呢？那女人立马急了："你到底用不用我们回话？用就留下电话！"

这边的姐妹为了晓恬的事情一忍再忍，把晓恬的电话只好又报了一回。那无厘头女人也不知道记没记下电话号码，什么都不说就把电话挂掉了。

找社区的最初结果就是这个样子。

怎么办？已经是周末了，二〇一八年十二月十五日，星期六。半阴半冷的小北风，刮着东临市的街街巷巷。一个那么善良可爱的人一旦遇到了烦恼事，天公也要跟着不作美吗？

时间的指针转入下午，暖气满室的家里，大麦坐在茶几前，有些心神不宁。

看来所有一切都没有什么进展。那么好言好语地安慰恬恬、让恬恬放心的话，都白说了吗？人心不善，人性不优，谁能给咱们做主？只能靠自己的力量了吗？

大麦左思右想，想到了市政府值班室，那里每逢休息日也是有人值班的。她悄悄拨通了东临市市政府值班室的电话。

是一个自报叫肖小玉的女孩子在值班。

大麦讲述了丢手机、找手机的事情，说到手机中的重要资料问题，说到想请求政府帮助通过下属相关部门找手机的诉求。

女孩小玉说，她也有丢手机的难过经历，非常理解，她会马上请示领导，看能不能帮上忙。

大麦留下了习晓恬的手机号。

在纷纷扬扬的思绪中，晓恬的大麦姐姐开始等待。她希望她们能够得到拨开云雾见丽日的好消息。

第五章　四朵金花

一

"你好，是习晓恬女士吗？我是东顺区政府办的欧阳驰，您在寻找丢失的手机是吗？"二〇一八年十二月十五日午后时分，冬日的暖阳中，习晓恬接到了来自政府办的电话。

"您怎么知道的？"晓恬有些惊讶，因为她并不知道是她的哪个姐妹帮她做了什么。

"市政府那边找到我们区值班室，今天正好我值班。"那个自报姓名叫欧阳驰的人说，"您需要帮忙是吗？"

哦，一定是姐妹们在努力。

此时的习晓恬正抱着吉他在听雨轩里发愣。因为泡泡丢了，她做什么事情都有些心不在焉。她这样傻傻地坐了有一会儿了。

天气已经转晴，千万缕阳光静静地洒下来，温暖如春，将她的身体浸润得暖融融的，身旁的绿植在和煦的艳阳下尽情地争芳吐翠。

这普照万物生长的太阳，如果能将人们心里的阴霾也荡涤干净，那将是多么好！一向乐观向上、阳光自信的习晓恬很是费解，她这些天都是在困惑之中度过的。

难道要有奇迹出现了吗？

"是的，请求政府帮助找我的手机。"习晓恬的思路已与欧阳驰的问询相接，"能不能请政府下属相关部门帮忙找我的手机。"

"比如，派出所？"欧阳驰问。

"嗯。"晓恬答，"能找派出所当然好。"

"那好，我请示领导。"欧阳驰蛮有年轻人的干脆。

"谢谢，我等待好消息。再见！"习晓恬心生希望地道谢，道别。

放下电话，习晓恬的心情一下轻松了许多。

晓恬站起身，将吉他收起，放在琴架上。因为她想起了刚才电话里那个人报的名字。她想起丢手机的那天中午，与大麦在恋恋乡情餐厅门厅遇到的事情。她要找到那张被她随手放进手拎包里的名片。

名片找到了，上面赫然写着"政府办""欧阳驰"的字样。那天在恋恋乡情餐厅递给她名片的年轻人，不就是刚刚打电话来的欧阳驰吗？

地球真小！小到总有不可思议的事情在发生，总有相同的人在不同的地方遇见。

晚上六点十八分、六点四十五分，习晓恬的手机接到了宏兴派出所打来的两次电话，都是当初接待习晓恬报警的郝警官打来的。这回他自己主动报的名字，说叫郝志涛。

第一个电话，他说我们现在要出警去来宝利小区四期十二号楼一一〇三室，昨天你们送来的警告单子我们给所长看了，也跟所长商量了，所长说能帮忙咱就帮忙。

第二个电话，他说去过那家了，没见到老太太，只见到她女儿。她女儿没有否认老太太这个人的存在，也没有否认是她母亲。她说老太太去外地了，老太太没有手机，联系不上。至于有没有捡手机，那女人说，也问过老太太，老太太说不知道，忘了。她女儿已经提供了老太太的身份信息。你接下来可以找法院了，我们可以配合法院。

晓恬在通话的最后表示了感谢，然后她问："我的电话和名字是你们所长说的吗？"

郝警官没有否认。

"那我明白了。"晓恬说。

明白的事实是，本次出警是政府那边催办促成的，并非宏兴派出所的主动作为。

郝警官是不打自招了。那个老太太的家人也是在不打自招。她们面对警察的所言所行，变相地承认了老太太捡手机的事实。

在与郝警官通话过程中，晓恬曾问过他，老太太女儿不知道捡手机的事情吗？

郝警官回答说，凭他个人感觉，她当然知道，手机就是被老太太捡去了。

寻找手机的事情，至此，就停滞不前了吗？

派出所那边在政府的督促下已经出过警，遗失物品又不在他们工作范围内，已经不可能再有下一步了，现在只能寄希望于社区是否可以再推进一步。

可是，又过了几天，社区那边依然没有动静，没有任何人将任何消息传递过来。

怎么办？大麦又打过一次政府值班室的电话，但这一次她可没有第一次那么幸运，而是吃了闭门羹。

电话是一个男士接的。大麦在叙述事情原委，想咨询一下就目前情况有没有更好的解决方法。但是那个男人态度冷漠，推脱搪塞，一直在拒绝倾听，一直在口气生硬地说你找辖区，找你该找的部门，你这事不是我们管的，我们不管你这事。

不在沉默中死亡，就在沉默中爆发。那一纸编号为331027的诉求就被四朵金花中的一朵发去民心网了。

然后，那个叫作欧阳驰的人恰恰就是东顺区政府民心网处理员，所以，他就一再地出现在姐妹们寻找手机的美丽征途中了。

二

不知道从什么时候起，习晓恬把自家电脑的屏幕保护图设置为一群在自由飞舞的浪漫泡泡了。只要几秒钟不动鼠标，那一群动态的七彩泡泡就会在屏幕上轻舞飞扬。因为恬恬近期时常会坐在书案前，打开电脑，续写她的小说《亲爱的手机》，这一群漂亮的透明精灵就这么真切地开始陪伴着恬恬了。

有时，恬恬面对这美丽的画面，会微微一笑。是呀，她的手机泡泡丢失很久了，不知道它去伴随哪一个男人或者女人了，不知是青年，还是暮年，不知是善良，还是丑恶，总之，它已然成为一个不再归来的梦了。现在在眼前翩翩起舞的泡泡们倾情映现，它们就是那逝去的泡泡转化而来的吗？不知梦想中的真善美是否会出现。

一片宁静之中，手机花花的铃声悦耳地响起来。是谁呢？

"你好，您是习晓恬女士吗？我是东顺区政府办的欧阳驰！"那边说话了。又是那个欧阳驰？怎么回事？

"你好！"晓恬礼貌地问候。她听出来了，是那个上次打电话给他的政府办工作人员，那个在恋恋乡情餐厅遇到过的欧阳驰。

"我看到你把找手机的事情发到了民心网上。我是负责民心网投诉件的。"欧阳驰又说。

晓恬明白了，是诉求被姐妹们发到民心网了。

"是的，无奈而为之。相关部门不作为，只好如此。"晓恬答得无奈，本就是一件无可奈何之事。

"是说派出所吗？"欧阳驰问道。他以为自己问得正中诉求人心里了吗？

"不。政府已经责成他们出过警，已经很感谢了。再找派出所，还是当初的说法，让我找法院。"习晓恬回答。

派出所那边从道义上说已经尽力而为了。其他的，晓恬她也不懂。

"你找市政府办公室那次，我就了解了这件事。据我们掌握的情况，自己遗失的物件是不在派出所立案与出警范围内的。"欧阳的话说出了实际情况。

"这个我知道了。现在主要是社区，来宝利社区，这么久了，没见给失主一个答复。"晓恬说话声音不大，听起来像是没有足够的信心。

或许，只有习晓恬与她的家人、朋友、同事，还一直在抱着找回泡泡的幻想。可是，现实又是怎样地令人心灰意冷呢？

"他们一直没有给你答复？"欧阳似乎是不相信社区会那样子。

"是的。"晓恬的声音更低了。

"你丢的手机价格是多少？"这个问题欧阳问得有些不是那么妥帖。寻找手机一定与手机价格有关吗？价格能说明手机对一个失主的重要性吗？

"年初买时五千多块钱。您问价格干吗？"听到欧阳驰这么一问，晓恬有些不开心，于是语气变重了，"手机并不重要，重要的是手机里的信息和资料。"

"是的，你在诉求中也表达了这方面的意思。"欧阳驰一直没有大变化的语调加快了许多。他可能不想引起诉求人对他们工作的不认可。他是在补救问话的唐突吗？

"你也知道，我手机上的某些东西属于金融商业机密，如果找手机的时间延长，那么泄密的可能性更大了。"晓恬加快了语速，语气很严肃。

"所以我想你还是尽快将手机卡补回来。"欧阳随着恬恬的话在调整语速。

"我最初没补卡，是因为心存幻想，以为那家人或许会把手机打开，或许会良心发现，主动联系我们，就把手机还给我了。"说到这个，恬恬只有深深地失望。

"现在看不太可能了，建议你尽快把手机卡补回来，把能迁移的重要资料迁移过来，把微信号顶下来。"这个欧阳驰也在无望之中？

"谢谢，你的提醒迟到了。派出所出警后，我知道希望只剩下渺茫了，已经补办了手机卡，我也想把损失降低到最少。"晓恬的担心还在继续，"但是，有些东西是迁移不过来的，也不可能复制。你懂的。"

"是的。我懂。那你认为找民心网能够帮你解决吗？"欧阳驰转换了话题。他懂？他应该真的懂。

"民心网代表政府。政府是人民政府，是为老百姓办实事、办好事的，是为人民服务的。我们不找政府，还能找谁呢？"习晓恬思路清晰，"那小同志你说，该帮忙不？"

"我们政府能做的是帮助推进。"欧阳在斟酌恰当的词语，"之前做的相关工作也是推进。你现在反映到民心网上已经滞后了。"

"是我们没有更恰当更快捷的办法了，才找的民心网，法院我不想找，不想因为一个小小的手机就把她一个老人抓起来，我不想事情发酵。能以政策攻心、思想开导的方式解决是最好的。"习晓恬的话句句是实情，字字发自心底。

"我们想办法。"欧阳驰边思考边说，"我跟领导请示一下，协调来宝利社区那边处理，帮助你寻找手机。"

"结果不重要，重要的是你们相关部门是否会作为，是否会担当。"恬恬语句铿锵。

"是的，然后，"欧阳驰斟酌着字句，"这个后续的事情，再跟你联系吧。"

"好的，谢谢。"恬恬礼貌答谢。

习晓恬坐在电脑前，又开始盯着那些不断簇拥的屏保泡泡发起呆来，她的写作思路已经被那个欧阳驰来的电话给打乱了。隐隐地，一阵无以名状的情绪袭上来，一反素日里胸无城府的快乐，她的手在键盘上随意敲击着。

> 别责怪我不懂得伪装，不成熟
> 简单得像个孩子一样
> 你要喜欢我，我比小甜瓜
> 七星瓢虫、小浣熊还善良
> 我有它们所没有的
> 给你幸福与欢笑的小天堂
> 我有小蜻蜓、七彩蝴蝶、小飞禽的快乐
> 和一对比它们还要美的隐形翅膀
> 每一天，我飞呀飞
> 为你飞来青山绿水，为你飞过重洋
> 就是怎么也没有飞出你给的忧伤

从这一行行诗句中，可以看得出来，晓恬同志陷入了怀念泡泡的伤感氛围中。

晓恬总觉得这诗句调子太低了，不太符合她的乐观性格，于是，她将鼠标移动着，把诗歌的最后一行尝试作了修正：

我想我还要努力，飞出你给的忧伤。

三

幻想很丰满，现实很骨感。这话怎么那么经典？！几个姐妹寻找泡泡的幻想，随着时光的推移，眼看又一次要破灭了吗？

那个欧阳驰的请示不知请示到哪里去了。眼看着二〇一八年正成为抹不去的记忆，二〇一九年已经姗姗来迟，各方面一直也不再有回音。

习晓恬已经渐渐从失去泡泡的恍惚情绪中摆脱开来，小说《亲爱的手机》已在迅速创作之中，正在成为她祭奠泡泡的最佳方式。

可是，恬恬的姐妹们不是这么想的。她们认为欠债还钱天经地义，捡手机拒不认账的一家人就要为此付出代价。因此，虽然泡泡不在了，她们却时而还会让它在生活中激起一些波澜来。这不，两个诉求件又被大麦、满分、惠惠三人发到了民心网上。

诉求主题一： 强烈要求东临市委、市政府把扫黑除恶工作做实做细，让公民拥有良好的社会环境，人文环境……

诉求详细内容： 在失主诉求民心网寻找遗失手机之后，2018年12月18日，东顺区政府民心网办打电话给失主，说他们会协调来宝利社区办理帮助寻找手机事宜，然后至今杳无消息。

现在已经是2019年了。

捡手机的当事人内心阴暗，社会公德意识缺失，难道相关部门就没有责任疏导、教育、警醒、震慑他们吗？从某种程度来说，这个捡手机的老太太一家就是老赖，他们虽然没有欠债不还，但也属于另一种老赖行径，难道相关部门就不该管理教育吗?

作为城市居民一分子,捡到他人财物却占为己有,拒不承认更不归还,根本就是目无法律法规,是在看一个全国文明城市的笑话,有何天理可容?

当前,国家正大力开展扫黑除恶专项工作,我们认为这种丧失基本社会公德的行为不是大黑,也属于小黑,不是大恶,也是小恶,理当归入打击扫除的范围之内。2019年1月,失主看到一个来自民心网受理编号331027的诉求回复结果竟然是:您反映的问题办理单位已经进行过答复,就现行政策及相关规定,无法给出进一步处理措施。感谢您的信任!

作为一个全国文明城市,面对这么一个小黑小恶行为,相关部门都不作为,不担当,甚至推诿与搪塞,是不是有疑似袒护黑恶之嫌?

强烈要求东临市委、市政府把扫黑除恶工作做踏实,做细致,做彻底,让富强、民主、文明、和谐,自由、平等、公正、法治,爱国、敬业、诚信、友善深入民心,让热爱家乡、热爱祖国的优秀公民拥有一个真正良好、干净的生活环境以及人文环境……

诉求主题二: 向相关部门要说法,要求找回手机及手机上的重要资料。

诉求详细内容: 辖区公民寻找丢失的手机这事情虽小,但以小见大。失主本人在找相关部门帮忙、被拒直到无结果后,曾经尝试通过协商让当事人归还手机,但当事人家属嚣张跋扈、蛮横无理。失主一弱小女子,担心以后再去找当事人有可能遭遇伤害,遂寻求相关部门协助寻找。但是,至今无任何部门、无任何工作人员给予明确答复。

区区一件求助寻找手机的小事，相关职能部门竟然推来诿去，不作为不担当，还谈何办理关系到国计民生的大事？从 2018 年 12 月 10 日丢失手机到现在，已经一个月有余，没有哪个部门、哪个工作人员出面给失主哪怕是一句承诺过的或未承诺过的答复。据周围居民说，那个捡垃圾的老太太已经不再故意躲藏，又开始天天接送自己的外孙女，天天不定期地出门捡垃圾，不定时间地在楼下卖垃圾。

区区一件求助寻找手机的小事，相关部门推诿扯皮、不作为不担当的做派令人失望，可以说是变相地纵容、包庇坏人坏事，助长不良社会风气，就是袒护小黑小恶，有悖于我们国家力求营造富强、民主、文明、和谐，自由、平等、公正、法治，爱国、敬业、诚信、友善的大环境。

我在马路边捡到一分钱的歌，老一辈的人差不多都会唱。那是当年我国公民遵纪守法、拾金不昧等良好社会风尚的真实写照。可是，现在的东临市辖区内缺失社会公德的、社会道德败坏的、不文明的老赖居民捡到他人的财物据为己有，且嚣张跋扈，撒谎抵赖，个别相关部门却以什么"就现行政策及相关规定，无法给出进一步处理措施"为由，不去管、帮、教。而且，在处理此事过程中，个别部门还找出种种借口说不该管、不能管，相互推诿，不作为，不担当，这就是助长歪风邪气，这也是一种腐败，是有别于行贿受贿的另一种腐败，腐化社会道德风尚，败坏社会及人文环境。

如果任由这种恶劣风气自由发展下去，人人都像那个老赖家庭一样见财起意，行恶不行善，进而为非作歹，那么东临市的社会环境与风气还能文明得了吗？小黑小恶你不管，或者管不了，那么大黑大恶你还能管能作为吗？我们东临市还谈何树立了良好社会风气，谈何已成为全国文明城市？

失主想找回自己丢失的手机，找回手机上关系到金融商业秘密、工作及个人车辆等资料信息，因此寻求相关部门协助，那是在维护作为一个东临市居民合法且正当的权益，而个别相关部门的个别工作人员扯皮推诿，振振有词，为自己开脱，疑似忘记了他们肩负着为人民服务、为百姓办实事办好事、为国家长治久安而履职工作的责任与义务。

失主现在向相关部门要说法，要求找回手机及手机上的重要资料。让这座文明城市的每一位公民都拥有真正良好稳定的生活环境及人文环境。

这次诉求的起因，正是大麦、满分、惠惠几个人看到了民心网对二〇一八年十二月份331027号诉求的回复结果：您反映的问题办理单位已经进行过答复，就现行政策及相关规定，无法给出进一步处理措施。感谢您的信任！

晓恬的姐妹们对此很气愤，很不甘心，于是，几经商议、动笔、修正，带有不满情绪的投诉由此产生了。

四

这天，大麦、满分、恬恬、惠惠四个姐妹又聚在了一起，她们去了东临市东郊的永青女子休闲养生会馆。

先是做瑜伽，随后做的是 SPA 美疗。优雅低回的音乐，茂密的亚热带植物，气味芬芳的花草香薰、滋润馥郁的花草茶，柔绵舒适的温泉水，美疗师力度适中且温柔体贴的按摩，四姐妹难得一起享用这生活的悠闲与惬意。

蓦然，一个不合时宜的电话打破了美疗室内的安宁。

"谁的电话?"大麦问正拿起手机花花的恬恬。

"民心网欧阳驰。"恬恬小声回答。

"告诉他一个小时后再打。"满分不满地说,"真是欧阳捣乱!"

惠惠忍不住笑出声来:"这名字会不会让他吐血?"

一个小时之后,四姐妹离开了女子会馆,来到树木夹道的路上,坐在缓缓行驶着的车中。

"我有个提议,姐姐们。"惠惠这会儿开口说道,"我来约欧阳驰,咱们姐妹几个一起合力启发启发他。"

"嗯,好主意!"姐姐们都表示赞同。

"反正那个欧阳也是在追求咱惠惠,给咱妹把把关也好。"晓恬笑着说。

"嘿,恬恬说得对呀!"

"举双手赞成!"

另两个姐姐随声附和。

"你们说什么嘛!我可是名花有主的人了。"惠惠嘟起嘴,嗔怨三个姐姐。

"什么呀?都还没嫁人,哪来的有主?"满分反驳,"你们说对吗,一个姐姐一个妹妹?"

"对的,对的!"恬恬、大麦跟着起哄。

"人家是要帮姐姐的。"惠惠脸上现出不好意思的表情,不过她的手没停下来,她已经将编辑好的微信留言发给了欧阳驰:

"你惹到我姐姐了,马上来见我。"

欧阳驰的回复马上到了:"太好了,终于给我机会了。小天使,我马上出来见你。只是不明白,我怎么啦?我惹你姐姐了?你姐姐是谁呀?我怎么会惹她?"

"见了就知道了。"惠惠不动声色。

"哪里见得到你，小天使？"欧阳驰顾不得那么多，他急切得很。

"爱尚佳音乐茶吧。我们还没有到。"惠惠发出了相约的地点和名字。

"好的，我现在出发。开心！就要见到我的小天使了。"欧阳驰快乐得像要飞起来，飞到碧蓝的天空上去。

"美得你，有你好受的。尽管来。"惠惠不忘打压欧阳驰。

"不会放我们鸽子吧？"恬恬又在逗惠惠。

"应该不会。"大麦笑着说，"他欧阳驰吧，如果真能获得我们小妹的芳心，那是他福星高照。"

"这也是我们三位姐姐的真心想法。"晓恬回应大麦的话，然后笑着望向坐在后面车窗旁的惠惠。

此时的惠惠，一脸青春的漂亮红晕。

满分接话又快又给力："那是当然啦。再说了，只怕咱惠惠放他鸽子，哪有他欧阳驰放鸽子的份呀。"

"是呀。我们的小惠惠，我是不是又要为你写一首诗了呀？只是，用什么题目呢？两位姐姐，你们说用一个什么题目好？"恬恬调侃归调侃，她不忘记将欢乐的氛围加上更多的色彩。

"叫什么长发、及腰来着？"大麦想起网上曾经流行一时的那句诗，却记不完整了。

"那叫待我长发及腰。"恬恬刚说了上半句，惠惠自己就接了下半句："少年你娶我可好。"诗句一出口，惠惠就跟着几位姐姐一起哈哈笑个不停。

"不知羞哎，小惠惠。"满分开着车还不忘拿惠惠开心。

"又笑我，姐姐真坏！"惠惠嗔怪着，快乐得忘记了矜持，"三个姐姐都坏坏的。"

四朵金花走在春光无限的街道上，一路欢笑，毫无芥蒂，多么好的姐妹情谊呀！

过了一刻钟时间，四朵金花来到了位于市中心礼贤区的爱尚佳音乐茶吧。说是茶吧，其实各色餐饮吃喝俱全。她们选了一个朝南的雅间坐下。

这里，舒缓的克莱德曼钢琴曲低低环绕着，太阳将并不太强烈的光线透过薄薄的窗纱，两三盆绿植矗立在一旁，不主动招呼，就不会有侍应生来打扰，是会面聊天议事的理想之地。

"等下那小子来，咱们可要用教科书式的启发开导方式哦。"恬恬向三位姐妹发布任务。

听了恬恬这带有网络语言的话，惠惠吐了吐舌头。

姐妹们分别点的几客爱吃的面点、饮品，给欧阳驰点的一听可乐和一杯摩卡咖啡，都还没有上来，欧阳驰就到了。

显然是工作中途退场的，西装领带还郑重其事地包裹着他的身体，头发被风吹过，还没来得及打理，不过，这些统统衬托了他的帅气。他是心急呀，要见小天使，还要问问惹了哪个姐姐。他可不想因为惹了惠惠的姐姐而让他的爱情保卫战失败啊。

四个姐妹一向是风格不同。

大麦是自来卷的头发，剪得短短的，被理发师处理成刚刚有一些卷曲的样子，装束偏向职业性质，是稳重成熟型女子。满分是烫成大波浪的披肩发，穿着比较夸张大胆，属于风风火火、泼辣、带点性感的女子。恬恬是清汤挂面的长直发，有时三两个月懒得剪了，就会长发及腰，她的衣着一贯悠闲又有飘逸感，是知性的气质型女子。惠惠是及肩的直短发，有些类似学生头，打扮青春时尚，是一个有旺盛朝气的时代女青年形象。

四个姐妹中，大麦眼睛不大不小，恬恬与惠惠是大眼睛，满分的眼睛比大麦的眼睛略小那么一点型号，就是说几位姐妹中，满分是小眼睛。不过这几个姐妹的眼睛有一个最大的特点：都很有神采。老大、老二腰不细，老大是稍显有肉的微胖型，老二较老大还胖一些，但绝不是街上常见的那种肥胖体形。老

三、老四腰细，是骨感味道浓、略显纤细的体形。

有时，几个姐妹相互评论体形，当大麦与满分说她们的三妹和四妹太瘦时，恬恬会搬出看家理论：我们两个是时尚达人体形，是最受男士女士追捧的看起来瘦摸起来肉的体形。两位姐姐呢，可要长点心，减减肥行不？再不减，走在一起都快被认为是你们俩整天虐待我们俩，好吃好喝都被你们两个抢去了呢。

五

一进包间的门，欧阳驰有点傻眼了，怎么？不只是小天使一个人，还有三个？

"我是欧阳驰，在东顺区政府办工作。惠惠，你们？"

惠惠站起来，笑着介绍："大姐简红麦，二姐司漫分，这位是本席最重量级人物，也是你知道的，我的姐姐习晓恬。我，就不用介绍了。"

"姐姐们好！"欧阳驰听着介绍，礼貌没忘记。他是有些受惊了。

别的先不说，原来习晓恬竟然是惠惠的姐姐！莫非？说我惹的就是她吗？"习晓恬、姐姐，你好！我是……"欧阳驰显然是有些紧张了，他又在职业习惯性地自我介绍。

"你是欧阳驰。"几个姐妹，看着有些惊讶又有些不在状态的欧阳驰，还蛮不错的一个男生，她们面带笑容抢着替他说话，"你是东顺区政府办的，是负责民心网工作的。"

哦，原来这几位女士都知道了。

"快坐吧，饮品都替你点上了。"大麦像长辈似的沉稳又贴心地说。

"不要紧张，咱们慢慢聊。"恬恬助力缓和气氛。

"放轻松，没有人会把你当狼打。"满分可不管那个，她马上开起了欧阳驰的玩笑。

"我也没带防狼喷雾。"惠惠也逗欧阳驰。

这反而好，有大姐大式的安抚，也有不拘一格的说笑。欧阳驰调整得很快，大家开始熟悉起来，气氛也开始适应。点的餐饮都上齐了，惠惠坐在欧阳驰身旁。聊天的话题关乎家常的少。因为每个人都明白，今天的主题是恬恬手机的事情。

"晓恬姐，看到你又向民心网投诉了。"是欧阳驰先发起的话题。

"不是恬恬，是我们几个。"大麦在欧阳驰的对面坐着，给他做纠正，"你接到的诉求都是我们三个人替恬恬做的。"

"但是，过后我都知道，所以你有什么对我说，没问题哦。"晓恬微微笑着说。

"去年十二月的投诉，我已经联系来宝利社区了，他们没给您回复吗？"欧阳驰现出疑惑的样子，紧接着又追问了一句，"社区那边没跟您联系？"

看来欧阳驰并不知道具体情况，应当是他跟来宝利社区说过之后也没再过问。

"当然，没有任何联系，诉求里说得很清楚。"晓恬回答。

"对不起，他们不做，不是我能干预的，我只能是建议。这种情况涉及个人纠纷，不在民心网处理范围内，之前也跟你解释过。而且，根据相关规定，遗失确实不在公安立案范围之内。"欧阳驰现出无奈表情，脸色转暗，"我只能是建议社区，如果社区不去，我们也没有权利要求他们必须出面解决。"

"那他们有没有义务和责任调解辖区内居民的纠纷呀，要不然，要社区做什么？"满分抢过话头。

"那你得跟社区沟通与协调了。"欧阳驰这话一出口，就被惠惠抬手打了一下他放在餐桌上的左手手臂。

惠惠看了看在座的各位姐姐，故意像对一个生病的小孩子一样吓唬欧阳驰："你是要这样子说话吗？不是上回非得找我给你量体温那会儿了，你是想让我给你打一针吗？"随后惠惠笑开了，"我打针可疼着呢，你要享受一下吗？"

大麦明白惠惠是在打圆场，她忍住笑，说道："欧阳小朋友，我们找社区说过了呀，他们说会上门找那家人要手机，结果他们没去要，所以我们就投诉到政府部门了。"

欧阳驰今天显然是不好收场。

"可是，我们这边的确没有相关规定要求他们必须出面，而且这个事情不归我这个部门管，所以我，就很无能为力了。"欧阳驰有些招架不住了。

"欧阳驰，知道你只是一般员工，你没有权力，但是你可以向其他相关部门向领导反映呀。"惠惠又嗔怪地看了一眼欧阳驰，推了一下他面前的可乐。

"我已经反映了。"欧阳驰也看了一眼他可爱的小天使，怎么办？这不会又把她给惹了吧？可是工作就是这样子，他也没有办法，"手机还在那家人手上，是吧？"

"这我们不知道，社区说给要手机也没有消息，我们电话问还不答复我们，还相当蛮横无理。"满分说，"都跨年度了，欧阳驰，社区可到现在也没有任何回复。"

欧阳驰还是用那句话当盾牌："我这边只能建议社区解决，但是解不解决，不是我能决定的，个人纠纷不在民心网受理范围之内。我们受理的是公对私、私对公，个人之间的纠纷我这边解决不了的。姐妹们，我也为难。"

"你们民心网不是老百姓有诉求就尽量给解决吗？"大麦抢白欧阳驰。她看出了欧阳驰很想好好表现自己又不知所措的心理，于是一笑，问他，"要不，要民心网干吗呢？"

"欧阳，你认为我跟谁产生纠纷了呢？"恬恬望着满脸不自然的欧阳驰，也笑着追问了一句，然后，话锋一转说道，"我这边是跟社区、跟你们民心网产生纠纷了。我的手机给要不要事小，有些相关部门不作为事大。"

"我已经沟通到街道和社区了，他们没给找、没给回复是他们的事，对不起！我……"欧阳驰不知道怎么答话了，有些发窘，他似乎在回答大麦，又似乎是在回答在场的所有人。接着，他转过头对恬恬说，"这么说，姐姐您反映的不只是手机能不能找回来的事了。"

"反映的是相关部门不作为。"惠惠在旁边看着欧阳驰笑。看你怎么收场吧，欧阳大侠。

"而且，如果我们个人能解决，那我们就不找政府了，政府是为人民服务，为老百姓办实事办好事的。"恬恬用平静的语调说道，"我一个弱小女子，那家人根本不在乎，但是相关部门出面，就有震慑力，会让他们有畏惧心理。你看，我们去找手机，人家连自己妈都可以不认，说没有那个人，警察一去，人家立刻就有那个妈了。"

"那，几位姐姐妹妹，现在想把这件事具体解决到什么程度？"欧阳驰面对的问题不是像数 12345 那么简单，他似乎感觉出了棘手，他不确定会怎么发展，或者说不是他所能把握的，所以他把问题暂时抛给了四位姐妹。

"让相关部门作为，手机要不要回来是一回事，要没要、做没做是另一回事。"满分直视欧阳驰，笑着开口说话，"姐妹们，你们说是不是？"

"是的，让相关部门作为。咱们东临市是全国文明城市，有些居民社会道德意识低下，相关部门是不是应当有义务去管、帮、教，让他们提高觉悟，做一个文明市民。"这是大麦的话。

"对啊，把别人手机捡去了不给，是不是应该教育他们，你凭什么拿了别人的东西就据为己有，还嚣张跋扈，还心安理得？"惠惠的话愤愤不平。

　　"东临市作为全国文明城市，有它深厚的文明底蕴。一个文明城市理应社会风气良好，它的公民应当有较高的社会公德意识，人人都应当争做文明市民。"恬恬认真地说，"如果内心阴暗，为人不良善，不能算一个文明市民。"

　　"非常好！几位姐姐，舒惠妹妹，我今天听了你们说的话，受益匪浅。我一定向相关部门和领导反映你们的心声。"欧阳驰真心想表达一些什么，又没有把握给予一个确凿的答复，只能这么回应姐妹们的关切。

　　"嗯，这才是好孩子。"大麦笑着说。大家都跟着笑了。

　　欧阳驰也笑了，他不愧是有才有识的男子汉，他的思路跟着几位姐妹在调整，在理顺。他在倾听中明白了一些他以前不曾细细想过的事情，除了对白衣天使舒惠的爱恋，他懂得了作为一个国家公职人员肩膀上的责任与义务是多么重要，那是有别于儿女情长的另一块需要呵护与关注、需要雨露浇灌的土地。

　　那天，与几位姐妹见面，欧阳驰本想多看看他心中的惠惠小天使，却没有做到。与其说他急于把工作做到位而没来得及多看，不如说在那种手足无措的状态之下，他没好意思看，他没敢看。彼时，他硬生生把事业放了首位，把爱情放在了第二位。

　　那天的后来，在爱尚佳音乐茶吧，有姐妹提议，我们一起唱首歌助助兴吧，为了今天的共识，为了明天的美好。

　　习晓恬领头唱起了她刚刚学会用吉他弹奏的《让我照耀你》。三个姐妹跟进来合唱，欧阳驰也跟着一起唱，尽管可能还不会唱，音调甚至歌词也不晓得，但又有什么关系？有晓恬在呢。

　　习晓恬将 LED 电视屏幕搜索调至播放着那首歌曲的背景，大家一起来唱：

　　　　我把很美的梦想当作礼物

送给了那花香和鸟鸣
希望你也来一起享用吧

我陪清浅的小溪轻轻地
浣洗过那云霞和阳光
晴朗的天空蓝得更分明了

站在很春天的地方，我迷惑
你还在忧伤里打坐吗
为什么，不来我的身旁
轻轻唤一唤我的乳名
就会碰触到我的心疼

站在很春天的地方，我迷惑
你还在忧伤里打坐吗
为什么，不来我的身旁
爱情早已在枝头发芽了
跟我来，让我照耀你

第六章　让世界充满爱

一

花红柳绿的季节就是美，城里乡下，大街小巷，到处是一派诗情画意、生机勃发的景象。天空明澈，云朵化作山坡上的羊群，悠然自得。田野里，庄稼在拔节生长，昆虫追逐鲜花，空气清新，雨燕纷飞。劳作的人们，不论是奋战在什么岗位，都是勤勤恳恳的，就像森林里忙碌又欢唱的鸟儿，朝来暮归，一片和谐。

某一天，习晓恬正置身于大自然的怀抱里，拍摄着属于这个季节的美丽。今天，她没去打扰三个闺密，因为她知道，她们今天都在忙着各自的工作与生活，姑且让晓恬享受一下独处的快乐吧。

自从泡泡失踪以来，天天伴随着她的只有花花、眯眯，晓恬暂时还不打算购买新手机，她在等 5G 手机时代的到来。她的小说《亲爱的手机》顺利进入了创作日程。

有时，她真的需要安静下来，思考一些什么。比如，这个多彩的星球之上，人们恋恋不舍却终有一天会离开的人间；比如，这个充满机遇和希望的伟大时代，不断进步与发展中的社会，日日有新颜、月月有变化的生活，以及更多，更多。

此刻的习晓恬正坐在树荫下的一块大石头上，就像她小的时候，在扶叶园小山村常常做的那样。

她在大石头上安安静静地坐着，痴痴地凝望着眼前的花开云游，蜂飞蝶舞，思绪飘到远远近近的地方去了……

手机花花的铃声不紧不慢地响起来。

"你好，是习晓恬女士吗？"她接听了，又是那个欧阳驰。

"是的，你好！"习晓恬回应着。

"我是东顺区政府办的欧阳驰。是这样的。我们又跟来宝利社区协调沟通过了，他们已经去那个老太太家入户做调查处理了。结果不理想，他们还是不配合。"欧阳驰的声音里透出几许底气不足。

"没关系，能想到。社区作为了，就是最好的结局。"晓恬已经对寻找手机的事情从容淡定得太多了，她已经没有找回手机的奢望了。

"这两天来宝利社区那边会派人与你见面，会把处理的情况向你说明。"欧阳驰语序清晰，情绪平和。他在例行公事，晓恬知道。

"谢谢，再见。"习晓恬礼貌地挂断电话。

这是欧阳驰为习晓恬寻找手机打来的电话，这已经是第几次了呢，五六次之多了吧？

此次通话来自三天前，是习晓恬上班期间。

接到这个电话后，几位当班的同事都为习晓恬寻找手机事件的有效进展而高兴。她的三位闺密知道后也纷纷发来微信留言，表示形势向好，并希望晓恬的小说进展顺利，祝福恬恬心甜、梦美。

习晓恬参加的爱我家乡摄影大赛也传来了好消息。她的系列摄影作品《东临市的召唤》获得了一等奖，并且在省市各级媒体新闻单位连续推出。这给习晓恬带来了很大的安慰，泡泡没有白来她身边一场，也算是对得起它了。虽然失去它是恬恬的大不情愿，可又有什么办法？人心使然，人性使然。

习晓恬作为一名基层的银行工作者，她本人并没有什么变化，正像她的名字：恬，依旧是低调淡然，洒脱安静。每天照常按时上班下班，业余时间照例做她喜好的那些事情：画画、摄影、文字、音乐……

二

"习晓恬，习晓恬！"

这是一个下午时分，晓恬又在做着大堂经理的工作，顾客在她身边来往不断，她为顾客解答疑问，办理业务，有条不紊。忽然有人在大声喊她，要她去经理室，有人来找她了。

待习晓恬走进经理办公室才知道，原来是来宝利社区派人来了。安家成经理向晓恬和社区人员做了相互介绍，然后落座，边喝着茶边聊起来。

社区那边来的人员中包括主任管文军、司机胖子胡。这位管主任身材敦实，一对内双的眼睛有点向里凹，说话语速有点快，又给人一种爱说话、喜欢长篇大论的感觉。听他的介绍，胖子胡在他们单位还担任什么职务，晓恬没听太清楚。

家成经理一副不苟言笑的表情，向两位社区同志郑重其事地声明："习晓恬作为我们东顺区商业银行的员工，她可是好同志，为人和气友善，从不找人麻烦。这个手机的事可真是气人哪，我们单位所有人都对那个老太太一家子生气，那是办的什么事？太没公德了，太没素质了！"

管文军首先向习晓恬不停地道歉，他说："对不起小习同志了，辜负了你对社区的希望，你大人有大量，大人不计小人过。这都怪我，没把你的事认真去办。"然后，转为他的理由陈述了，

"你希望社区帮忙找手机的事，我跟下面的人说是早就说了，只是没当啥要紧事，也就随口那么一提，没要求他们务必去做。开始你们还打了几个电话追问过，后来，你也不再来电话，我也就。"管文军停顿下来，抓了抓他的大脑壳，似乎想努力找一个合适的词语表达自己。

"你们也不管我呀，我还打电话吗？没有必要了。"晓恬微微一笑，平静地说道。

"要不说嘛，区政府那个欧阳驰呀真是好样的，他三番五次打电话找我，年前找，年后找，我起先也只当走走过场，没在意。年后，有一次他来电话说，习晓恬在民心网的投诉不能光是拖延，应当尽可能为社区居民处理事情，尤其习晓恬的诉求件必须回复。"管主任的话锋转折得很快，一下讲到东顺区政府办那边了。

"哦，我是向民心网诉求了，也是没什么结果。"晓恬笑着回应了一句。

"我当时答应欧阳了，我说做，一定做！还跟他说，你就回复吧，就说您反映的问题办理单位已做过答复，根据现行政策以及相关规定，不能采取进一步处理措施。"

管文军竟然提到了导致晓恬的姐妹们向民心网再次投诉的严重问题——东顺区政府民心网处理办对二〇一八年十二月份那个诉求的回复结果："您反映的问题办理单位已经进行过答复，就现行政策及相关规定，无法给出进一步处理措施。感谢您的信任！"那个不给力的令姐妹们相当不满意的回复！

"哦？"晓恬惊讶地问了一句，"原来是你这么说的吗？"

"是呀，这也是当初你找我们，我想，这不应当由派出所管吗？我还真帮你打电话问了派出所，那边回复我就是这个意思，他们说的也是已经答复你们了，他们不能做更多了。"管文军是实话实说。

　　管文军是不知道的，他对欧阳驰说的那句话导致的结果，曾经怎样地触怒了恬恬的姐妹们。

　　"你们哪，真应当更贴近老百姓，那是多小的事，至于到现在还没个结果吗？"安家成经理显出评判的意味，"你说那手机都到现在了，还可能要回来吗？"

　　"当初我也说了丢失的手机有多重要，可是。"晓恬一下想起来那些跟来宝利社区打交道的镜头，"你们有一些员工真的不给力啊。"

　　"对不起啊！都是我失职，我工作没做到位。小习同志，小安经理。"管文军又是一番道歉，接着又说，"前两天欧阳驰又找我了，他说已经向有关领导汇报你的手机事件，领导还专门开了会，经过讨论，认为社区本着为人民服务的宗旨，有义务也有责任帮助你。欧阳还告诉我必须亲自上门找你，把处理的情况向你汇报。所以。"

　　"所以，我们来了。"这时，坐在一旁的胖子胡接了话，"这事我也听明白了，以后我们能找还是尽量给你找。"

　　"我们派网格员已经两次入户去找那家人了。老太太闺女说老太太不住她家。而且态度非常生硬。"管文军说，"后来网格员这么告诉他们，说派出所那边已经跟我们讲了，他们警察来过你家，你们可是说老太太就住这儿的。"

　　"她撒谎。周围邻居、环卫、保洁、商家店铺，谁不知道那个老太太就住她家。平时还总捡垃圾卖。"晓恬说得有条不紊，语气平和，笑容微现。

　　"后来那家人不敢抵赖了，也承认了老太太住她家。但是一说到捡手机，就是坚决说不知道。"胡司机可能因为胖，话说得慢条斯理。

　　"那家人不就是存心抵赖嘛！"在银行这种讲究服务至上、优质优效、泾渭分明的金融系统工作的人，也许对黑白颠倒、徇私舞弊这样的歪风邪气就是看不惯。家成经理也许就是出于这种心态，他很是不满："你说我们银行的监控录像什么看不清楚，就是老太太衣服上有几道皱褶、她的眉毛眼睛长得什么样、她脸上有几条皱纹都毫厘不差。她家人竟然还在那里抱着侥幸心理遮遮掩掩，胡搅蛮缠！"

"是啊是啊，咱们又不能采取什么强制手段，找人家把手机硬要回来。"管文军的无奈，也是关注这件事的每个人的共同心声。

"这么长时间了，手机早处理了，有也没有了。"安家成说。

习晓恬波澜不惊："这件事从另一方面可以看出人性的低劣。"事情虽不大，人性的优与劣却可见一斑了。

这时，安家成、管文军都很同意习晓恬的观点，他们不断附和着晓恬的说法。

"找不找我不在乎了，我现在只想写好我的小说，把这件事写成文学作品。"晓恬笑着对管文军与胖子胡说，"你们就是生活原型了。"

管文军与胖子胡的脸上立刻现出了更多的笑容，他们显然很高兴。他们有些想不到，习晓恬原来还从事文学创作。他俩与安家成三个人都说了许多赞美习晓恬会生活、有档次的话。

"能成为生活原型，也是我们的荣幸！"管文军最后说，"你的手机，我们该找还是帮你找。"

"你们作为了就好，结果不重要了。"晓恬面含春花般美好的微笑，继续说道，"你们来了，我的作品中，你们就增加了亮度。"

三

这是来宝利小区八期住宅楼，李凤兰就住在这里。

早上六点，天已经亮了，能听到楼下走街串巷吆喝着卖豆腐、卖新鲜鱼货的声音。

其实，公园外的早市上什么都有卖的，但还是有零星的小商贩们来到住宅区里，售卖一些吃穿住行用得上的东西，也方便了一些不能够去集市的居民。

李凤兰起床后做了汤面，给去河滨公园锻炼的老伴留出一份，然后坐下来，就着自己腌的小黄瓜、咸蛋，还有拌的白菜干豆腐丝，趁热吃了。她把家里养的几盆仙人掌、苦芦荟、长寿花浇了一点水，然后锁上门，麻利地下楼。到了一楼，她从楼道处拿起一个笤帚和一把用木棍做长把手的撮子，就走出门去了。

她要赶去来宝利广场打扫卫生，她是那个广场的保洁员。

不足一米六个头的她，被岁月不断写下抒情痕迹的瓜子脸，整个人偏瘦。她今天穿了一件带连体帽的半大棉服。帽子已经戴在头上，外面又扎了条褐色头巾。手上是暗红色毛线手套。年龄大了，不能学小年轻的，自己要注意冷暖，多穿些。

李凤兰最喜欢她身上这件棉服了。自从几年前老伴从百货公司给她买回来，一到冬天，气温降到足够低，她常常会穿上。并不是没有别的替代衣服，是她不愿淘汰它。因为，这棉服上面是淡紫的底色撒着些蓝汪汪的兰花图案，正好与她的母亲为她取的名字"兰"吻合。

作为中国最平凡、最普通的公民，她从不招惹麻烦，不给别人添烦恼，李凤兰认为自己就是一朵不引人注意的兰花，这让她感到欣慰又自豪。

她快七十岁了，找到这一份保洁的工作不容易。要不是因为她身体还不错，人也勤快，乐于劳动，而且当说到他儿子身体不好，一个人带着她孙子过日子，而她也是为了帮衬着儿孙俩，来宝利小区物业也不会录用她的。

毕竟，物管办的主任丁满业知道"老有所养、老有所医、老有所为、老有所学、老有所乐"是我国老年人晚年生活的指针，是我国老年人晚年生活幸福愉快、健康长寿的保障。不只国家提倡这个，而且任何地区和部门都是要持积极的支持态度。

在上班的人们到来之前，李凤兰要把来宝利广场先清扫一遍。等到人们都来了，车也停在广场了，就会扫得不是那么全面、干净。

她拿着工具正快步走着，一个用围巾和帽子捂得严严实实的身影进入了她的视线。那人正在花坛拐角处，低头将一个矿泉水瓶子捡起来。

那比自己矮比自己胖的身形，那捡东西时伸手的动作，哦，那不是四期十二号楼那个姐妹王连芹吗？自从她把银行那个小同志的手机捡去了，开始还看见过她几次，后来听说警察去十二号楼找过她，还有社区也派人去那里找过，那之后，再也没有见过她。

"连芹大妹子！是你吧？大妹子！"李凤兰朝那个熟悉的身影喊了又喊。

那个人起先不抬头，只是低头很快地走开，李凤兰紧跟在她后面走。

"喂！连芹妹子，你走啥？我有话跟你说。"李凤兰又连声喊。

后来被叫得实在受不住了，王连芹终于抬起头，向李凤兰应了声："哎，是我。"

"连芹妹子，都大半年了你也不出来，你干啥去了？以为你不捡垃圾了。"李凤兰紧接着问。

"凤兰老姐，你找我有事吗？"王连芹狐疑地瞧着走过来的李凤兰。

"当然是有事了。半年前我见过你几次，可每次喊你，你都不搭理我就赶忙走了。你跑个啥？我还能把你吃了吗？"李凤兰笑了，拽了拽王连芹右边的衣袖，用眼睛瞅着她。

王连芹眼神闪躲，声音不高："我、这。"

李凤兰上前拉住王连芹的手，看着她的眼睛，恳切地说："大妹子，你捡了银行那孩子的手机，为啥不还？"

"我没拿。"王连芹说话的语气中没有一点自信。

"没拿，你还说没拿？那银行的监控录像我都看了，我一眼就认出捡手机的人是你。"李凤兰望着王连芹躲闪的目光，毫不隐瞒地说。

"你都看到录像了？"王连芹低垂着头。

"嗯，他们先找到我，给我放的录像，问我认不认识你。我一看，不是你还能是谁？那鸭蛋青色的半截大棉袄，白毛线帽子，花格围巾，胳膊上挎的那个大袋子，那眉毛、眼睛，你说，不是你，那是谁？我还跟人家银行同志说呢，放心吧，这个老姐妹我认识，她能给拿回来。可是，你呀你。"李凤兰叹气。

"想给。"王连芹嗫嚅了一声。

"想给，咋一捡到就关机了？害得人家找物业、找我、找派出所。"李凤兰虽然年纪大了，但她内心的善念是根深蒂固的，这使得她没办法不责怪王连芹。

"是闺女给关的。她说不还，捡的又不是偷的，还啥？"王连芹说话明显没有底气，"我起先跟我闺女想的一样，也是想不给了，后来，银行那个孩子去我家找，警察也去，社区也去，闹得我这个心不知道咋跳了，我就跟闺女说，给了就算了，本来也不是自己的，再说都找上门了，多丢脸！可闺女就是不同意，还非让我躲起来。"

"你呀，真是老糊涂，你不知道做人要修好行善吗？那样你才能给你后代积德。她们才能活得好。你那闺女咋教育的？"李凤兰拉着王连芹的手臂，数落这个让她失望的姐妹。

"唉！她爸死得早，我一个人把她惯坏了。现在啥事我都得听她的。"王连芹连连叹气。

"咱是没念过啥书，文化少，当年你不也参加扫盲了吗？《三字经》《千字文》，你没看过也听过呀。再说了，现在的电视、广播，大街小巷，不也到处在宣传教育人们要修好行善吗，你没看见咱广场边上那个大牌子写的字吗，有'文明''民主'，其他我记不住了，对了，最后两个字就是'友善'。"李凤兰越说越有劲了，她感觉自己在做一件善事，一件好事，这对她自己好，也对她儿子孙子好，她希望能说服王连芹，"我说大妹子，咱俩的岁数也没差啥。你说说你拿那孩子手机干啥？那些功能你是会用还是咋的？你为啥就不还给人家哪？你不知道那孩子都急成什么样了。那手机对咱没用，可对那些年轻孩子有用。"

"唉，还不了啦。"王连芹又叹着气，说了一句。

"咋的了？"李凤兰虽然知道事情已经相隔了这么久会有变故，但多少还是吃惊的，"咋回事啊？你说说。"

"闺女叫女婿把手机给卖了，卖给一个收破烂的了，他们也不认识，找不回来了。"王连芹老太太声音里带着懊悔与无可奈何，"我就等下辈子做牛做马吧。"

"唉，这事让你办的！年前那会儿我还答应银行那姑娘说，等我见了你一定劝劝你，让你把手机给拿回来。你说这回，我见那姑娘，让我咋说？"

李凤兰直拍大腿。王连芹的头更低了。

"大妹子，我还有一件事想问你。说的也是一个捡垃圾的老太太，在你小区那儿气人家城管那些孩子，还讹人家领导的钱了。"李凤兰想起了一直在她心里的这个疑问，因为小林并没有告诉她干那坏事的老太太是谁，"还把手牵手看护班给告了，是不是也是你干的？"

"这可不是我干的，是另一个姐妹干的。"王连芹连忙争辩，她可不想让李凤兰这个好姐妹对自己的印象更坏了。

"那跟你捡手机不还有啥区别？还不都是坏事吗？"李凤兰知道她的话管用了，说到了王连芹心里去了，所以她不必太顾及自己的话讲得轻与重。

她真的希望这个姐妹因为今天这一番话能有所转变，能够在心里对善念认识得更好更长远。

四

前几天在广场上，李凤兰遇见了在来宝利小区二期开"手牵手看护班"的小林子。

当时小林子从东顺区商业银行办完业务出来，正要回看护班。他俩聊了几句家常之后，不约而同说起了习晓恬丢手机的事。

小林子说，他曾经委托一个认识王连芹的朋友帮着要手机。可是，那个朋友回来后气坏了，跟他说："那手机就别要了，肉进狼嘴了，别想吐出来了。"

小林还跟李凤兰讲了一件事。

一年前，有个捡垃圾的老太太躺在地上打滚，嫌城管批评她废品摆放不合格的态度不好，非要城管给钱，还要帮她把东西摆好。最后，城管的廉主任出面了。为了息事宁人，廉主任个人出了钱，向老太太赔了不是，才算了事。

小林说："别提了。不光是这个，那个老太太把我的心都气得直蹦啊！"

原来，那个老太太把他的手牵手看护班给投诉了。

起因竟然是夏天外面空气好，有花有草的，小林有时会领孩子们到广场玩一玩。这一玩可惹事了，那个老太太硬说他们扰民，影响居民休息了。

自那次投诉事件之后，再好的天气小林也不敢带孩子们出去了。就是待在看护班，也让孩子们小心注意，别太大声。他不想惹是生非。

小林说，本来他见老太太捡垃圾不容易，他们看护班总是把那些不用了但还可以变卖的东西无偿送给她。

可是，老太太把别人对她的好给忘了。

一段时间以来，习晓恬每天都在思考着小说中的一系列情形，故事如何发展，人物怎么安排，叫什么名字合适，情节怎样推进，采用哪种前后呼应方式，还需要加入什么元素、什么样的细节、什么色彩的枝枝叶叶，才可以令整部小说更加有血有肉，才能使得这部作品更加宏阔畅达，而不至于拘泥于某个小小的视角。

这天是恬恬的休息日。她一个人整理着听雨轩中的绿植。

望岛花店的田桂枝阿姨本来打算丢弃的、后来送给她的那棵多肉花——凝脂雪莲，长得肉嘟嘟的，她觉得，真的应当换个单独的盆来安置它，让它自由生长了。

习晓恬看到了一个蓝色海洋贝壳图案的俄式瓷花盆，正安静地睡在阳光刚巧照射到的角落里。那是前些年她与起明从早市上买回来的。现在她想到怎么办了。

她把多肉从栽着石榴树的盆中细心挖出，移入漂亮的俄式花盆中，又将几片其他多肉花的叶子插在一旁的土里，于是，又一个小小的萌萌的盆景赫然呈现了。

三八妇女节那天，她与惠惠路过东顺区西边望岛市场的时候，还曾开车去过田阿姨的花店。自从她的工作从望岛商业银行调到来宝利广场那边的东顺区商业银行，她见阿姨的次数变少了。

那天，阿姨的店门紧闭。为什么关店门呢？晓恬有些奇怪，她猜想不出确切的原因。以前每次来，阿姨都是笑脸盈盈地在花店里迎候着她，迎候着每一个来到店里的顾客。

晓恬问了旁边熟食店的服务生才知道，阿姨回家帮姑娘看孩子去了。她女儿刚刚生了二胎，是一个小千金。

习晓恬真为田阿姨高兴，但心头还是闪过一丝怅惘。不知何日才能再见到田阿姨呢？

她竟然都没有田阿姨的电话，因为阿姨她不用手机，阿姨说过，有事就来店里找她，非常方便。

阿姨是那么好的一个人，卖东西从不要高价，因为她说，看花店只是她给自己解闷的一种方式。晓恬认为那正是阿姨身上体现出来的老有所养、老有所为、老有所乐的可贵精神。

晓恬敬重田阿姨，有时买了水果，会悄悄放在阿姨花店里那个小桌子上。临别了，她会微微笑着细声嘱咐阿姨，一定要吃哦，很好吃的。

"这孩子，真贴心！"阿姨每次都追出门，朝恬恬喊，"恬恬，好孩子，下次来啊！"

阿姨有时会把一些想弃之不要的花送给恬恬，比如恬恬养的一株蟹爪兰、一棵茉莉，比如那棵刚移栽的多肉，就是阿姨送给她的。

阿姨总是对晓恬说，恬恬善良，有爱心，有耐心，会把花养好的。

每当茉莉花开、清香飘满屋的时候，恬恬都会触景生情地想起田阿姨，也会联想到许许多多，比如人生，比如理想，比如未来……

赠人玫瑰，手有余香。如果人人都有积极乐观的处世态度，都能够认真生活，并能够赠人以美好，教人以美德，那么这个世界必定是充满爱的，这个世界上的人们必定会生活得更加幸福、快乐、和谐。

第七章 春风里的回忆

一

"放开她们！怎么回事？"

欧阳驰的声音不是很高亢，但也有足够的震慑力。来自东临市东顺区人民政府一楼大厅门口的争执声，立刻停止下来了。

保安小胖子孙铁抓着女作家习晓恬胳膊的手停在了半空中。另一个从值班室过来帮忙的小个子保安，则迅速放开了拽着舒惠手臂的手。

准备去外面办事的欧阳驰，刚走出电梯间就碰上了这一幕。

"放开她们！"欧阳驰大步走过来，拽下保安孙铁的手，语气严厉，"到底怎么回事？有话不能好好说吗？对女同志拉拉扯扯的，成何体统？"

"欧阳驰！"舒惠一下认出了欧阳驰。

"哦，是你，舒惠！"欧阳驰很是惊讶，又有些紧张，变得似乎有些口吃，"习晓恬，原来是你们。"

"她们不听管教。"小胖子保安似要争辩。

"这就是你们政府部门工作人员说的话？"惠惠这一下又

被气到了，是气上加气，"不听管教！把我们当成什么人了，欧阳驰？"

"听听吧，欧阳驰，我们是不法分子，还是恐怖组织成员？"习晓恬被惹出来的气还没有平复。

惠惠抢着说："我们都对他们说了，只是过来观摩一下政府大楼，看看外观和宣传标语什么的，恬恬姐正在写的那部正能量小说或许可以参考一下。可是，这位保安，他说着说着就上手了，还连推带搡。"

"我是看她们拿着手机，还要往里走，怕她们有问题。"孙铁这会儿说话没底气了，"万一是坏人伪装的呢。"

"小胖子，你工作不想要了？"欧阳驰瞪了一眼保安孙铁，低下声丢给他一句话，"知道她们是谁吗？想尝尝被炒鱿鱼的滋味？"

小胖子呆呆地愣在那里："是谁？"

"我准女朋友和她姐姐！"欧阳驰把声音压得还是很低，足够低，他不想让习晓恬与舒惠听到，他和舒惠还正在逐渐熟悉的过程中，为了习晓恬的手机事件他还在闹心。

随后，欧阳驰转身朝围拢过来的那一群保安看了看，提高音量说道："赶紧回你们各自的位置上！别忘了自己的本职工作！"

整个大厅一下子安静下来。一两个等候在大厅落地窗前的办事人员站在原地，一直保持着沉默，一直在观望着局面的变化。

"不行，那个保安必须给我们道歉！"习晓恬指着回到接待桌后面的小胖子保安说。

"对，不道歉不能走。"舒惠嘟起好看的嘴巴，蹙眉盯着欧阳驰，也盯着胖保安，以及保安值班室那边还在探头探脑的那些"愣头青"。

欧阳驰有一瞬间几乎被迷住了。这个暗暗让他喜欢的舒惠，连生气都这么好看。

"两位女士，你们好！我是区政府办公室的代春声。刚刚听说你们投诉值班保安。"下楼来调停事情的代春声，先是到接待桌那边问了下情况，然后来到自动旋转门口的习晓恬、舒惠面前。

刚听保安孙铁说了，有一位是欧阳驰的准女友。代春声还真是好奇，想看看。他用目光与欧阳驰交流了一下，朝他挤了挤眼睛，面带神秘的笑容，说："欧阳，你帮我来处理吧。"

在刚才的小小混乱中，习晓恬拨通了东顺区政府值班室的电话，要求工作人员出面来调解争端。

"先这样，你们看好不好？"欧阳驰想到了办法，眼睛一直没离开舒惠。这时，他指了指门外朝左的方向，说道，"带你们先去那边办公室坐一会儿，喝口水，歇一歇，然后，咱该办什么事办什么事。"

欧阳驰说的办公室，是出了门左边方向的一座两层建筑，那里是信访办。

今天习晓恬与舒惠穿的是姐妹组合套装。晓恬是米黄色编织套头春秋衫，外加白色羊绒短风衣；惠惠是白色编织套头春秋衫，外加米黄色羊绒短风衣。晓恬将她的栗棕色长发在头后随意打了一个结，恬静中不失知性。惠惠还是她的齐肩短发，顺滑且黑，发梢略向内扣起，很能衬托出她的姣好面容。

"不可以，就在这里解决！"舒惠不依不饶，拿眼睛瞟着欧阳驰，"让保安跟我们说对不起，我们就走。"

"孙铁，过来一下！"代春声与欧阳驰几乎异口同声。

"跟两位女神说声对不起，快说。"代春声命令的口吻，让在场的人都露出了笑容。

"对不起！"孙铁一副霜打的蔫相，瞟了一眼舒惠，"不知道你是我们欧阳大哥的女朋友。"

"什么？什么？"习晓恬错愕地看了看舒惠，又看看欧阳驰，"你们俩这是什么时候的事情？"

"哪里有啊，恬恬姐，这是他们瞎说。我们才认识多久呀。"舒惠瞪了一眼小胖子，"跟我们是什么身份有关吗？作为政府大楼值勤人员，要注意素质与修养，别动不动就上手。你们是暴力分子吗？别给我们人民政府丢脸。"

"就是，以后要注意形象。"欧阳驰见舒惠有可能会动怒，马上附和。

孙铁立即举起他那胖胖的右手，敬了一个像模像样的军礼，大声说道："以后我一定洗心革面，痛改前非，重新做人，听党的话，听两位领导的话，听两位女神的话。"

这个孙铁大脑袋瓜没白长，脑筋转得就是快，他的一番话才出口，在场的人又一次被逗笑了。

代春声在一旁也忙着帮腔："走吧，咱们去坐一会儿，聊聊，让心情放松一下。"

二

今天是二〇一九年三月八日，正是一年一度的国际劳动妇女节。普天下的妇女同志都在欢度这个专属于她们的节日。

习晓恬今天刚好休息，她在四朵金花微信群中留言：

"有跟我出门采风的木有？我的小说急需素材。"

"不放假。"大麦的留言。

"今天花店忙爆了。采风回来帮忙哦。"满分的留言。

"去哪里？恬恬姐姐，我或许可以请假。"惠惠的话。

"派出所、社区、政府大楼。"恬恬回答。

"哪幢大楼？"惠惠在问。

"当然是发生事件的那幢大楼。"恬恬立即回复。

大麦："米国白宫？"加一个大张嘴巴的惊讶表情。

满分："那时间来不及了啊。"加一个捂嘴巴偷偷笑的表情。

惠惠："那除非坐无人驾驶飞行器去了呀。"加一个满嘴龅牙的大笑表情。

恬恬则发出一个翻白眼加晕倒的表情。

几个姐妹又开始调侃上了。

"你们都有无与伦比的智商，希望情商能更胜一筹。我要去的是与泡泡有牵连的那个政府大楼——东顺区人民政府办公大楼。"习晓恬忍住笑，发了一段语音。

"我要去！"惠惠马上报名，"借此机会正好可以看看某人工作的地方长什么样子。"

"你说的是谁？"满分的好奇心与年龄成正比。

"你们都知道的，我先不说，怕你们印象不深。"惠惠卖关子了。

"还有谁？OYC。"晓恬立即打上这行字。

"可是，看他工作的地方又有什么用？"满分不解。

"与你一样，好奇心泛滥呗。"大麦在本行文字后面，加了一个开怀大笑的表情。

"以后再给你们讲哦。"惠惠又埋了一个隐形伏笔。

"恬恬、惠惠，你们俩路上小心。慢点开车。"大麦的细心可是随时随处可见。

"OK，亲爱的姐姐！"恬恬对这个姐姐的贴心，非常乐意享受。

"O啦。"惠惠满心欢喜，就像要冲出笼子的小鸟一般。

惠惠是直接找院长卢光请的假。他们院里有规定，员工有特别事情请假，可直接找本科室主任或者找院长请假。

按一般人的心理，都不会喜欢找最高级别的单位大领导请假的，而是找直管他的本部门低级别的小领导请假。感觉上，似乎就是大领导不好说话，小领导相对好一些吧。

但是惠惠不是这样子。她觉得找她的院长请假，是一次与她心目中的男神近距离接触的极好契机。她爱慕他那么久了，怎么能、怎么可以放过与他接近的机会？

"卢院长好！"惠惠拨通的不是院长室的办公电话，而是卢光的私人手机。

"舒惠？有什么事吗？"卢光正忙着手头上那份"精准扶贫爱心送医"的文件审阅，忽然接到了舒惠的来电，他有一些惊异，这个女孩子要做什么？

"炉子哥哥，我想请半天假。"惠惠的语调好像不是很明晰，怎么就透出那么一点点暧昧？难道是卢光的错觉？

"怎么啦？是身体不舒服吗？"卢光马上关心地问，一瞬间，竟然忘记了收敛他的担心，忘记了他应有的稳重与从容。

是的，卢光他不是不懂得舒惠的心思，也不是不喜欢她，只是他感觉自己已经这个年龄了，完全配不上这么好的女孩子，配不上她那么新鲜亮丽的青春。她还有很长的路要走，而他，已近迟暮。

所以，两年前，当小舒来安康医院上班五个月未满时，当他亲自主刀为患了急性阑尾炎的她做了手术后，当那个一脸春天气息的女孩子眼睛里全是对他的崇拜爱慕时，他选择的不是装作浑然不知，而是严肃郑重地告诉她：趁年轻一定要好好工作，好好学习，好好努力上进。

"不是啦，是我的恬恬姐在写一部小说，我想陪她去采风。"惠惠作出解释。

其实，惠惠每天都想留在医院里，并不想离开，因为医院里有卢光，有他的人，他的身影，他的味道。

"那就去吧，正好今天是你们女人的节日。"卢光释然了，不是惠惠身体上有什么不适就好。

"我还不是妇女嗳，院长你乱说。"惠惠嗔怪卢光了，"难道你不知道吗？"

"我是老糊涂了，你别怪我。"卢光也意识到了自己用语的不妥当，想作出纠正，"人们也说今天是女神节。你是女神，那这个节，你过不？"卢光改用玩笑的口吻说话。

卢光真怕一不留神，会让他心田上最美的天使不开心。

"当然要过了，那就请院长大人准假吧。"惠惠马上就笑了。

惠惠才不会真生卢光的气呢，爱还爱不过来呢。

"前些天，礼贤区第二小学一个班的学生集体食物中毒，你为了守着孩子们加班加点。还有以前，你也加了许多班。也的确应当给你补偿休息日了。"卢光说的都是心里话，医院欠舒惠不止一个班了，"欠你太多了。快去吧，跟朋友好好玩。"

"谢谢亲爱的炉子，大哥哥，不，卢光院长。"惠惠并没有忘记对卢光的关心，"炉子哥，你也要注意休息，身体要紧，累坏了我会心疼。"

"这孩子，又调皮上了。"卢光的语气里，有的不是真正的责备，而更多的像是宠溺。

"再见！"舒惠迅速按下通话结束键，她光洁的脸上滑过不易觉察的羞涩。

在批准舒惠请假的同时，电话另一头的卢光竟然有些若有所思起来。不仅仅是他们医院亏欠舒惠。在卢光的心底，好像有无数个声音在说：

"是的，你的确亏欠这个好女孩，亏欠得太多了。比如一个承诺，一个你不敢给予她的承诺；或者一个交代，一个明明白白让你与她都死心的交代。"

三

习晓恬开着去年夏天新买的白色新能源小轿车，带着惠惠，在春色袭人的滨河大桥上，在街道树齐齐整整点染绿色的马路上，在连翘花、报春花恣意开放的东西南北各个方向上，在醉了行人、暖了大地的春风里。她们两个女子一路欢声笑语。

在宏兴派出所，她们说明来意，一名不胖不瘦的老警察慢声慢语地向她们介绍派出所各办公室各分区的功能，张贴在墙上的各种标语、规章制度。

最醒目的是，一进派出所大门时，正对着的一面白墙上"为人民服务"那五个金色大字，以及墙面正中间挂着的威严警徽，警徽上的标语：信念坚定，执法为民，敢于担当，清正廉洁。还有"关爱未成年人成长""社会主义核心价值观""讲文明树新风"等几款立式宣传牌。

晓恬问老警官，你们这里不摆放绿色植物吗？

门边上站着的一名小警员抢着回答："我们这里没有绿色，只有蓝色。"

为了寻找丢失的手机，习晓恬来过这里，而且还是不止一次。

晓恬曾经设想，如果再碰见那个打官腔的郝志涛警官，那会是怎样的一个情形？但是今天他不当班。

当晓恬问起郝警官在不在时，值勤室内的一名警员反问了晓恬一句："叫郝什么？"从他的脸上看不出任何表情。

"他说叫郝志涛。"晓恬微笑着，吐字清晰地回答。

"哦，他今天不值白天班。"那个警员继续他的面无表情。

那表情是他长期以来从事严肃的警察工作练出来的不动声色吗？晓恬与惠惠不禁偷偷地相视一笑。

晓恬、惠惠去了东顺河社区和来宝利社区。因为两个社区同在一个办公楼内，所以她们一并造访了。

社区内外的景观基本相同。没有奢华的装修，只有用社会主义核心价值观等宣传标语、精神文明图片展、光荣榜等做的简约装饰。

每个社区便民服务大厅门口，都挂着"学雷锋志愿服务站"的牌子。在综合文化服务中心，晓恬和惠惠看到了几张小小的桌椅、书架。问了来宝利社区主任——那位去晓恬单位找过她的管文军同志，才知道那是未成年人活动室必备的。

原来，社区这里也没有要求必须配备的绿植。摆在窗前的一盆盆花卉，都是单位员工自己养的。

走出社区办公楼，南面是另一座大楼，楼前的几块牌子上分别写着"东临市东顺区慈善总会""东临市东顺区残疾人联合会""东临市爱心人士爱心团队"。这样的牌子让习晓恬不禁想起岁月长廊里的许多往事。

"惠惠，还记得那个十七岁患癌的小男孩晓溪吗？"

"记得，你给我们讲过。怎么啦姐姐？"

"他就是这个爱心团队援助过的。"此时的习晓恬用手指着最左端门口立着的门牌——东临市爱心人士爱心团队。

几年前，网上追踪报道过一个自强不息的十七岁患癌小男孩。那个小男孩在生命时光的最后阶段，仍然以微笑面对每一个人，面对这个他万分渴望留下来的世界。他在不是那么疼痛的时候，常常劝自己的爸爸妈妈，劝每一个关心他爱他的人，不要太想他，不要为他担心未来。他说当他停止呼吸之后，他是去另一个幸福美丽的星星上生活了。晓溪说，等到他在那个星球上完成了学业，等他开始工作了，在不忙的时候，会乘坐最先进的航天器回到地球的，会来看望他们，给他们每一个人都带来最喜欢的礼物。他还说，相信那时候，人们都可以去外太空旅行游玩了，他与牵挂他的人们就会经常见面的。

那个可爱的、让人们想念的小男孩晓溪带着他的梦想，带着他干净的笑容，永远地离开了关爱他的人们。而义务帮助晓溪一家联系北京权威医院、为他做免费治疗与心理疏导工作的好心人，正是东临市爱心人士爱心团队的队长郝志丽大姐姐。她带领她的团队不只是义务帮助了晓溪一个人，而是许多人。

习晓恬在以前工作的商业银行网点，曾经不止一次接触过那位爱心姐姐。每一次她俩都会做一些交流，聊一聊近期他们又在为哪一个需要帮助的人做事情，比如联系红十字会、无偿捐赠药品物品等一个又一个令人听来温暖的生活情节。

舒惠一边跟着晓恬姐姐向前走，一边听着姐姐再次讲起晓溪与爱心姐姐的故事。

"等一下，惠，我打一个电话。"这个时候，姐妹俩已经坐上车。晓恬开始拨她的花花手机。

"志丽姐姐好！我是习晓恬。"晓恬与舒惠经过那座大楼时，她朝爱心团队那边看，门是锁着的，她知道那位郝志丽姐姐一定是正在忙碌着，"姐姐你在哪里？在做什么？"

"晓恬呀，我在云朝村这边啦。这里有一个六岁的小女孩需要帮助。"

"哦？姐姐，又有新情况了。"

"这个小女孩以前一直跟着爷爷在一起，现在爷爷去世了。我们正准备给孩子联系，是由她远方亲戚抚养好一些，还是送咱们东临市社会福利院，咱们的福利院条件也很好。"

"她亲戚不方便，就可以送福利院。咱们市的福利院很好，那里的孩子生活很不错的，有的都上高中上大学了。"习晓恬的话听来是安慰，也像是在鼓励，"我带我家亮歌去过那里，看到福利院里的孩子们都快快乐乐的，蛮幸福。"

当时，晓恬的一对南方同学结婚后一直没有生孩子，试管婴儿的方式他们又不想尝试，总想领养一个小孩。习晓恬带亮歌去福利院就是想帮助她的同学。虽然，那时没有合适的孩子可以给她同学领养，但是，她记住了东临市社会福利院那个地方，那里安静舒适的环境，耐心热情的工作人员，正在开心做游戏的孩子，还有几个穿着校服放学归来满面笑容的少年学生。

"嗯，这孩子太可怜了！必须帮！"那边的郝志丽说话声音很高，这跟她长年助人为乐有关，太多的事情需要她操心张罗，有太多的工作需要她亲力亲为了。

一个看似平凡的女子，却做着一件不平凡的事情。晓恬对这位爱心姐姐一直内心充满着敬佩与赞赏。

坐在车上的舒惠感受到晓恬姐姐是多么的善良可爱啊，她心里在想：我亲爱的晓恬姐姐，你自己不觉得呀，那位郝姐姐的爱心与你的爱心正好相互补充、相互传承着啊！

是的，所有善良的义举、所有悲悯的情怀都是殊途同归的，最终都归结到一个爱心上。

"郝姐姐多好啊！"放下电话的习晓恬感叹道。

这时的舒惠立刻接了一句："我的晓恬姐姐也好。"

"惠妹妹也好。"晓恬笑了，不忘记夸她的惠惠妹。

"你好，我好，大家都很好。"舒惠开始调皮。忽然她像是想起了什么，又说了一句话，"哎，姐姐。我们的小外甥亮歌那可是一棵好苗子呀，人又帅气，又爱心爆棚啊！"

是的，亮歌从小就是一个善良有爱心的好孩子。记得小学三年级的时候，亮歌从学校捧回来的"十佳少年"奖状，上面明晃晃写着这样的授奖词：阳光上进，有修养，有爱心。

后来，亮歌由小学升入另一所学校的初中部。

是的，那时的亮歌还是个初中生。

那时，每天放学，他都会陪一个叫石龙的同学一起走。他俩同级不同班。如果亮歌放学迟了没有去找他，那个男孩子一定会准时出现在亮歌的教室门前。

石龙只有一个目的，为的是能够由亮歌陪伴他，一同走出教学楼那道长长的走廊，一同走在校园里那条弯弯的水泥甬路上，一同出现在学校大门前正在那里等着接他回家的妈妈身边。

偶尔，石龙的妈妈来迟了，他会由亮歌陪着一起出校门，继续向前走，去马路边上迎候他的妈妈。

石龙，是一个脑瘫的孩子，总有淘气的学生嘲笑他、骂他，甚至来故意撞他的身体，抢他的书包。这个时候，亮歌是他的保护神。亮歌并不强壮的小小身体，在他看来却能为他披荆斩棘。小小的亮歌，是给他带去安全与温暖的大英雄。

亮歌上高中的时候，有一年春节，亮歌告诉晓恬又收到石龙给他的信息了。过了一会儿，亮歌又说："不会是石龙发的，是他妈妈替他发的。他自己不发信息。"

记得亮歌与石龙不在一所学校上学的时候，石龙的妈妈给亮歌打过一次电话，说了许多感谢亮歌陪伴石龙、照顾石龙的话。

习晓恬在东顺区商业银行上班不久时，曾经遇见过一对来办理业务的母女。

那位母亲对晓恬说，女儿是小时候一次感冒打针造成的脑神经部分坏死，现在在省城一所特殊学校上学，她在那里陪读。

晓恬与她聊得很好。聊她女儿的近况，有无再治疗、日常生活自理情况如何，以及在东临市这边住在哪里等等。她对晓恬的关心很高兴，很感谢。

后来晓恬问母女俩，有一个叫石龙的男孩子是不是认识？他也在那所特殊学校吗？他是住在东顺区城西街的。

听到晓恬的问话，那个一直默默站在母亲身旁的女孩子立刻兴奋起来，口齿不清地对晓恬说："阿姨，石龙，他是我同学。"

"哦，真巧，你们是同学。石龙那个孩子还好吗？"这是习晓恬必然要问的，是她必须关切的。

"那是个脑瘫的孩子，挺好的。她妈妈也是在陪读。他在那所学校学一些生活技能。"女孩的母亲遇到主动关心残疾孩子的人，也真心愿意多聊聊。

此时的夜晚，朦胧的暖色调灯光下，习晓恬躺在沙发上，一边追一部叫作《幸福追就来》的电视连续剧，一边还在思考这一天遇到的各种情形，浮想联翩。

这时，亮歌从北京所在的大学打来了电话，问候妈妈节日快乐。

多懂事多孝敬的一个孩子！晓恬的心真的像窗外的季节一样，花开香溢，像小河里的春水一样，冰雪消融，歌声潺潺。

白天采风的最后一站是政府大楼。

等到去过了东顺区政府大楼之后，习晓恬再次明白了生活中很安慰人的那句话：上天对待每个人每件事都是公平的，他让你在这里失去的同时，又让你在另一处得到补偿。

走进东顺区政府大楼旋转门，站在大厅前，习晓恬和惠惠还没看清楚迎面两个大柱子上那副长对联写的是什么内容，还没看清楚大楼里 LED 屏幕上一闪而过的宣传用语，还没等看一眼大楼门厅内还有哪些威严正气的标识与场景，就被那个胖保安孙铁在抓、推、搡之间给阻拦住了。

随后，还上演了一场别开生面的情景剧。

第八章　叔叔是不是喜欢阿姨

一

傍晚时分，习晓恬与惠惠、满分、大麦在"花之恋"鲜花店聚齐。

四朵金花一齐忙碌着，把满分这两天批发进来还没卖掉的鲜花卖得所剩无几了。然后，她们共进晚餐，在吃喝笑闹之间，一起欢度庆祝她们的女神节。

晚餐后，四姐妹就在花店的花厅里闲坐，聊天。

太阳入睡了。星月在争辉。万家灯火。淡淡的雾霭给大地增加了一层朦朦胧胧的神秘感。

"说吧，小惠惠，跟那个欧阳驰怎么认识的？"习晓恬拍拍惠惠的手，想起今天那个欧阳驰看惠惠的眼神，仿佛，像是看一个从没见过的仙子一样，有点傻呆，"姐姐们也好为你考量考量今后的路。"

"我们只知道那孩子追你，可是从没认真问过你什么，今天你跟姐姐们说说吧。"大麦以一个老大姐的身份说话，很是语重心长，"恋爱结婚是人生大事。咱可不能当儿戏。"

"是呀，妹妹，也该跟姐几个说说了。"满分也一脸沉稳。

为什么几位姐姐都没有正式问过惠惠关于欧阳驰追求她的事情？因为卢光。

她们知道，卢光在惠惠的心里举足轻重。平常开玩笑归开玩笑，有谁能够真正取代卢光的位置吗？所以，即便是听说有个欧阳驰在追求惠惠，她们也都见过欧阳驰，那也只当是年轻孩子青春萌动期的正常现象，更何况她们的惠惠人好，又美丽，时常就会有追求她的男孩子出现。

"是这样子啦。"随着惠惠的讲述，一幕幕剧本一样的场景再现了。

秋阳高照，大地之上的花草树木还没有到最后谢幕的时候，还在纷纷奉献着他们缤纷的色彩和丰硕的果实。一个非常平常的中午，年轻的护士长舒惠又到了例行检查儿童输液室的时候了。

刚走到输液室的门口，舒惠就看见一个青年男子正笨手笨脚地在给那个输液结束的小男孩腾腾穿鞋。穿了好几下，鞋子还是掉到了地上。

"腾腾，我来帮你穿鞋。"舒惠朝那个小孩子温柔地笑着，说着俯下身。

"惠惠阿姨！"腾腾脆脆地叫了一声。

"妈妈怎么没有来？爸爸呢？"惠惠柔和地问。

"他爸爸去找医生问问孩子的情况。"旁边站起身的叔叔帮忙答话了。

"那你是谁呢？"舒惠已经娴熟地给腾腾穿好了鞋子，同时，警觉地看了一眼站在一旁呆呆望向自己的年轻男人。

"你不用担心，我可不是坏人。我是腾腾爸爸的同事。"欧阳驰有些着急地解释，刚才一直窥视着眼前这位漂亮可人的白衣天使了，竟然有点走神，"腾腾快告诉阿姨，我不是坏人。"

"他是欧阳叔叔。"腾腾边说边举起胖乎乎的小手，指了一下他的欧阳叔叔。

"我叫欧阳驰。你叫什么名字。可否告诉我你的芳名？"欧阳驰这会儿很绅士地向舒惠稍稍倾了一下身体。

"阿姨叫惠惠。"腾腾又说话了。

"好吸引人的名字啊。你本人也好有魅力，那种隐隐散发出来的让人为之一振的魅力。"欧阳驰说的完全是此刻发自心底的大实话。

这样的女孩，才是欧阳驰要找的心肝宝贝。

听到欧阳驰的话，舒惠的脸上有点不自然地在发热。

"我有大名的。"舒惠低着头，极快地说了一句。

"那你告诉我。"欧阳驰不想放过认识这个美丽女孩的机会。

"为什么要问女士的名字，很不礼貌的。"惠惠嗔怪地嘟起好看的嘴，凝眉瞪了一眼欧阳驰。

"惠惠阿姨你别怕，欧阳叔叔是好人。"这时，腾腾小大人似的开口了，"叔叔你是不是喜欢惠惠阿姨？"腾腾这句话弄得惠惠一脸红晕。这一细节被欧阳驰给捕捉到了。

"不告诉我，那我也叫你惠惠。"欧阳驰赖皮上了，"把你电话也告诉我，加你微信。"

欧阳驰这一黏人的功夫是从什么时候练成的？就是此刻，还是上一秒？

"腾腾乖，不发烧了，腾腾的病好了。"舒惠还没有从窘态中恢复正常，她不回答欧阳驰，只是默默地帮腾腾扶正卡通小熊图案的帽子，又用脸轻轻贴一下腾腾的小嫩脸蛋，"我还要检查其他病房，再见！"

"我有办法知道你的。"欧阳驰朝惠惠离去的背影大声喊，他长这么大还是第一次这么厚脸皮。

如果妈妈让我娶的女人能有这个女孩一半好，也不至于让我天天郁闷了。欧阳驰又想起了自己的女友马珊珊。她曾撒娇地对欧阳驰说，她不想要孩子，她自己还是一个要人照顾的孩子，怎么能生小孩？而且在欧阳驰的记忆里，马珊珊看到小孩子时，从来就没有过惠惠这般的耐心、细致与温存。

欧阳驰从腾腾爸爸潘力那里得到了舒惠的名字与电话，然后不舍昼夜地找舒惠，请求舒惠加微信好友。舒惠实在没有办法，又见他也不是什么坏男人，就同意加好友了。

在微信上，欧阳驰向惠惠敞开心扉地谈各种事情。包括他爸妈给他物色的女朋友马珊珊，包括他不喜欢华而不实的女人，他喜欢惠惠这样子外表与内心都美丽的女孩子。他说，他见惠惠第一面就怦然心动了，他认为他要娶的另一半非惠惠莫属，他会不遗余力地追求惠惠，直到海枯石烂，直到永远永远……

常常是欧阳驰一个人在说话，在留言。只要惠惠静静地听着、看着就好，欧阳驰就感觉好安心好甜蜜。惠惠尽量不跟他说太多的话，不跟他聊很多话题。

因为惠惠心有所属了。她的心每一天都要跟着卢光跳动。尽管她也知道，欧阳是一个难得的心明眼亮的好男孩。

"当初就是这样子了。后来的情况姐姐们都差不多知道的啦。坦白交代完毕。"惠惠扮了一个大鬼脸，三个姐妹都开怀笑了。

"然后就是穷追不舍，废寝忘食，甚至跑医院死缠烂打，视死如归。"满分还在那里发挥她的语言天赋，就被众人哄笑着打断了。

"瞧你用的词儿，还视死如归呢，再说就是赴汤蹈火啦！"大麦揶揄满分。

满分不服气地皱皱眉头，嚷嚷道："我是为了说明那个欧阳小伙子很诚心，他对咱惠惠算是很用心了，比起以前追过咱小妹的男孩子们都更有毅力吧！"

"如果卢光没有可能，考虑这个男孩子，真不错。"习晓恬下结论似的说，"虽然，我是说，虽然现代人做事太着急了，比如爱一个人，看一眼模样，说两句话，就喜欢上了。但是，"

"但是什么呀？"满分着急地追问。

"但是惠惠是值得喜欢的，他是喜欢对了。"习晓恬做总结。

"通过那一次茶吧的接触，我感觉欧阳那孩子也是不错的，给我感觉挺靠谱！"大麦沉思着说。

"我感觉也是挺好的。"满分也赞同地说道，"可你们总说我不会看人，所以我也不敢乱表态呀。姐妹们，你们说是不是？"

满分说完，哈哈笑起来。其他姐妹也被她的话逗笑了。

"恬恬你接触欧阳驰比我们姐俩多，你又是大作家、大摄影师、大画家，你看人一向很准的，凭你感觉，欧阳驰他人怎么样？"大麦很认真地向习晓恬发问。

"是呢恬恬，说说你的看法。"满分也附和地说，满脸期待。

"蛮优秀的一个男生，做事认真，又有耐力。像龟背竹。"晓恬看着惠惠，会心一笑。她想起了那个欧阳驰养的龟背竹。

此时，只有惠惠不言语，她好想通过姐姐们的谈话，思考她自己将何去何从。

二

习晓恬和惠惠跟着欧阳驰与代春声先去信访办了。

偌大的信访办大厅空无一人，异常安静。刚一进门，接待员小唐就从接待处走过来，她看到熟悉的欧阳驰与代春声带着两位女士一起来了，显得特别高兴，忙不迭地请他们在休息椅上坐下，随即提来暖水壶，送上一次性水杯。

"我们这里一整天也不见一个人来，特别适合那个成语——

门庭冷落，还有门可罗雀。"小唐忙着招呼客人的同时，开玩笑似的说。

"很好哦。说明我们社会的大环境向好。"这是习晓恬说的，众人都表示赞同。

"你们也可以把今天我们来这里的事，当作一次信访事件来处理啦。"惠惠瞄了一眼欧阳驰，对小唐半玩笑半认真地说。

小唐反应敏锐："欧阳哥、代哥，你们认为可以，我们就这样做，怎么样？"

"小唐，她是开玩笑的，别当真嘛。你回接待室吧，这里有我与你代哥呢。"欧阳示意小唐退下。

"好的，我明白！你们尽管坐，随意聊，有需要随时喊我。"小唐转身回她的接待室了。

几个人先是聊了聊今天在大厅与保安起争执的原委，因为与保安之间的芥蒂已消除，就没有太要紧的话题了，然后就随意聊了起来。

"欧阳、小代，你们政府大楼有没有养一些从花店订购的花卉？"习晓恬忽然想起来，派出所、社区都不是他们银行那样子，都没有定点花店配送的花卉。

"没有养。"欧阳驰简单作答。

"那你们自己养花吗？"晓恬好奇地问。

"我不养。"代春声略显尴尬地一笑。

"我养。"欧阳驰自豪满满地说。

"养的什么花？"惠惠很好奇。

"龟背竹。"欧阳驰老老实实地回答。

"放在办公室？"晓恬接着惠惠的问题，继续问。

"嗯。如果你们想养，我可以给你们掰几个杈送给你们。惠惠，想要吗？"欧阳眼睛一眨也不眨地望着他心目中的天使。

看着欧阳望向舒惠的眼神那么热切，代春声小声在欧阳驰耳边说："那个马珊珊怎么办啊？"

"早就不想要了。"欧阳推了一把代春声，低声怼了他一句，"你烦不烦？我们好不容易有直接接触的机会，你干吗？"

"那能不能说说为什么一个大男人养那种绿植？"两个女士关心的是同一个问题，她们在问欧阳驰。

"希望自己和同事们都能有龟兔赛跑中那只小乌龟的精神，有耐力，有韧劲。"欧阳驰回答得竟然十分精彩，令惠惠眯起的眼睛里含上了满意的笑。

"加油！"惠惠赞赏地把非常有鼓舞性的这两个字说出了口。

"我们都要加油。"欧阳驰倒是很顺应舒惠的心理似的，马上接了一句。

难道，这两个人天生地有默契？

几个人正聊着，管文军来了，是代春声接了晓恬找他们值班人员的电话之后打给管文军的。因为当时他问习晓恬归哪个社区管，晓恬顺口回答了一句：来宝利社区。

"我接了电话就过来了。"管文军笑着说，朝在场的人们点了点头。

"很小的事情。"惠惠说，"至于这样兴师动众的吗？"她翻眼瞅了一眼代春声，又瞥了一眼欧阳驰。

接下去，几个人你一句我一句又讲了一下事情发生的过程。

"就是嘛，我跟舒惠刚刚从你们那里过来，还能打砸抢吗？"习晓恬玩味似的一笑，看看代春声与欧阳驰，然后对管文军说。

"怎么叫来宝利社区的人来了？我人不在那里住。"习晓恬有些不解，"我只是手机丢在那个社区了。"她还没有意识到，是她打电话给代春声时说到了来宝利社区所致。

然后，大家就聊到找习晓恬手机的事情，这是一系列事件的触发点。

"你又没有证据，还找人家要手机。"与管文军同行的那个胖子胡忽然插了一句嘴。看他的样子，仿佛是久晒太阳而显得满脸暗黄。

习晓恬与惠惠两个人听到胖子胡的话，都有些吃惊。惠惠反应最快，不软不硬地回应道："那这位先生，您认为银行的监控视频是摆设吗？是谁说的没有证据呢？"

"管主任！"习晓恬不想直接问责，她只是笑着对坐在旁边的管文军说，"可以再介绍一下这位先生吗？他在你们单位做什么工作，任什么职？"

晓恬记得上次管文军一行人去他们单位，也有这位姓胡的胖先生在。当时管文军介绍他职务了，晓恬并没听清楚。

"他就是个小孩，不是我们单位的，什么职务也没有，他是帮我开车的，别听他的。"这时候，那个胖子胡知趣地退出了信访办大门。

谁知管文军是不是在撒谎？会不会他们私下议论这件事情时，也是这么乱说习晓恬没有证据的呢？无从考证。不去理会就是了。

"没有证据，能直接找到那个老太太她家吗？我们怎么没去找别人呀？"习晓恬笑颜微绽，不卑不亢，语调从容，"在我们银行门口，监控什么都能录上的。"

"就是，银行监控录像不但能录上，而且还能从各种角度录。"惠惠还是对那个司机心生不满。

"习晓恬姐姐请喝水，惠惠请喝水。"欧阳驰又来倒水，目不斜视地望着惠惠。

"叫我大名。"惠惠连笑带嗔怨地瞪了一眼欧阳驰，低声命令道。

"舒惠天使请喝水。"欧阳反应也真快。

这时的代春声又看出剧情来了，他凑近刚在旁边坐下来的欧阳驰，小声嘀咕："喂，我说，那个马珊珊，真不要了？"

"本来就不是一路人，没办法将就。就我老妈老爸两个人同意。"欧阳驰指了指惠惠，"她哪有这位美丽的天使好？心灵也没有她美，你说让我怎么爱？"欧阳摊开双手做满脸痛苦状。

管文军还在解释："上次去你们单位我没跟你们说，捡手机的那家人还说你们写恐吓信，还跟踪他们。"

"开玩笑，我们真是闲到那种程度了吗？真无聊！"舒惠反问，"如果他们没拿手机，为什么不敢让老太太直接面对我们？为什么要躲起来？"

"人家先是说没有那个老太太，后来又说老太太没住在那里。"管文军又补了一句。

"那是他们做贼心虚。"惠惠的话，一针见血地有力度。

"我们去找时，也说没有那个老太太，警察一去就老实说有了，无理刁民而已。"晓恬依旧笑如春风，淡然应对。

"你们认为那一家无赖，还能把我们的手机还回来吗？"惠惠不依不饶，"可能性为零。"

"我现在只想写好小说，其他都不重要了。关于我丢的手机，我并没有打算非要你们协助找回来。"习晓恬若有所思地说，"本来吧，我这部小说是满满的正能量，就比如那家不归还手机的人，我也会安排一个很明亮的结局。但是现在看，涉及了某些人性的弱点，还是要暴露一下的，不然文学作品教育人的作用就不鲜明了。"

一时之间，众人都沉默了。正义虽然不会总是缺席，但在某些时候，面对邪恶竟然也是无奈，或者是暂时的无奈。

"欧阳，你怎么在这里？"马珊珊不知什么时候走了进来，踩着细细的高跟鞋，快步向欧阳驰靠过来。

欧阳驰把一直放在舒惠身上的目光临时移开，看向马珊珊，脸上一僵："你来干吗？"

"阿姨说晚上要我和你一起回家吃饭。"马珊珊发嗲地说，并用一种渴望的眼神望着欧阳驰，等待着他的答复。

"没有事了，那我们先回去了。"管文军有些不自在地站起身。

"再见！"惠惠抢着说。

"再见！放心，我们不是闹事的人。"晓恬也说。

一上车，管文军就劈头盖脸地问胖子胡："你捕风捉影是吧？谁让你胡说八道？害我差一点下不来台。你不插话能当哑巴卖了吗？"

"那天你跟同事们聊天不就那么说的吗？"胖子胡还觉得委屈呢。

"我哪里有那样说？你在哪里听的？"管文军急了。

"那天下午我一进便民大厅的门，就听你正在说'又没有证据，还找人家要手机'，我就记住了。"胖子胡咕哝着。

"我那天是举一个跟习晓恬找手机相反的例子。"管文军气坏了，他说出的话拉长了尾音，加重了语气，然后，又相当无奈地说，"你怎么听的啊？断章取义！你忘了咱们一块去东顺区商业银行，人家那边的同志是怎么说的吗？别说是眉毛眼睛，就连老太太脸上的皱纹，在人家银行监控录像里都看得一清二楚。"

胖子胡自知惹了麻烦，不作声了。

"你今天还整个没有证据还要手机。你说你这是不是有点二？"管文军觉得虽然自己与胖子胡之间的关系没的说，怎么说他，他也不会有别的想法，但还是觉得自己的话说得有点重，用词不妥，于是换了一种口吻，说道，"行了，我说你呀，以后开口之前先动脑想一想。别再给我打脸了。"

小唐在接待室那边一直留意着大厅。此时，她站在门口，望着这边的一帮人，嘴角一动，轻轻笑了："我们信访办今天怎么这么热闹？！"

三

马珊珊，应当就是与欧阳驰正在恋爱进行时的女朋友了。听惠惠说，是欧阳驰的妈妈给安排的，欧阳驰却怎么也喜欢不起来。

这是一个全身名牌服饰、满脸浓妆艳抹的女子，那一次在恋恋乡情餐厅见过一面的。脸白得像打印纸，眼睛虽没有惠惠的大，但也不小，睫毛不是用睫毛膏拉过了，就是人工接过睫毛，或者就是粘了假睫毛，显得特别长，一眨眼忽闪忽闪的，涂有珠光唇膏的嘴唇，薄而鲜亮，看起来，嘴巴表达能力就应当很强，等到她开口说话时，那种伶牙俐齿咄咄逼人的样子更加突显了这一点。

马珊珊模样还是蛮漂亮的，只不过与惠惠比起来总好像缺少些许深层次的东西。她有那么不自信吗，非要那样珠光宝气地打扮自己，那能提升一个人内在的东西吗？这是习晓恬以一个作家或者说是艺术家观察生活的独特视角得出的初步印象。

管文军他们离开之后，在众人的目光里，在马珊珊的等待中，已经站起身的欧阳驰来回踱了几步，只见他皱了皱眉头又竭力舒展开来，想尽量压制住内心的不平静，但终究无法平复心里的不快。

"欧阳，我等你下班吧，咱们好一起回家。"马珊珊又在娇声娇气地说话。她在试探欧阳驰的想法。

"你听我妈的话你回，我不回。"欧阳驰推开快要靠到他身上的马珊珊，不耐烦地把这样一句话抛出来。

欧阳驰明显地表现出对马珊珊的反感，惠惠能看得出来，习晓恬、代春声都看得出来。

"注意形象。"代春声对欧阳驰耳语。

"你怎么知道我在这儿的？"欧阳驰忽然向马珊珊问道，脸色明显不怎么好看

"给你微信你也不回，问了潘力就知道啦。"马珊珊对欧阳驰这一副脸孔倒是习惯了，她可不在意这个，在她看来，只要欧阳的爸爸妈妈喜欢自己，同意他们两个人交往，就可以胜券在握。

好一个潘力，竟敢出卖我！唉，怎么能算是出卖呢。同事们有几个不知道马珊珊是他门当户对的女朋友，是他父母钦定的准儿媳妇？欧阳暗自摇头，可他真的不喜欢这种类型的女人。他要怎么办才好？

"你先回，我等下处理好工作就回了。"欧阳驰开始用缓兵之计。

"工作？就跟这两个女人工作吗？"马珊珊显然是看不出苗头，竟然口无遮拦地来了这么一句。

"你说什么？"欧阳、小代、恬恬、惠惠几个人错愕地以各自不同的口气在发问。

"真是不聪明！难怪欧阳不喜欢她。"代春声在一边小声唠叨，被惠惠和恬恬听到了，两个人心照不宣地相视一笑。

"说话要注意分寸，先搞清楚自己的位置吧，白富美同志。"惠惠出击了。

马珊珊不示弱，目光斜视舒惠："你什么意思？难道我怎么说话还要你来教吗？你算哪。"马珊珊可能是想说你算哪根葱，或者哪盘菜，又觉得有失水准吧，她马上改口说，"你算什么？"

"你闹够了没有？这里是信访办，不是你的撒泼室。"欧阳驰迅速占据上风，声音不高却相当有震慑力，"告诉你，她

是比你好百倍千倍的女人，是我，喜欢的人。"

欧阳最后半句话才出口，众人都被他的表达震惊了。马珊珊更是震惊得呆住了。

"欧阳，这是真的吗？"马珊珊带着哭音问："你说你在工作，最后又搞出一个你喜欢的人来。我根本不相信。好，我不在这里闹，我找阿姨去问个明白。你就想用这个办法骗我，好让我离开你，我知道你一直这么想的。"马珊珊很快调整出了自信，笑出了声，"可是，我比不上这个女人吗？我就不信了，她哪里有我好？论家庭条件，还是论长相？"

"是，你是白富美，但她也不是丑穷黑！而且她内心比你干净纯洁，比你善良。"欧阳驰继续不给马珊珊面子。

"好，我倒要看看，谁胜谁负。"马珊珊看向被恬恬揽在身侧的舒惠，又看看已经不可能跟她一起回去的欧阳驰，不服气地嘟囔着，扭起腰肢离去了。

"好样的，欧阳！够酷！"代春声一脸笑容，先开口了，然后转向两位受惊的女士，"感谢配合！这样的女人不刹刹她的歪风怎么得了？你们说是吧，小舒、小习同志？"

"什么意思，我们惠惠成了你的挡箭牌吗？"习晓恬面色沉稳，严肃地问欧阳驰。

"不敢不敢，我是真的喜欢惠惠，真的真的，惠惠才是我喜欢的好女孩。她善良，心地纯净、透明，她漂亮、能干，她……"欧阳驰一大串的赞美语言都登场了。忽然他意识到了什么，上前拉住惠惠的手，"舒惠同学，你不会生我的气吧？就当是你学习雷锋，就当是帮了革命同志一个小小的忙，怎么样？好惠惠，不生气好吗？我非常高兴有你、有你们三个人陪我作战，我胜利了。"

欧阳驰像个孩子似的举起的手臂，以及他向惠惠求饶的表情，他开心的样子，旁边的人都忍俊不禁地笑了。

　　舒惠嗔怪地看着欧阳驰，微微笑着说："我不是你的备胎。欧阳驰。"转而又那么郑重其事，"而且，我已经告诉过你，我有喜欢的人了。"

　　"我当然知道，但是，你没听说过那句话吗——只要你没结婚一天，我就有追求你的权利。"欧阳驰面含自信的笑容，马上又加了下面一句，"就是结婚了，我还可以后来居上。"

　　"可是，你为什么不直接养只小乌龟呢？"这是在东顺区政府大楼相遇的那个晚上，也是后来，当欧阳驰不止一次提及他养龟背竹的意义时，惠惠在微信上发给欧阳驰的疑问。

　　"以后告诉你，现在说了，怕你印象不深。"这是欧阳驰每次一成不变的回复。

　　他是在吊惠惠的胃口？惠惠才不上这个当，不告诉就不告诉啦。她有那个思考时间，要不就钻研医学课程，准备考个研究生，要不就还是想念她的好好先生卢光吧。

第九章　副市长来电

一

这一天，东临市副市长刘敬业的办公室里，分管文化、教育、宣传、旅游的他正与前来送文件的秘书高以文说着话，谈着近期的工作及活动安排方案。

"咱们东临市爱我家乡摄影大赛颁奖典礼与永龙湾旅游观光节一起搞，这个提议不错。以文哪，你把这个起草的方案再与秘书处的各位同志探讨一下，有没有需要补充完善的地方，争取在十一黄金周之前准时启动此次活动。"刘敬业亲切地与高以文这个年轻有为的下属交流着。

"好的，等会儿回去，我就照您的意见办。"高以文恭敬地说道。

此时，本该告退的高以文并没有立刻离开："刘市长。"他轻轻唤了一声，然后停了下来，似有话要说。

"以文，还有事吗？"刘敬业抬起头，看着这个踏实肯干的部下，亲切地问了一句。

高以文稍稍转开的身体又转回来，浓黑的眉毛下，一双有神的眼睛迎视着刘副市长，恳切地说："嗯，是有几句话想向您汇报。"

"有话就说嘛。"刘敬业挥着大手，示意高以文在旁边的沙发上坐下，"来来，坐下说。是个人的事？还是其他事情？"刘敬业关心地问道。

"不是个人的事。"高以文一脸郑重其事，"刘市长，我有一个问题不知可不可以向您咨询一下？"

"你这小同志，跟我说话还搞得这么严肃。你就说嘛。"刘敬业扬了扬他那自带英气的眉毛，温和地说，深邃的目光中写满笑意。

高以文稍微停顿了一下接着说："听说三八节那天，在东顺区政府大楼，有一位女作家与她的女伴被保安阻挠推搡了。"

"哦？"刘敬业吃了一惊，"这是怎么回事？为什么会那样？你说一说。"

刘敬业没有想到，高以文讲的会是这样一件事，作为分管文化教育宣传的副市长，他有责任知晓情况。

"听说这个女作家正在写一部传播社会正能量题材的小说，她赶在妇女节那天与同伴一起去采风，顺便收集一些小说素材。"高以文娓娓道来。

"采风、收集素材都是好事啊。那怎么去政府大楼了？还与保安搞摩擦？"刘敬业不解地望着高以文。

"正能量题材当然包括方方面面呀，她的小说就涉及政府部门勤政的事情，所以就去了一些地方，包括派出所、社区，她们都去参观了，挺顺利的。等到了东顺区政府大楼就不那么顺利了。"高以文的叙述不带任何个人的色彩，就只是平铺直叙。

"她们没说明来意吗？"刘敬业听着，倒是随着高以文的讲述越发地关切了。

"说了。"高以文答道

"那怎么搞的？"刘敬业不明所以。

"我想向您汇报的就是这个问题。"高以文加重了一些语气。

说话的同时，高以文站起身，走向副市长刘敬业的办公桌，仿佛只有那样离他的领导更近一些，才显得事件的重要与不容忽视。

"你说。"刘敬业向此刻又站在他办公桌前面的高以文伸手示意，让他继续讲。

"这件事已经被人发微博了。"高以文并不高分贝的音量说出了一个高分贝的事件。

"发微博，发的什么内容？谁发的？"刘敬业讶异了，他连忙向高以文发问。

高以文拿出手机点开一个叫"东临过路人"的微博，那上面赫然写着一段话："三月八日下午，东临市东顺区政府大楼一保安，对正在创作一部正能量小说的一名女作家及她的同伴多次连推带搡，强行推出大门，阻挠其观摩该楼大厅墙上张贴的宣传标语，态度生硬，行为粗鲁。之后从值班室出来的保安当中，一矮个保安也参与了再次推搡。为什么？？？"

"这条微博不知道是谁发的，那天还有到东顺区政府办公楼办事的群众，他们也看到了当时大厅里出现的状况。"高以文收起手机，继续说，"还听说女作家的朋友向市长热线反映了。"

"反映什么？也是微博上这么说的？"刘敬业微微皱起了眉头，他是应当再做点什么了。

"不是的。"高以文摇摇头，说出了下文，"她们说的是咱们市政府相关部门，可不可以对那些弘扬社会正能量的自由写作者，给予适当支持？"

"当然应当支持。"刘敬业用非常肯定的语气认真地说，"必须支持！"然后，他马上又问道，"以文，你说的这个作家是谁？"

"习晓恬。"高以文以一种很熟悉似的口吻回答。

"可是，"刘敬业又吃了一惊，只听他问道，"她不是刚刚说到的摄影大赛那个冠军吗？"

"是的。她不只是摄影好，听说她在文学创作、中国画等方面都非常出色。"高以文说得还是那么熟稔。

"哦？这些怎么我都不知道？"刘敬业又是一个小小的震动。

"她为人特别低调。"高以文笑着回答。

"好吧，弘扬正能量的事情我们必须管。"刘敬业轻轻颔首，说道，转而又问高以文，"以文，小习同志为什么要写那部小说？"

"因为她丢过一部拍摄参赛作品的手机。捡到的人家却不肯归还。"高以文坦然作答。

"唔，想起来了，年前有个周六，正好是我值班，当天在办公室值班的小肖同志找过我，说一个市民把拍摄参赛作品的手机弄丢了，手机里有许多重要资料，市民非常着急。我还找了东顺区那边的任立同副区长，让他帮找一下派出所那边的同志。后来怎么处理的，我也没过问。"刘敬业恍然大悟起来。

"那就应当是同一个人。"高以文瘦削干练的面孔上挂着平静的笑容。

"以文，你是怎么知道这些事情的？"刘敬业忽然之间觉得蹊跷，为什么高以文知道这么多情况。

"我也只是听说。我是觉得您一定会关注这些正能量的事情。"高以文回答的理由正当且充分，"您一向是个勤政的好领导。"

"我们必须关注社会正能量的传播。人家作家同志都要写我们政府部门勤政的事情了，那我这个副市长更不能懒政啊。"

刘敬业抓起面前的电话，"我这就打个电话过问一下。你先回去工作吧。"刘敬业边说边微笑地望着眼前这个能干又有思想见地的部下，欣赏之意溢于言表。

"好，那我去工作了。"今天，高以文终于把多日来一直希望表达的想法向自己的上级领导汇报了，有一种一吐为快的放松与愉快，他面露微笑，恭敬地向刘副市长告退了。

高以文刚关上门，刘副市长通电话的声音已经响起来："我是市政府刘敬业，想问一下女作家习晓恬的事情。"

人们可能不禁要问：这个向副市长提及习晓恬的人是谁家的谁呢？

二

恬恬在飘飞的思绪中还没有游离出来。手机花花的铃声忽然自顾自地唱起来。一个电话打扰了听雨轩中的宁静。

"喂，您好！"习晓恬接听了电话。

"你好！你是习晓恬同志吗？"一个陌生的、浑厚有力的男中音传入习晓恬的耳中。

"您是？"很显然，晓恬她不认识对方。

"我是市政府分管文化教育宣传工作的刘敬业。"来电者声音沉稳大方。

"哦？您是刘市长？您，确定是要找我吗？"习晓恬满心疑惑，以为对方打错了电话，找错了人。

这怎么可能？习晓恬可从来没接触过这么高级别的大人物。

"小习同志，是这样的。我听说了你的一些情况，包括你丢手机，你去东顺区政府大楼受阻，你正在写的长篇小说，还有你每年支援那所山区小学。"刘敬业讲出的话，好像对习晓

115

恬的事情了如指掌。

"唔？"习晓恬继续着她的迷惑不解。

"首先，我代表东临市委、市政府，代表全市一百五十万市民，支持你引领传导社会正能量的文学创作。"刘敬业的声音透彻而洪亮。

"谢谢市长支持！"习晓恬开始回应刘副市长说的话，她听明白了，不再怀疑电话接错了，显然，她就是刘敬业副市长要找的那个人。

"小习同志，你在东顺区政府大楼受到了不公平的待遇，我已经向有关部门表态了，他们准备辞退那个保安。"那个有点 Low 的出彩事件，他也知道？晓恬真是感到震惊了。

"感谢关心。但是市长同志，那个保安已经向我们道歉了。还要辞退吗？"习晓恬说感谢的同时，并没有忘记与人为善。

"他的本职工作做过了头。他本应当懂得传播社会正能量的文学创作对我们党、对我们政府、对人民群众都是非常有意义的事情，他却完全不懂。这样的保安不辞退还要留下吗？"刘敬业的话说得有理有据。

"市长同志，这样的保安不止一个，这样的领导也不止一个，这样的老百姓就更多，重要的不是让他们失去工作，而是应当加强认知方面的教育，让人们都能够提高思想觉悟，文明做人，文明做事，那样，就会给予文学艺术创作者一个良好的、阳光向上的环境。"习晓恬打开了思维，她语句流畅、条理分明地对话刘副市长。

"小习同志，你的话非常有道理。的确，我们在一些工作方面还有欠缺。我们市委、市政府已经决定，将组织领导干部、带领广大群众进一步加强思想认识，继续深入地学习社会主义核心价值观。"在刘敬业的话语中，他谦逊的、肯于担责的作风表现得恰到好处。

"谢谢市长同志！"习晓恬笑了，"不忘初心、牢记使命。"

"是的。不忘初心、牢记使命。"刘敬业敬佩这个女子，在基层工作却能够有这么高的思想境界，"小习同志，我还要感谢你传导出来的社会正能量。"

"哦？"晓恬又疑惑了。

"小习同志，你身为普通百姓，却以微薄的力量去支援山区小学建设，你是有爱心的好公民，值得广大市民学习。"刘敬业的褒扬发自内心。听者习晓恬感觉到一种显而易见的不适应，同时又感受着一种前所未有的鼓舞。

"市长同志，非常感谢！您太夸赞我了，那是一件小事情，不足挂齿。"晓恬的低调谦虚是随时随地的。

"小习同志，你对捡手机不归还的个别市民采取了原谅的态度，而不是打击报复，而且还要写一部正能量的文学作品，来推动我们东临市的文化道德建设，弘扬社会主义核心价值观，你的精神境界值得全市人民学习。"刘敬业又一番春风化雨，令晓恬听来又是不甚习惯。

习晓恬只是一介平民、底层百姓，她更习惯的是不事张扬、平平淡淡却又多姿多彩的生活，从善如流是她的天性使然。

副市长刘敬业从秘书高以文那里更多地了解到关于习晓恬的情况，他认为身为分管文化教育宣传工作的副市长，像习晓恬这样的普通市民所表现出来的社会正能量，他有责任让其发扬光大，这样的市民虽然所处社会地位非常平凡，却又是非常的不平凡。

副市长的一个来电，让习晓恬的心里像她每天早上喝的蜂蜜水一样，甘甜，回味生津，增强了恬恬要写好《亲爱的手机》那部小说的信心。她的快乐瞬间升华，她望见的天空和大地，春意更加盎然，鸟儿在歌唱，浪花在欢笑，整个自然界都在孕育一片旖旎的生机。

习晓恬要把这春天的信息告诉她的几位好闺密，告诉身边的每一个人，那可是于无形之中给予了她力量，那力量是无穷无尽的。

不久，一首标题为"红色告白"的诗歌出现在四朵金花微信群里：

> 我从春暖花开走来
> 把我心底的最深情
> 留给你
> 我的微不足道的爱
> 植根于
> 你的每一脉山川与河流
> 写在我每一个幸福的际遇
> 每一寸光阴的过往
> 我听你的话
> 好好学习，天天向上
> 不让我的人生太过潦草
> 当有一天，生命的冬
> 悄然来临
> 我愿意将自己
> 化作美丽的雪蝴蝶
> 埋在蔚蓝的大海边
> 阳光普照大地的时刻
> 雪花会流泪
> 那是我
> 在把最后的吻献给你

三

几天后，一则世界性刷屏的新闻上了热搜。是关于中国手机科技的。不论是打开手机、电脑、电视，还是广播，它都占据了新闻排行榜之首。这让我们的女主角习晓恬备受鼓舞，更加坚定了她拥有国产品牌手机的信心与热情。

不过，这则新闻让习晓恬多了一个思量：泡泡不在了，为了她的写作、绘画、摄影等爱好，她是不是真的要再买一款新手机呢？

她将这一想法跟闺密们说了，大麦——简红麦，满分——司漫分，惠惠——舒惠，这几位老铁全体投出赞成票，微信留言立马蜂拥而至：

"太好了，恬恬，无条件支持！"

"马上动手吧，我们等待太久了，小恬恬。"

"是起明妹夫说的吗？他要给你买手机？"

"木有关系，恬恬妹，起明不买，还有我们三朵金花呢。"

"恬恬姐姐，我不食言，我用我的工资帮你买。"

"惠小妹别一个人冲，我们两个姐姐必须跑步冲到你前面。"

"等妹妹有了新手机，我们就不用为你担心发愁了，就喜欢恬恬又单纯又开心！"

"恬恬姐姐，手机要买，小说也要写，我在等着读你的小说。"

"那是，我们的小恬恬那可是万能人，写小说是必须的。"

"就是嘛，我还等着妹妹把我们姐几个写得光彩照人呢。"

"是因为亲爱的泡泡，才有《亲爱的手机》。"

"喜欢姐姐善良美好像月亮，山村的小孩子都说恬恬姐是月亮。"

"新一任泡泡会温暖我们的小恬恬，亲爱的妹妹加油！"

这么支持！明摆着她们是为了安慰晓恬同志。

姐妹们已经多次劝晓恬尽快买一部新手机，以弥补她失去泡泡的不快乐与空白。

"阳光总在风雨后。乌云散了，我们看见了彩虹。"这是习晓恬发在四朵金花微信群中的话，诗情画意，又充满哲思。

数年来，恬恬更换过多种品牌的手机，除了送给别人，她家的储藏柜里还保存着几部旧手机，其中包括一部国外知名品牌手机的残骸。

那款手机是亮歌去北京上大学的第一年夏天，晓恬的叔叔、念华 Uncle 买给亮歌的。后来，在一次与同学游玩时，亮歌放在沙滩上的手机被忽然上涨的潮水浸湿了，从此，就成了晓恬家中收藏柜里的陈列品

当年，念华 Uncle 从香港特意赶来东临这座小城市，向习晓恬与方起明祝贺，还语重心长地嘱咐亮歌要好好求学，做一个有志向、造福民众的人。他尤其希望亮歌潜心学习科研。他希望将来有一天，人们热衷购买的手机不再是其他国家生产的世界畅销货，而是中国自己生产的，中国的手机科技能够让全世界膜拜。

如今，念华 Uncle 的愿望已经由迅速发展起来的中国品牌手机在逐步实现，我们国家的手机及网络科技在一天天壮大实力，已经以不可遏止的步伐站在世界前沿。

亮歌还在继续他的学业，不论他将来从事的工作是不是与手机有关，但一定是与科技有关。他在努力完成课业的同时，不忘记关心国家大事，不丢弃身为中国人即为中国百姓造福的信念，这就是良好的开端。

第十章　重新开始是美丽的

一

习晓恬走出单位的时候，已经是下午四点半。在东临这座小城，夜长昼短的日子一直会持续到冬至那一天，才会渐渐反转过来。此时，天还没彻底暗下来，周围的店铺倒是都亮起了灯。

"三九天"过去了。空气里虽没有前些日子的寒凉，但是，沿海一带的冬天毕竟是冷的，所以刚从开着暖气的室内来到户外，晓恬她还是感觉出了不适应。在向自己的爱车走去的时候，她下意识地拉了拉围在肩上的碎花绸巾。

广场上的车已经没有早晨来上班时那么多了。所以，习晓恬顺利地倒车、左转、右行，三两分钟之后出了广场。街道两旁的树木严肃地站立在它们各自的老地方，像老熟人一样看着习晓恬缓缓将车驶离她的工作单位——东临市东顺区商业银行。广告牌、街灯、投影灯、LED 显示屏，都慢慢腾腾地从车窗退向后面。

习晓恬边开着车边想着，时间还早，去看看帮助她分担了找手机烦恼的好心人吧。

于是，习晓恬的车本该朝南开，本该开往她家住的礼贤区方向，但她还是将车方向盘转向了右边，途经一个音乐CLUB，来到一个叫作媛益源百货超市的店铺前停了下来。

媛益源超市的店主人奚媛媛二十五岁，是一个结婚不到一年还没有生小孩的温和女子，一张娃娃脸，文文静静的。

二〇一八年十二月十日早八时二十三分，在来宝利广场东临市东顺区商业银行门前，习晓恬将自己的泡泡（恬恬手机的爱称）弄丢了。后来经过单位录像、保安、老同事、广场保洁阿姨、周边环卫，以及附近居民的进一步确认，是被来宝利广场西侧，来宝利小区四期十二号楼十一层一一〇三室一个天天捡垃圾的老太太捡走了。

习晓恬来东顺区商业银行工作的时间太短了，三个月还不到，周边的居民她还不怎么认识。

那天，习晓恬拿着手机里翻拍的银行监控录像来媛益源百货超市找媛媛帮忙，看看捡她手机的是不是来宝利小区那个老太太。媛媛以她特有的轻细语调，给恬恬讲了那个老太太平时是怎样的穿着装扮，与录像显示的不差分毫，非常一致。

媛媛说，那个老太太平时的主要事情应该是带她的外孙女，有时在小区南面的大石头上能看见她带孩子坐在那里，偶尔为了哄外孙女会来超市买糖。不管冬天夏天，她都爱戴着白套袖，偶尔还要戴个白口罩。到了冬天，总是戴顶帽子，白色、有帽沿的毛线编织的那种。有时围条围巾，有时不围。围巾有时搁帽子下面，有时搁帽子外面。老太太的打扮跟别的老年妇女不一样，不管身边带没带着孩子，胳膊上总挎个编织袋子，夏天也挎着，冬天也挎着，很大的那种，就是那种简易的白蓝条相间的行李袋。

媛媛还特别强调了一下，那个老太太带外孙女出门时挎着那个大袋子，可能为的是在袋子里装些孩子用的东西，需要的时候好随时拿出来，可她不带外孙女出来时，不知道还装不装孩子的东西，她还是要挎着那个大袋子。

那天，当媛媛慢声细语地向晓恬描述那个老太太的装扮时，她俩都忍不住笑起来。现在，想起媛媛讲述时所用的语言、语气，习晓恬又牵动了嘴角，露出了微笑。

习晓恬推开超市的门，怎么灯都没有开？

"媛媛在吗？"晓恬朝超市后面喊了一声。

这时，奚媛媛从北面房间走了出来，打开了灯。

"来了，晓恬姐。"媛媛亲热地向习晓恬打招呼。

"我来看看你，给你带来一副春联，也当给我们银行做宣传了。快过年了。每年春节我们单位都会给客户准备春联。如果还有需要，到我们银行去取就行。"

"谢谢姐姐！"媛媛露出甜甜的笑容。

"客气了，媛媛。你帮我忙，其实也是帮我们单位的忙。"习晓恬拉了拉媛媛的手，亲切地交谈着，"我手机上有银行内部工作群，也有工作软件，如果真的碰上不法分子，如果我们处理得不及时，重要信息很可能被盗取。我不光是心疼手机上我个人的资料信息，还有单位方面的东西，不然我不必那么费心。"

"是呀，不然姐姐也不会那样急着找它。"媛媛懂事地说。

晓恬莞尔一笑，以一种平和的语调说："我也不再找了，政府能给找就找。我准备写部小说，把美的、丑的、善的、恶的现象都写一写，反映反映当下的社会现实，也算是祭奠我那找不回来的手机泡泡。"

此刻的习晓恬，好像有一种毅然决然甩掉思想重担、轻松前行的释怀与坦荡。

媛媛高兴地叫起来："真好，我就等着读姐姐的小说啦！"

晓恬看着这个笑容灿烂的小女子，柔声地告诉她："媛媛，我准备把你也写进小说里。"

"真的吗？"媛媛的瞳孔一瞬间放大了，她好开心，"太好了。我相信姐姐的实力。如果有一天把这部小说改编成剧本，拍成影片，再在各大影院上映，那就更好了，那姐姐可就成红人了。"

"媛，那你这个生活原型也就成网红了。"恬恬笑出声来，她们两个人似乎同时开启了共有的幻想模式，"到时候，你这个超市每天都有很多粉丝慕名而来，你的生意可要春风挡不住了。"

"姐，那我这个空间还够大吗？"奚媛媛沉浸在美好的幻想里。

"好像不够大哎，网红妹妹。"恬恬马上附和。

媛媛和晓恬你看看我，我看看你，畅快地笑起来。

这沿海地区的冬天，天黑得就是早，跟媛媛聊了没多一会儿，夜色呼啦啦似的已向大地包围过来。

习晓恬从媛益源超市出来，又顺路去了来宝利小区四期十二号楼正对着的丽美发廊，见到了那位言谈举止间满满军人气质的甘师傅。

甘师傅是一个早年当过兵、现已退休的热心兄长，是答应帮晓恬姐妹们留意那个老太太及其女儿女婿的好心人。

推开发廊的玻璃拉门，那只叫"左左"的短毛比熊狗扭摆着半米长的身体，已经悄悄到门前来迎接晓恬了。

记得当初找手机来丽美发廊时，甘师傅的两条雪白皮毛的比熊左左和右右齐刷刷跑到门前，对她这个陌生人汪汪汪一直叫个不停。不知是在以特有方式表达对新来客人的友好，还是在阻止她走进这家以前不曾光顾过的发廊。

虽然当时甘师傅在里面热情地招呼她进店，但她还是有些犹豫了。见此情形，甘师傅赶忙放下手里的活，走到门前，帮她把门推开。

"快进来吧，没事没事，它们不是要咬你，别怕。"甘师傅笑着，一边说，一边叫着两条爱犬的名字，"左左，右右，你们把客人吓着了，快离开门，让客人进来！"

两位"守门员"都被甘师傅喝退了。

现在，左左与右右，还有另一条叫点点的棕色长毛小泰迪，它们对晓恬已经熟悉了，而且有时还会到她身边来蹭她，表示亲近。尤其那个小点点，只有二十几厘米长的小身子，还穿着一件粉嫩的小护身袄，非常可爱。

在寻找泡泡的过程中，习晓恬还用她的花花与眯眯为点点拍过视频与特写，连同寻找手机的记录发在她的微信朋友圈，点赞的人、关切的人很多呢。

关心恬恬的人们都希望她能尽快将手机泡泡找回来，就是她的闺密司漫分乱开玩笑，调侃她，还用微信发来一大段话。

"怎么阿恬，天天坐拥爆米花，拿着，抱着，举着。怎么，这才把爆爆弄丢没几天就不想了，就改养宠物狗狗了？你这是伤心伤大了，还是看破红尘了呀？"满分还不忘记发来一个挤眉弄眼的表情。

"我那不是爆爆，也不是泡泡，它是米花豹的豹，你搞清楚。我的宠物豹豹丢了，我伤心，改养小狗狗了，不行吗？"晓恬来了个顺水推舟，同时发去一个大大的吐舌头、挤眼睛的搞怪表情。

满分又一波语言的大雨点砸到恬恬的手机花花上："哦，是啦，你的三个手机花花、眯眯、泡泡，也可以是花花、米米、爆爆，或一曰爆米花，二曰米花豹，三曰抱跑跑，凡是谐音的都是你的手机。我逗你是想让你开开心，你的豹豹跑丢了，我们大家都跟着着急。我都恨死那该死缺德的一家人了。告诉你，我每天都诅咒他们了，我咒语很灵验的哦！哈哈！"

接着，满分将各种偷笑、大笑、坏笑的表情发到花花上来。

二

大约与甘师傅谈了半个小时。家常话之外，聊的都是晓恬找手机的过程，包括找警察、法院、社区、信访办、民心网等，临走时恬恬也给甘师傅留下一副东顺区商业银行向客户发放的对联，然后就融进了华灯璀璨中的车水马龙里。

晓恬一边把握着方向盘，驾驶着爱车，一边开启了车载遥控系统，选择免提通话，拨通了亮歌的手机。

"妈咪呀！"传来亮歌愉快的声音。

"宝贝，你还在图书馆吗？"恬恬望着前面街灯环绕的路面，慈爱地问。

假期归来的亮歌每天都按时去东临市图书馆看书学习。只要来得及，习晓恬总会在下班时，顺路去把亮歌接着一同回家。今天显然是晓恬归来迟了。

亮歌依然是快乐的语调："我回来了，妈妈不用接我了。"

"怎么回来的？"晓恬问。或许是巴士？或者是他爸爸方起明接的他？

"坐公交车。"亮歌回答。

"哦，那好的，一会儿见！"晓恬点了一下车屏幕上的结束键，完成了通话。

习晓恬驾车环湖而行，一路向南。

此时，夜色朦胧，湖水静静地守护着周遭的大地。天空暗蓝如墨，月亮静静地挂于天际，繁星点点，都一闪一闪地簇拥着月亮。就如同亲密的一家人团团围在一起的样子，其乐融融。

习晓恬告诉自己要快些赶回家，她想家了。她想家里那常年不易欢聚在一起的温暖氛围了。

家，应当是一个人最贴心、最愿意停靠的港湾。当你累了、倦了、受委屈了、被伤害了，家能给你安慰，给你依靠，给你温馨，给你力量。

家里，方起明正在厨房忙碌。

亮歌听到妈妈回来的声音，从楼上书房下来。

"妈咪回来了。"亮歌给晓恬递上绘有一对笑脸图案的粉色拖鞋。

习晓恬一家三口穿的拖鞋，都带着一对温馨快乐感觉的笑脸。是这次亮歌、起明回来，他们一家人去礼贤区最兴隆的那家汇乐购大超市一起买回来的。亮歌给他们的拖鞋起了个暖心的名字：相爱一家亲。

晓恬进了家门，洗了手，开始把今天带回来的好东西拿出来亮相。

"宝贝，我去看了几位帮妈妈找手机的朋友。"晓恬回身向坐在沙发上看手机的亮歌说着话，"还给你从媛媛小姐姐的店里买了几块蛋糕。"

"妈妈，您又给我买好吃的啦！"妈妈像对小孩子一样地宠溺他，让亮歌有些无所适从，又不能不接受，"妈妈，我从学校回来之后，已经吃了很多好东西。"

"你来看，真的很好呢！"晓恬不听亮歌的，继续说道。

习晓恬把三个笑脸蛋糕摆放在橱窗上，心里想：一个是宝贝，一个是他爸爸，一个是我。多喜气的情形，多欢欣的画面。

"宝贝你看，多漂亮！看着就开心！"习晓恬笑着唤亮歌。

三块甜美的鲜蛋糕，每一块都是一张笑脸图案的透明小袋子，里面放着一个圆圆的奶油夹心蛋糕。弯弯嘴、吐着小舌头的图饰映衬在浅驼色的蛋糕上，一张可爱的笑脸栩栩如生。袋子左侧印着一句"好味道给你快乐"。这样简约又不失时尚的小糕点，的确让人眼生明亮，心生欢喜。

晓恬摆上橱窗的还有一块手工原味蛋糕，上面有宣传文字"来自咱家乡的手工烘焙"，以及用一个小真空袋子两块成对包装的纯枣糕。

"妈妈，你还要自己去找手机吗？"亮歌忽然问。

"不了，民心网负责给找，我负责写小说。"晓恬微笑着，淡然地回答。

亮歌一听，马上大声表示："支持妈妈写小说！"然后，又笑着称赞他亲爱的妈妈，"我的妈妈是最棒的。我妈妈写的小说也是最棒的。"

"你这小朋友，就会哄妈妈开心！"习晓恬用手指轻轻点了一下亮歌的面颊。

此时，亮歌正低过头来看习晓恬摆弄橱窗里的各种花哨东西。

"我只希望妈妈别把那样的事情再放心上，有时间正好写写小说吧，就当是消遣心情了。"亮歌说出了心里话。

真的是一个懂事、体贴人的好儿子！晓恬的心暖洋洋的，与户外的冬寒正好相反。

这时，方起明在餐厅喊习晓恬与亮歌开饭了。

"婚姻是爱情的坟墓。"这句话是钱锺书先生曾经说的，还是源自某位知名女作家的小说？记得还有传说，钱锺书的夫人杨绛先生曾在《围城》的扉页写道：围在城里的人想逃出来，城外的人想冲进去。对婚姻也罢，职业也罢，人生的愿望大都如此。

但习晓恬不这样认为。她觉得走入婚姻的殿堂之后，以及有了延续生命的爱情结晶之后，这城里的每一个人都要为这个家庭出一分力，每一个人都有责任让这个家更美满，更和谐，更幸福。当这个城里的每一个人都担当了，都做到了，那么，这个家就是当初恋爱时的两个人爱情的最大升华。

职场也是，以及人们所做的其他一切事情，也都大抵可以如此类推。只要城里的每个成员都将私心摈弃，都能敞开心扉为共同的美好目标努力，那么胜利的曙光必然会温暖地降临。即便是人们共同的愿景并未如期实现，那么也是无可厚非的，那也是值得庆贺与祝福的。只要去付诸行动了，去担当了，去作为了，结果又有多么重要呢？每个人共同付出的过程就是美丽的。

在习晓恬寻觅丢失的手机这个过程中，所看、所做、所思的每一件事情亦都是如此。

三

本来，方起明这个时候应当是在满洲里边境口岸那边的公司上班的。他长期从事的是东临市驻满洲里与俄罗斯及东欧地区的边境贸易工作，兼做俄文资料与生活翻译。

因为习晓恬把手机弄丢了，令她的闺密对方起明特别不满意：他怎么可以长时间把恬恬一个女人丢在家里不管，而只管他自己的所谓事业呢。所以大麦、惠惠、满分几个闺密不容分说，联名打电话、发短信、开微信、上QQ，反正是能利用的联系方式都用上了，就是直言不讳，就是让方起明马上回来看一看习晓恬，哪怕是陪伴一天也好。

方起明哪里受得了那几个厉害女人的炮轰，听到消息立刻告假回来了。

方起明外表看上去像运动员一样有型而壮实，双目炯炯有神，给人特别严肃、很男子汉的印象，但他一点也不厉害，是一个宁愿自己吃亏也不与人计较的人。因为他的温和谦让，他在公司里的口碑很好。同事们都愿意与他接触。领导也喜欢派他做事情，他从不推托，并且能够尽可能地完成好分内的工作。

但是，在生活中，有时这样的性格是最容易吃亏的。

就比如习晓恬手机丢失一事，方起明不主张晓恬继续寻找。原因他也说得很清楚：你看一个捡垃圾的人生活能有多好，别人的旧手机都那样看重，不愿意还，说明生活一定好不到哪里去。

这种说法，晓恬不认可，晓恬的闺密们也不认可。方起明又被炮轰了。

大麦："方起明你懂个什么？那老太太的闺女是开服装店的，她就住在闺女家里。不是生活没着落，他们是无赖。"

满分："是说她家人的人品不好。跟生活好不好有什么关系？不是一个简单的丢手机、捡手机的表面问题。他们一家就是刁民。"

大麦："方起明，我发现你脑袋有点大。通过捡手机不归还的事，我们看出的是一个人的人品问题，与生活好坏无关。老太太捡垃圾贴补家用本身是好事，可是她人品有问题，她与她的家人都有一个通病，那就是只顾及他们自己，忘记了她们生活在社会大环境里，这是一个社会，不是她一个人，也不是只有她一家人。"

惠惠："自私、没有社会公德、贪婪、损人利己，总之，一大堆坏评语都送给那个该死的老太太一家人正合适。起明姐夫有点愚钝！"

方起明被几个女子给围攻得都快抱头求饶了，他的下文是这样的："我还想说的是，那个老太太一家人既然是无赖，咱们又没有办法解决，不如就不理会了，你们忘记了那年晓恬被碰瓷的事情了吗？我是怕晓恬在那个社区附近上班不安全。那家人别找晓恬麻烦，我又不常在家，晓恬一个人上下班，可别被欺负了呀。"

满分："这话，方起明你说得还挺有人情味，要不，我还以为你是个孬包。哈哈。"

大麦："有我们姐妹几个在，怕什么？！"

满分："现在是法治社会，谁敢无法无天？！"

惠惠："这一家人太缺德了，你说要是没找到你们也行，你关手机，你赖着不还，我们都认了。这都找到你头上了，警察也去了，我们也去了，社区也去了，就是死皮赖脸，活不见人，死不见尸。"

大麦："要不说社会文明，人不文明呢。晓恬，没事，咱继续高举正义的旗帜，继续寻求各路神仙帮助我们。"

满分："还有咱们政府呢，我不相信咱们东临市政府就那么没有力度。一个手机失踪的小问题都解决不了，那还能解决多大的事呀？"

惠惠："一屋不扫，何以扫天下。这是恬恬姐姐教导我要好好上进不要贪玩时说的。恬恬姐说了，我一个人自己管不好自己，还能为这个社会做更多事吗？可是，如果咱们政府应该管的部门连姐姐找手机的小事都无计可施了，那，那何以扫天下？"

大麦："惠惠又乱引用名人名言了，不对，这是引经据典。恬恬，别听小幺的大道理了。咱们能找就找，找不来，就让起明这个大男人给你买个更好的手机。咱们不要泡泡上的那些东西了。"

满分："对，咱重打锣鼓另开张。只要我们恬恬又天天开心、快乐就好。"

"我想替恬恬姐姐给那个老太太一家人念个咒语。"惠惠这句忽然以严肃的口吻说出的话，让全场人的思维都跟着她来了个急刹车。

满分抢先一步，说道："你小孩会念什么咒语，还是我先说一个。"然后煞有介事的样子，双手合十，低头念她的咒语，

"老天爷，看在我们这些虔诚人的分上，看在我们恬恬人好心善的分上，就让捡我们手机的那个老太太一家人下辈子别投胎转世了吧。"

惠惠接了满分的话茬，神情比满分平静与严肃："就让他们今世来生历经磨难，再投胎转世，重新做人。"

大麦此刻也是认真郑重的模样："不是咒不咒语的。他们明摆着不做好人，不办好事。如果不本着人性至善这一点做人做事，如果不归还我们恬恬的手机，那他们一家人好过不到哪里去。"

几个闺密能够这么齐齐整整地坐在一起，还有方起明也在，的确不容易。平时，不是这个手上有事，就是那个工作忙，经常是习晓恬与她们姐妹中的一两个人在一起，或一个人独处。

大麦在证券公司工作，是全国证券系统的劳模。每一年都能代表他们公司飞去北京、上海、深圳这样的大城市参加先进表彰、业务研讨、培训学习等等活动。

满分是这四朵花中最悠闲的一朵了。嫁给了一个做全国连锁物流生意的男人，有实体店又有网上电商，不需要朝九晚五地上班。自己实在闲来无事，在晓恬住的礼贤区开了一家花店，是恬恬给起的店名——花之恋鲜花店，还雇用了一个小店员小红帮她一起打理生意。

惠惠，二十六岁的人了，大学毕业了就参加工作，她是东临市永龙区安康医院的一位年轻护士长，一直不肯嫁人。姐妹们都知道她在等一个人。她等的人，是那个成熟稳重、医术精湛的院长大人卢光。

晓恬，今天的女主人，也是泡泡手机事件的女主角，她是东临市商业银行系统中的一名普通职员，长年从事一线储蓄柜员工作，不定期与其他柜员轮换做临时大堂经理。女主习晓恬业余爱好写作、绘画、弹琴、摄影等等，用她自己的话说就是：

生活本单调，全靠热爱调。最可贵的，是她有一颗金子般的心，比如她年年为一个小山村做义工，还用自己节省下来的工资资助那里的贫困小学生。

四朵姐妹花凑到一起开放，真的不常见。

习晓恬任凭方起明与这几个闺中好友斗嘴，只是笑而不语，一遍遍给他们的茶杯倒上精心烧煮的西湖龙井茶。

那一年，习晓恬在火车站那边的银行网点上班。

一个夏日的早上，开车到达单位时，晓恬遇到三个碰瓷的，偏说她的车把那个站在摩托车一侧的女人碰到了。说什么也不让晓恬走，还一再地起哄要钱。

同事赵大哥赶来解围，想出几百块钱让他们散了，就相安无事了。可是，给几百元人民币根本不成，一开口，他们就要五千元。赵大哥生气了，为晓恬选择了电话报警。

警察来了，看了路面监控，又打开了晓恬的行车记录仪，根本没有刮碰的迹象。但那几个人就是不依不饶，也不走，连人民警察都给骂了。警察被骂得很生气，又没办法，抓不得扣不得，只好跟晓恬说，报保险，你的车有保险，让保险公司和我们共同出面。

然后，保险公司也来了人，让那个女人去医院做检查，所有的费用保险公司出。

过了几天，那几个人又去保险公司闹，说医院的费用只有几百块钱，太少，他们又误工又要养身体什么的，让保险公司给更多的钱。保险公司接待人员耐心地跟他们讲，又没碰到哪里，开的检查费药费我们都给你们报了，就回去该上班上班，该挣钱养家就挣钱养家，别到处乱找碴碰瓷了，真要是哪次一不注意，弄出了人身危险问题，多不值得。

那几个无赖刁民不听劝，把保险公司营业大厅闹了，把接待员骂了。

保险公司业务员给晓恬打电话说，太不通情理了，没办法，我们让他们上法院告去，如果法院受理，我们会有律师出面解决，你不要怕。一是他们不可能去法院，因为他们没有立案的依据。二是法院不可能理会他们的胡闹。三是假如法院判定咱们这边败诉，那我们保险公司就依法给他们赔偿。

因为事发当天，方起明恰好在本市边贸公司总部。习晓恬见同事大哥、警察都解决不了状况，就拿出手机找来了方起明。当天，方起明与那几个无赖接触过，也给了他们电话，说了许多好话，还说有事以后就找方起明本人，不要找他老婆，女人不经事，解决不了大事。

后来，几个碰瓷的一见警察、保险公司、法院都是闹不得的，就只有找方起明是最好不过的。于是，他们不断地打电话找晓恬的老公方起明，许诺不再要五千元人民币了，只要一千元钱就可以。

因为习晓恬每天一个人开车上班，方起明真的不放心，他担心那几个无赖会再去找晓恬麻烦。明明知道他们就是无理取闹，出于对晓恬的安全考虑，某一天，方起明找到他们，私下里给了他们一千元钱，至此，事态才算平息下去。

过了许久之后，在方起明当一个故事讲给晓恬这些闺密听时，晓恬才知道了那件事情的最后真相。

那次碰瓷事件发生时，为了追求理想中的爱情与幸福，习晓恬随方起明来到东临市这座海滨小城没多久。

那时，晓恬还没有结识大麦、满分、惠惠这些同城闺密。

于一言不发中，晓恬一边听着起明与闺密们谈论的话题，一边在思考接下来她要做什么。

"小恬恬，接下来我们做什么？"大家都在问习晓恬。

"我写小说，你们随意。"晓恬轻声说道，她那温婉的笑容被照进听雨轩里的阳光辉映得明亮惬意，有一种不可多得的美。

"随意？不，我们还是要找那个不服输的政府办事员死缠烂打。"惠惠笑着说。

其余两个闺密一起随声附和："对，死缠烂打！"

她们说的是，东顺区政府办那个民心网协调处理员——欧阳驰。

是啊，重新开始是好的，一切都新鲜，一切都美丽。

四

"你别再找手机了，那一家子人跟别人不一样，也不可能给你了。"方起明不止一次劝说晓恬不必再找那个泡泡了，说再买个手机给晓恬，他已经看好款式了。

> 花仙子，荡着美丽的小秋千
> 快乐地在阳光里摇晃
>
> 小天使，提着迷人的夜灯笼
> 在月光下飞来又飞往
>
> 我的小幸福，像花儿一样
> 自由自在绽开在街街巷巷
>
> 请原谅我的不辞而别
> 寄出去的每一封家书
> 我会拜托风儿夜夜送达你心上

请裁漂亮的云朵给我

再撒一些甜味的佐料

那就是年少时我最爱吃的棉花糖

　　昨天早上，晓恬照例是浇花之后弹吉他，弹的还是那首《不辞而别》，她丢失的那个泡泡手机真的是不辞而别，真的不会再重新回到她身边了。就像失去一个陪伴了她好久的亲密伙伴，逝去了，就不再回来了吗？这些天，习晓恬虽然还会弹吉他，练手指操，但她有些不专心了，有时会走神。

　　想想过往，想想如今，想想未来。习晓恬曾经一度迷失在虚幻的想象里。

　　她热爱生活，热爱自己的国家，热爱脚下这一片热土。她唾弃某些人拿着国家的高薪，转身却骂娘；她唾弃捡走手机的那家人空有一副皮囊，没有一颗干净纯洁的心灵。

　　大意失荆州啊。晓恬暗笑自己迟到的醒悟。这世界有那么多人，为什么不能人人都心地纯良、心怀善意呢？为什么人与人之间要千差万别？要有好与坏、善与恶、美与丑、真与假的区分？

　　自从手机丢失之后，习晓恬变得更加珍惜当下所拥有的一切了。

　　车预热好了，该上班去了。

　　习晓恬换好衣服正要出门，方起明在卧室那边的电脑旁喊她："晓恬，你来一下。"

　　"嗯？怎么啦？"晓恬问道，同时补充了一句，"我要出发上班了。"

　　她不知道起明又要做什么，她本来就要推门出去了。

　　"再买个手机吧，就买刚刚上市的新品种。"方起明说着，从电脑前站起身，向晓恬这边走过来，"你说要买什么牌子呢？"

原来起明又是说手机的事情。

"当然是国产品牌啦。"晓恬指指旋转楼梯处的小小储藏柜，笑意盈盈地回答，"念华 Uncle 希望的。"

"对，要买就买国货精品。"起明幽默地接了一句话。

晓恬笑着，这样对她的爱人说："咱现在还是先不买了。要买就等 5G 手机上市的时候，直接买个 5G 的。"

这样的对话，自从方起明回来不是第一次了，每一次习晓恬都差不多这么回答。按照现在手机技术的发展速度，晓恬这个愿望很快就要变成现实了。

窗外的天气渐渐转暖，晓恬搬进阳光房的木槿树、蓝莓树已经长出嫩生生的叶片了，早上浇水时，晓恬还凝神望了一会儿那新鲜的绿芽，用随身的花花拍了一张照片，将这具有新生意义的情节收藏起来。原来她还担心小小的树木会被肆意的冬寒冻死，现在看来，是自己多虑了。

空气似乎都变得清爽，变得通透明澈了。

上了车，晓恬打开引擎，车载视听装置同时启动，广播电台中正在播报早间新闻：

> 公安部依法全力打击各种涉电信网络诈骗违法犯罪活动，从严惩处，除恶务尽，紧抓不放，始终保持严打高压态势，坚决维护人民群众财产安全和合法权益。组织各地公安机关集中警力采取雷霆手段，展开凌厉攻势，重拳出击，快侦快破，切实加大相关犯罪打击力度，积极配合有关部门和单位，做好防控处置工作……

习晓恬在东顺河大桥第二个交叉路口等候红绿灯过程中，快速将手伸向副驾驶座上的拎包，摸出一个手机，机身顺滑，哦，不是花花，是没加防护装备的眯眯。她按下了眯眯上的录音键。

晓恬想，等到了单位要将这一段新闻播放给同事们听。金融部门是预防与打击电信网络诈骗活动生态联盟中的重要环节，我们作为这个环节中的一分子，既要提高警惕，又要充满信心。

一切都在向好。就像这刮着南风的季节，冬天终要过去，春天的脚步越来越近了。这样想着，习晓恬的心里豁然开朗，河岸边的晓雾、林木、楼台都沾染上了晓恬的情绪，携带上了春的气息。

晓恬用手机眯眯拍下了此刻的河畔风光。

当初，她用泡泡拍摄过这一沿岸路段的景致，可是，那美好的图片随着它一同离开了晓恬的生活。今天，晓恬用眯眯又一次拍摄了这途经之处的风景，是在做一个补偿吗？还是要借此说明什么？

手机对于习晓恬来说并不缺，泡泡丢了之后，她除了每天必带的花花，已经将两年前买的那款眯眯也带在身边了。

眯眯上面的东西都在，包括微信、微博、短信、QQ里的记录，相册中的图片，等等。它的时间定格在方起明带领习晓恬购买了礼贤区这套滨海景观房，并且装修、入住之后。

当初装修这套房屋时，正是东临这座小城的夏季，海蓝天碧、花香果茂、鸟鸣蝶舞的景象随处可见。

那家承包了工程的祥瑞装修公司派来了工程队长、管理经理、工程师、公关助理等几位负责人，他们与习晓恬、方起明共同举行了开工仪式。仪式是在一片欢乐喜悦的氛围中进行的，有寓意为富贵圆满的漂亮花篮做伴，有象征着吉祥如意的香槟酒助兴，还拍了具有纪念意义的照片，存放在手机眯眯的相册里。

那年入夏，方起明为晓恬买了一件浅藕色连衣裙，起明说晓恬穿上很漂亮，而且因此带来了许多好运气。或许正是因为方起明喜欢，所以那个美丽的夏天，人们常常看到，习晓恬身着一袭素雅的棉布长裙，陪同方起明出门去处理各种事情：签订购房合同，与材料售卖方见面，在祥瑞公司与那位穆国贤老经理洽谈装修事宜。

穆老经理是一位儒雅的商人，在和方起明与晓恬谈话谈到动容时，一再承诺装修工程必须保证质量，按时完工，不会让他们失望。

印象最深的是穆老经理养了一条卡斯罗大狗，就卧在他的办公室里，一副懒洋洋的样子，很少走动，面部有很深的皱纹，温和安静，像个慈祥的老人一样。就因为这条狗，让晓恬与起明给老经理加了不少印象分。

晓恬搬来这套景观房居住之后，不知不觉春夏秋冬四季已经完成了又一次更替变换，并且正在进行下一个周期的轮回之中。

如今，打开当时的相册，就是打开了一段记忆，让习晓恬有许多不同的感触与回味。

那尘封着过去岁月的小小图片，点点滴滴都是曾经生活的印迹，色彩缤纷的画面，深深浅浅的怀念。每当习晓恬静下心来，一张张翻看着眯眯上的照片，都会不由得在心底发出感叹。

终于，在某一天，在一段具有怀旧味道的时光里，在这个眯眯手机的相册中，习晓恬的目光触碰到了一组中秋节的照片，这些山村气息浓郁的照片，不经意间就把习晓恬带回到了那个遥远又切近的地方。

第十一章　过往已成追忆

一

前年，习晓恬一家人是在长江边上那个叫作扶叶园的小山村过的中秋节。

在小山村的日子里，他们一家人住的那座古朴的房子，是晓恬无数次梦见过的阿婆留给她的。那个乡亲们都唤她山花娘而晓恬总是一声声叫她"一妈"的阿婆，那个曾经将豆蔻年华时寄住在这个山村的小恬恬当亲生女儿一样抚养过的阿婆。

一妈家的房屋旁边，长着一棵与她一样年迈的葡萄树。

知道我会来，树上最后一串长红的葡萄，别人是吃不到的。等到我回去了，一妈会颤巍巍地亲手摘下来，洗了，看着我吃。

我让一妈吃。一妈说，小恬恬吃。

我说，城里什么都有，什么都能吃到的。

我一粒一粒剥下甜润的葡萄，喂一妈吃。

一妈抿起瘪瘪的嘴巴，像个孩子，快乐地笑。

一妈去世的消息传来得很突然。到现在我也不敢相信。

在电话里，我一遍一遍地问，是真的吗？是真的吗？

她怎么可以突然放下所有就离开？她怎么还没有等我为她做更多想做的事情就突然地走？我借什么做翅膀才可以追得上一妈，才可以把一妈拉回来？我怎么做才来得及？

当我最后得到这个消息，一切都已经回天乏术。

那个夜里，家兄急急地从远方赶来，带上我，在最短的时间之内来到小山村，来到一妈的灵前，让我双膝跪下。

在路上，家兄就告诉我，你要给你的一妈下大跪、磕长头，像她亲生的孩子一样，她养过你，等同于你的亲妈。

是的，我是一妈的孩子，一直都是。

桃花在风中落泪的日子，就是清明节了。

我好想回去那个小山村，去给一妈上坟。

那天又梦见一妈了，她站在老屋的门前慈祥地笑着。她在等我放学回家。

这是阿婆去世后，恬恬在一篇悼念文章里写的话。

现在，老房子里已经没有了看顾她的阿婆。但是，阿婆的爱还在。恬恬的依恋还在。小山村的淳朴还在。

每年休年假时，只要习晓恬能够抽出空闲时间，她必定会来这个小山村看一看，走一走。还会为山里的学校或村委会当几天义工。

生活不只是眼前的苟且，还有诗和远方。是的，感受这里的民风，呼吸这里的空气，仍然是当年的样子，亲切、安适、自然、温暖。

习晓恬那首参加全国乡情文学大赛并获得成人组金奖的诗歌《喊绿乡音》，就是写给这个小山村的，这个连百度、高德地图都不容易搜索到名字的小山村。

我用乡情织就的血脉
用十万亩花开的声音
把你呼唤
你要默许我
选择一次又一次地回归

亲爱的小山村
我只要一角蔚蓝的天色
喂养我淳朴善良的乡亲
和我的七彩童年

山里的春光太美
藏着另一个人间
坡上的草朵在我回来之前
就被乡音喊绿了
乡音是被我这样的游子喊绿的

我不需要再做什么
只与乡邻们喝甘冽的农家酿
一杯、两杯、三杯
不醉不是小山村的后生

小山村的中秋月很美。

站到山坡上，看那一轮硕大饱满的月亮冉冉升起，在树木、花草、果实的掩映中，月光更加皎洁无瑕，月影更加美好俏丽。

在这个与城里不一样的节日夜晚，留在眯眯手机相册里的中秋月，有姿态各异的花影、树影为伴。

青春作伴好还乡。

这一年，习晓恬过了一个难忘的中秋节，真像是又青春年少了一回。

方起明与山里的乡亲们坐在一起，高高兴兴地喝酒吃饭，天南海北地畅谈聊天。习晓恬和亮歌一起，跟着山里的娃娃们上山下山，攀着大树摘果子，闯入草木间采野花，吃山里乡亲做的月饼、甜糕，爬到山坡上的屋顶看月亮。

习晓恬感觉自己仿佛回到了悠悠的往昔岁月，仿佛是在从前的这个小山村，与这里的亲人们一起过中秋一样美好。

在这个扶叶园小山村，习晓恬要看望的乡亲中，还有一个叫盼盼的小女孩和她的奶奶。

盼盼的爸爸妈妈都在外地打工，她跟着年迈的奶奶冯之香相依为命，成了一名留守儿童，奶奶则成了空巢老人。这总让习晓恬想起自己幼年时，爸爸妈妈因为生计无暇照顾她就把她送来这里的往事。

这个中秋节，恬恬与家人一起为盼盼和她的奶奶带来的除了礼物，还有来自山外面的信息。看到小盼盼甜甜的笑容，看到之香奶奶脸上的皱纹都仿佛含着笑，习晓恬感觉到了欣慰。

习晓恬一家人是过节前两天赶到扶叶园的。习晓恬仍然是义务给小学的孩子们当了支教老师。按照老校长昌吉大叔的安排，晓恬给孩子们上语文、思想品德、美术、数学等学科的课。

记得在给二年级孩子上课的时候，是中秋节前的那个下午。第二天就要过节了，孩子们都很兴奋。晓恬给孩子们讲起了嫦娥仙子的故事，天天在砍桂花树的吴刚的传说，还有"明月几时有，把酒问青天……月有阴晴圆缺，人有悲欢离合，但愿人长久，千里共婵娟"这样优美的古诗词。还讲到了婵娟是月亮的代称，也代表一种美好事物。人们对美好事物总是会抱有一种寄托，即使远隔千山万水、千里万里那么远，还是向往、盼望，还是在心中保留一种感情，就像对待美丽的中秋月一样。

就是这堂课，一个小女孩的发言让习晓恬深深地感动了。这个小女孩听着晓恬讲的关于中秋节的课，她忽然举手。晓恬请她站起来说话。

"晓恬老师，我觉得你就是婵娟。因为，"小女孩说到这里停了下来，好像正在从她的小脑瓜里搜寻着可以表达得更加完美的语言。

"为什么这样子说呢？"习晓恬温和地问。

"因为，你就是美好，像月亮一样。你和我们离得很远，"小女孩用清亮的嗓音大声说着，"我说不上来有多远，就是你说的千山万水那样远吧。可是，你每一年都到山里来陪我们玩，还给我们上课，讲故事。"

这个发言的小女孩就是盼盼。虽然盼盼说的话是断断续续的，并不完整，也不连贯，但是对晓恬的触动是无形且巨大的。

随着盼盼的发言，全班的孩子都开始抢着大声喊道：

"晓恬老师，你就是婵娟。"

"晓恬老师，我们想念你。"

"我们年年想你。"

"我们天天想你。"

孩子们的话温暖着习晓恬，一种像山泉水那样纯净甘甜的感觉萦绕在她的心头。是的，她觉得自己所做的一切都是值得的，是美好的，就像中秋节天上那一轮洁白的月亮那样。

这个中秋佳节、这个小山村带给习晓恬的欣慰又豁达的心境，让晓恬笔下的诗歌都蕴含了豪迈抒情的韵味：

狼毫，大号的

水墨研罢，置于砚上

生宣，数米

运笔，蘸上月华

画烟岚，村落，小桥，人家

千里山川收入长卷

古人代替我打坐画中

我代替画中的古人

活在这辽阔的尘世上

习晓恬心里在想：又有多久没有拿画笔了呢？她是应该画一幅画了，一幅能够表达她此时此地此景此情的画。

待回到东临后，晓恬真的画了，不是一幅，是十几幅，有山有水，有花有鸟，有山里的娃，有山里的家。她还把其中几幅比较满意的画找人简约装裱了一下，寄去了扶叶园山村小学，由昌吉大叔接收。收到画的时候，昌吉大叔特意打来了电话。

在电话里，昌吉大叔很开心地说，晓恬画得太好了，他要给孩子们看，让孩子们从画中感受到自己家乡的美，要他们从小就热爱自己的家乡，好好学习，长大了回报自己的家乡。

二

按照近几天的惯例，晓恬的早餐依旧是一枚荷包蛋，一杯蜂蜜水，一块北京家人快递来的纯手工作坊做的红枣糕。

吃过了，晓恬开始楼上楼下浇花，大小卧室、客厅、阳台、书房、听雨轩，每一株、每一盆都浇个遍。

冬季是采暖季节，晓恬所在的静雅园小区室内温度一直都保持在二十八度左右，绿植们与居住在小区里的人们，得天独厚地享受到了夏天般的温暖。同时，由于室内空气干燥，水分子含量不足，三两天就必须给这些绿植喝水。

让绿植们喝饱了水，恬恬从书房中抱起了红吉他，来到听雨轩，坐在绿植中间，弹自己作词作曲的新歌《不辞而别》。

弹吉他是恬恬少年时就会的。

记得大学期间，一有什么文艺会演，或者其他小型 Party，都会有酷爱吉他的学子上场表演。那时的学生还没有现在年轻人赶潮流，只要有手机就已经很时尚了，不必讲究什么品牌。手机游戏还没有现在的复杂多样，网吧还处在兴起阶段，学生们还不至于像现在个别孩子那样沉迷与热衷。同学之中谁会弹吉他，谁能唱能跳，会写热情澎湃的诗歌、演讲稿，这些在晓恬上大学那个时代还是蛮有魅力的。

习晓恬笑了笑，自己怎么想得那么久远？

是的，不论现在、过去或未来，那些美丽的一切，还是要好好珍藏、拥有。

花仙子，荡着美丽的小秋千
快乐地在阳光里摇晃

小天使，提着迷人的夜灯笼
在月光下飞来又飞往

我的小幸福，像花儿一样
自由自在绽开在街街巷巷

请原谅我的不辞而别
寄出去的每一封家书
我会拜托风儿夜夜送达你心上

请裁漂亮的云朵给我
再撒一些甜味的佐料
那就是年少时我最爱吃的棉花糖

好听的歌，好听的曲子，习晓恬边弹边唱。

"听雨轩"这个名字，有它特别的来历。

晓恬的朋友们常来她家的阳光房玩，或坐，或卧，喝茶、聊天、唱歌、嬉闹……尤其是天气不佳的雨雪天，那几个好朋友更爱来这里。记得是在一个夜雨绵绵的晚上，众人古今中外、天南海北地聊天聊起了兴致，就给阳光房起了这个诗意的名字"听雨轩"。

听雨轩的落地玻璃窗朝南正对的是一个六七十平方米的大露台。那里有一架很大的木秋千，晓恬常常坐在那个秋千上弹她的那把红吉他，看太阳东升西落，望月亮，数星星，听风声，沐雨雪，浏览近处的风光，观赏远方的景致。秋千的背景正是东临市最具特色的旅游风景区——永龙湾景区，远处是东临市最大的海湾——永龙湾，近处是近年来依傍海湾开发起来的旅游观光带——东临市永龙红海滩。

永龙湾景观区位于东临市永龙区境内，总面积二十余平方公里。这里有辽阔无垠的海域，数以千计的候鸟，还有大片大片火红连绵的碱蓬草，已经被东临市政府开发成为一处自然环境与人文景观完美结合，集游览、观光、休闲、度假为一体的综合型绿色生态旅游景区。

二〇一八年仲夏，正是孩子们的暑假期间，东临市摄影家协会举办过一次名为"爱我家乡"的摄影大赛，按照习晓恬的理解体会，大赛的中心思想就是热爱家乡，宣传家乡，做一个推广家乡旅游、发展、建设等各种资源名片的优秀市民。

那个大赛习晓恬参加了，她分别用花花、眯眯、泡泡三部手机拍摄了一组"东临市的召唤"寄去大赛组委会了。之后一直没有评奖消息，晓恬也没抱什么幻想，只是觉得重在参与，她参与了，获不获奖不重要，重要的是她有一颗热爱家乡、热爱祖国的心，这就足够了。

而现在花花、眯眯都在，唯独泡泡失踪不见了。晓恬想起来，多少还是有些怅然。

记得那个参加摄影比赛的夏天，她用泡泡为亮歌拍摄了各种具有浓郁东临地域特色的生活照，尤其是抓拍了亮歌坐在秋千上看书的情景。

画面上，一个阳刚活力的青春男孩，大大的眼睛明亮帅气，他手捧一本书，正安安静静地坐在秋千上，沉浸在书籍带给他的遐思与幻想中，迷失在周遭的绿树红花、远方的海阔天空里。这个神采奕奕的男孩就是亮歌。

午后，太阳绚丽的金色光环，一缕缕映照在亮歌朝气满满的身上，增添了画面的可视感。亮歌身穿的蓝色印花休闲T恤，正好与头顶上的蓝天以及秋千背景处的大海相映生辉。透过秋千与英气少年之间的留白，由远及近，东临市美丽的永龙海湾、迷人的永龙红海滩二者独特的风景恰好填补了照片中的空白，各个影像相互映衬，相互补充，构成了一幅幅非常美好而温暖、极具视觉冲击力以及心理感染力的摄影作品。

晓恬和闺密们都对亮歌作为主题人物的参赛作品非常满意。

当然，姐妹几个对晓恬的其他作品也是非常赞许并且充满信心的。

因为泡泡失踪了，那些留在泡泡上的宝贵照片，包括去参加摄影比赛的照片，晓恬都没有任何备份，更没有任何心理准备，就再也见不到了。一别即为永别吗？这让晓恬多么懊悔与怀念！每当想起泡泡里没来得及保全下来的所有，包括照片，包括其他资料，晓恬就特别地不舍与难过。

晓恬在弄丢她亲爱的手机泡泡之前，从不曾想过有一天她会将手机弄丢，也没有想过在社会经济发展这么迅猛的今天，还会有人捡到手机却拒不归还失主。谁还会因为捡到了别人的一部小小手机，却偏执地占为己有，而令人所不齿呢？

在习晓恬心里，她认为拾金不昧是天经地义的事情，是没有任何可以犹豫的分内之事。作为金融工作者，这些年来晓恬和同事们捡到手机、钱包、贵重物品归还失主的事情不胜枚举。

例如，上个月的某一天，晓恬做大堂经理时，在碎纸机旁捡到了一个灰色皮夹。皮夹里面有几千元的现金、火车票、消费小票、银行卡，装得满满的。本来以为失主会回来找寻，结果等到中午时分，也没见有人来。

晓恬请同事陶思梦进入客户概览信息系统，通过失主的银行卡号查询他的电话、住址等资料，结果查到的只有一个座机号码。

晓恬打通了那个固定电话，却是一家纯净水水店的电话。当得知那个失主并不在那里上班，只是从水店订过水时，晓恬赶紧委托水店的人帮忙，又几经打听才找到那个人。

原来，那是一个将要去外地出差的某公司采购员，因为贪杯，虽是知道自己弄丢了钱包，却根本想不起钱包忘在哪里了，当晓恬联系上他时，他正心急火燎地到处寻找呢。

等那个失主来东顺区商业银行取钱夹时，对习晓恬千恩万谢，还硬要塞给晓恬几百元钱作为酬谢，晓恬怎么会要呢？

"先生，您快出发吧，还有不到一个小时的时间，火车就要开了。"晓恬面带微笑，礼貌地提醒那个微微发胖的中年男人。

那男人仿佛这时才醒酒，才记起了出发时间，他一边向外面走，一边又是一番感谢。

晓恬打趣道："请收好钱夹，不要再丢了，再丢就得跑马拉松回咱们东临啦。"

像这种捡到东西物归原主之事虽然微小，却是在助人为乐。勿以善小而不为，勿以恶小而为之。成人之美何乐不为？

如今，泡泡丢失了，让习晓恬深深留恋、念念不忘的，仅仅是参加摄影比赛的那几张照片吗？不是，真的不是，而是更多，更多。那些看似寻常的日子里，寻常的点点滴滴的影像，有太多是晓恬爱着的欢笑、温馨与幸福，也有晓恬不愿触及的泪水、悲伤与疼痛。

第十二章　同事真的很给力

一

二〇一八年十二月十日那天，习晓恬比平常起床早了些，像浇花、弹吉他等一些事情都做得比往日提前了。当她从听雨轩的花草树木间站起身，来到楼上书房，先是把吉他放回琴架，然后，走到书桌前。桌面上有一本她最近正在读的文学书，她坐下来，从露出书签的位置打开书，继续她的愉快阅读。

时间迅速地滑走。要去上班了，晓恬拿起手机打开车载遥控系统，登录自己的爱车操作号，远程启动了爱车的空调与发动机。想起闺密们给她的爱车起了一个特别靓的名号"天使宝贝"，晓恬的脸上开出一朵甜甜的微笑。

走下楼来，是晓恬出发前的装扮时间。晓恬只施淡妆，香蕉乳是她近期的主要化妆品，口红是闺密司漫分送给她的，很淡雅的一种红。着装呢，照例是天蓝色带着附属膝盖兜之类小装饰物的牛仔裤、驼色套头裙式休闲衫、乳白色棉服小外袄、嫩粉小碎花的方丝巾，鞋子是蓝灰厚底带绒毛里衬的皮鞋。

十分钟不到，习晓恬已经准备就绪，这时的车已经预热得差不多了。

今天的上班路上有些不顺畅，是一辆黑色轿车与一辆蓝色轿车发生了追尾事故导致的。有交警已经来到事故现场处理。车损看样子不严重，不会有人员受伤，但是道路通行受阻了，因为两辆车是在礼贤区与东顺区交接处的东顺河大桥上亲密接触在一起的，而与东顺河大桥一脉相承的爱华路是东临市西部贯通南北最重要的交通要道，是赶往两区上下班的人们必经之路。

这时车载广播里正播出这段路受阻的情况，提醒行人可以绕道经过东临市东部的另一条主干道——爱国路行驶。

但是习晓恬再绕路行驶已经来不及了，她的车已经上了东顺河大桥，而且今天上班她是提前了的，应当来得及。索性就这样跟着前后方的来往车辆慢慢行进吧。

晓恬伸右手从副驾驶座位上的米白色手拎包里拿出手机泡泡，打开相机，通过镜头观望大桥东侧的东顺河。这条河流经东顺区由东向西再向南经过礼贤河，再经永龙区河，直达东临市最大港湾永龙湾，奔向大海的怀抱。

这时，有氤氲的雾气轻笼着河面，以及河岸两侧的树木、亭台，再勾勒上朝阳映照的光泽，如同刚刚上了淡妆、蕴含着古典气质的女子，一半含蓄，一半热情。习晓恬快速按下了OK 键，并发到她们单位的微信群里，想了想，又写下几个字：河畔有缥缈风景，桥头有两车相亲。

十几分钟后，终于道路理顺了。

过了东顺河桥，再经过几条东西南北的大小路段，来到了来宝利广场，习晓恬上班不到三个月的东临市东顺区商业银行就在眼前了。她本想将车泊在正对着单位大门的位置，这时单位的保安丰永录出现了，晓恬从后视镜看到小丰在向她示意，想让她将车停在稍微靠东一点接近开心海鲜饭店的地方。

晓恬一想这样也好，多空出地方可以方便来往的客户通行。在小丰的手势指挥下，习晓恬将车泊好，回头将放在副驾驶座位的手拎包拿起来拎在手上，推开车门，伸出左腿，起身，迈出右腿，下车，站直身体，然后，一边按动车钥匙上的锁车键，一边向银行大门里面走。

就是在这个抬腿转身、下车、站直身体的短短过程中，习晓恬将刚刚还拍了一张东顺河图片的手机泡泡从棉服衣袋中滑落，弄丢了。

从后来查看的监控录像里很清楚地显示，在晓恬将手机弄掉在车左前方地面上，不到十分钟之内，至少有三个人从银行自助存取款室里走出来，从她的爱车旁经过，而他们都不曾低头看脚下的地面。

晓恬事后与闺密们谈论这一段视频的时候。大家都说，前面经过晓恬爱车的人中，如果有一个能够低头看到晓恬的那部手机，或许，就是另一种局面了，或许出现的是暖心的一幕。那样，手机就不至于被接下来出现的那个坏心肠老太婆捡走了。

"恶心的老太婆，真该死！"这是后来一个经常到东顺区商业银行办业务的年轻女顾客，当听说了老太太捡走手机却不肯归还的事情，她义愤填膺地这样骂。

亲爱的手机丢失不见了啊！当习晓恬在单位换衣间、工作室等可能的地方都找过了，她知道手机一定不在单位里。然后，她马上去外面，到她的车上找，没有见到她的手机，车外面的地上也同样是没有见到。尽管此时此刻的习晓恬大脑里仿佛一片空白，但是她知道，或者说在单位各个地方寻找的过程中，她就明明白白地知道了，她的手机、她亲爱的手机不可能在单位里。因为她来到单位之后，除了站在同事中间参加了几分钟的晨会，其他的什么事情都还没有做，也没有再拿过她亲爱的手机泡泡。

在寻找泡泡手机的整个过程中，习晓恬一直用她的花花手机拨打泡泡，还让同事帮助拨打，并且，晓恬第一时间在她的闺密微信小群"四朵金花"中通报了这件事。

大麦先看到了恬恬的留言,然后告诉了另两个闺中密友满分、惠惠。她们那三朵金花都马上拿起手机,拨打晓恬挂在泡泡上的手机号,都希望通过拨通丢失的手机与捡拾者说上话,以尽快找回晓恬心爱的手机泡泡。

可是,从晓恬泊车弄掉手机到发现手机丢失,前后不到十分钟的时间,当大家纷纷拨打泡泡手机的时候,最初的回音是"您拨打的电话无法接通",然后再拨,就提示"您拨打的电话已关机"。而此时,距离发现手机失踪才刚刚过去十分钟。

可是,可是,一切都成了泡影。泡泡真的成了一个华丽虚幻的肥皂泡,漂亮却不再真实地存在了。一转身就再也不见,从此,彻底在习晓恬的生活中一去不复返了。

二

"友泉哥,马上帮习晓恬查看监控录像。"此时,来到营业室的经理安家成听说晓恬的手机真的丢了,他大声发出指令。

"好嘞!"关友泉高声答应,"我这就给咱妹子查监控。"

在晓恬他们单位,关友泉年龄最大,做后台管理,负责业务授权、票据整理、日常安全等工作,这会儿他放下手中即将交给传票员的前一天业务票据,急急地走向监控室。

最初的习晓恬或许是并没有太着急,或许是脑海里已经一片混沌。

她没有想到过有一天会将手机弄丢,她绝没有想过这种事情会发生在自己身上。所以,她使用的手机都没有上手机屏幕锁,没有加手机密码啊。

习晓恬从没有想过,她这一小小不设防的举动,在某一天,却成了一种苦涩的教训:便利了捡到手机的不良人轻易就能打开手机，随心所欲地窃取她的秘密信息、盗取她的重要资料；助长了见财起意之人将他人财物据为己有的歪风邪气。

手机丢失后，习晓恬的心里其实曾经存在过幻想：捡了她手机的人会把手机还给她的；只要能找到捡手机的人，她的泡泡很快就会重回她身边了。虽然后来的事实证明，晓恬的幻想也只能是幻想，它不可能变成现实，虽然这幻想被现实击打而破灭，因而显得幼稚乃至天真，但是，这毕竟是一个人丢失心爱之物自然而然会有的素朴愿望。

晓恬更加没有想过，如果找到了捡手机的人，那个人却不肯归还她的手机。那怎么可能？那样的事情怎么可能发生？那样的人怎么可能会存在？那种奇葩人奇葩事怎么可能被她碰上？

这个时代，手机几乎成了人人拥有的最低日常配置，就连拾荒者甚至流浪者都会人手一部手机，只可能是存在着品牌、型号、价位、功能的差异。难道还会有人明目张胆地将他人的这种最低生活配置物占为己有吗？

习晓恬在查看过单位的监控录像并确定手机是被人捡走之后，再次来到她的爱车附近。她期望着会发现什么蛛丝马迹，或者能够寻得一些线索吧。这个时候，东顺区商业银行门外已经多了几位等候办理业务的客户。

"姑娘，你在找手机啊？"一位老大爷对晓恬说，"我看到谁捡了。"

"嗯，看了录像，是被一个老太太捡走的，可是她关机了。"习晓恬现出了愁绪，她开始意识到自己遇上了一个心地并不美好的人。

"是被那个老太太捡起来拿走了。"老大爷大声叙述经过，"我看她猫腰捡手机，站起来扔到她拿的袋子里了，就急急忙忙走了。我还以为是她自己的手机不小心掉地上了。"

"哦哦，刚才是看到一个老太太，胳膊上挎着一个大编织袋子，是看到她弯腰捡了一个东西，我们几个光顾得聊天没好好注意。"一位站在大门右侧的阿姨这时接上话茬，一脸吃惊的表情。

这时，一位刚到现场身着咖色皮衣的年轻男士安慰似的对晓恬说："没事，能找到，现在谁还拿手机不还啊。能值多少钱啊！"

"有录像，找周围邻居给认认，好找！走不远，也就是附近住的人！"与刚才那位阿姨聊天的另一位阿姨也说话了。

一句话点醒梦中人，是呀，她重新想到了录像，从录像里是看到了捡手机的人，人们也说看到了那个人，但谁都不认识。

"丰永录！小丰！你到监控室来一下！"对讲机里传来经理安家成的声音。

正在巡视大厅的保安丰永录应声赶到监控室这边："安经理，喊我有事吗？"

"小丰，你来帮我看看，这个视频里的人是谁，看你认识不。"习晓恬说话的声音不大。她忽然有一种失望的无力感，是有些没信心了吗？

这时的监控室里除了习晓恬、关友泉，就是丰永录，这一次，晓恬把希望押在了小丰身上。

随着画面再一次在习晓恬眼前徐徐呈现，保安丰永录的说话声高分贝地响起来了："这不是那个捡垃圾的老太太吗？每天都从咱银行门前经过，一天能过个三四次、四五次的。"

"真的是吗？"习晓恬有些不敢相信似的问。

"安经理，你快来！"这时，丰永录朝监控室外面喊。

安家成快步走过来，关心地问道："看出来是谁了吗？"

此时，关友泉正将那段监控录像重新播放。丰永录边看着录像，边用手指着屏幕，问安家成："安经理，你看这个人是不是总从咱银行前面过？这不就是那个捡垃圾的老太太吗？"

待画面又一次定格在那个老太太捡手机的整个过程，安家成也看出来了，他说道："是那个老太太。她总从咱银行门前走。一天能看到她好几次。有时从东向西走，有时从西向东走。"安家成断言，"不用再看了，不是别人，就是那个老太太。"

"是她，就是她！"丰永录在一旁大声附和着。

"先报警吧。"关友泉、安家成、丰永录三个人都这么提议。

正在上班的同事冉亮、陶思梦也纷纷跑来监控室。大家都盯着监控录像的大屏幕，仿佛捡手机的人下一刻就能够从屏幕中被揪出来。

"晓恬，记得把这段监控录像用手机录一下，留着备用。"这是同事们的提醒，也是闺密们在电话及微信上的提醒。

三

二〇一九年五月五日，国际劳动节和五四青年节小长假之后上班的第一天下午，正在处理业务的习晓恬听到手机花花忽然唱起歌来。她停下手中的业务，拿起花花一看，显示的居然是市长服务热线的电话。

他们找晓恬做什么？等接通了才明白，是市长热线在做电话回访，询问曾打过电话的市民，以前反映的情况有没有解决，解决结果是否满意。

这个电话说的还是几个月前晓恬打 12345 市长热线反映的一件事情。

那还是手机泡泡丢失之后的某一天，早晨，天气冷、凉。晓恬开车在上班的路上。

在行经东顺河桥北段时，晓恬又注意到那条长约三四十厘米、宽约一二十厘米的坑洼凹陷路面了。看起来那是桥面的混凝土材料出现了毁损脱落。晓恬本以为环卫工人看到这个情况会跟单位反映，然后会有人及时维修。

但是，这已经过去一个多月了。今天，习晓恬开车又走在了处于三车道的这个中间车道上，所以，她又看到了上一回看到的那处桥面受损的地方，而且至今未有什么改变。

看上去，桥面混凝土损坏脱落的面积似乎比第一次看到时大了一些。

怎么办？视而不见？坐视不管？这好像不符合习晓恬的性格。那么，还是由她这个默默无闻的普通市民来做点小事情吧。

于是，下一秒钟，习晓恬将车速放慢，她一面左手把握方向盘，一面右手抬起，用食指轻轻地快速地摁了一下车前后视镜上方的遥控装置按钮。

很快，一个年轻的女子声音传来，礼貌地询问晓恬这边有什么需要帮助吗？

"请帮我拨通市长热线 12345。"习晓恬回答，继续匀速开着车。

"好的，我帮您接通，请您稍等！"年轻的女声，礼貌的应答。

很快，电话通了。

"喂，你好，是市长热线吗？"晓恬边讲电话，边认真地看着路线，平稳开车，遵守着交通规则。

"您好，这里是市长热线。"市长热线是一位年轻女士在做接线员，"请问您要反映什么事情吗？"

"是这样的，我有一个情况想反映一下。"晓恬从容讲话。

"您请讲。"女接线员说。

"是这样的，在东顺河桥北段第一个红绿灯南五十米左右的桥面上，有一处混凝土桥面损坏凹陷，长三十厘米多，宽处最大值是一二十厘米。"习晓恬不急不缓地说，"我想通过市长热线转达到桥梁维护部门，看看是否需要维修处理。也希望能够请专业人士查看一下，桥梁有没有什么安全隐患，希望能做到防患于未然。"

"好的，我已经记录下来了。"女接线员显然是对这种通话很有经验，她在问，"处理之后您需要电话回复吗？那我们需要记录下您的电话号码。"

"这倒不必，只要找相关部门查验维护就可以了。我每天从桥上过，我会看到有没有维修。至于是否有隐患，还是希望能够有专业人员去查看。"晓恬坦然地讲完了话。

这个电话打得似乎很简单，听来似乎也很简单，实则是习晓恬在以一个东临市市民的主人翁态度对待与处理身边所发生的事情。公益之事利国、利民、利己，晓恬怎么会拒绝，怎么会不力所能及地去担当呢？哪怕遭冷遇，她也坚持。

如果什么也不做，心难免就会凌乱了。这正是习晓恬天性善良的真实反映。她平凡，但她敢于担当，不在意人生的辉煌与低谷，只要认真地好好生活，让每一天都活出生命的光彩。就如她的微信个性签名上所写的：我不成功，也不完美；我不张扬，也不怯懦。

后来的某一天，下班的路上，习晓恬驾着车从东顺河桥上经过的时候，或许是想起了那次打的市长热线电话，她特意朝那段曾经失修的桥面望了一下，是的，那处受损的桥面已经维修好了，而且有一些时日了，后铺上去的混凝土尚有的新鲜痕迹还很明显。

习晓恬娴熟地开着车，在快乐的心境中，她轻轻哼起一支歌，一支发自她心底的歌《纯洁的爱唱给祖国》：

> 我听你的话
> 好好学习，天天向上
> 不让我的人生太过潦草

我是你的花朵
发自内心，用我的执着
说出我生命的最爱与赞美

你是我的存在
我的身体，我的灵魂
我赤诚的一切都是属于你

我在这盛世的光明里幸福
我从你明媚的春暖花开走来
我听从你的召唤，义无反顾追随你
我时刻准备着，天涯海角奔向你

四

是在这个新一年的春节即将到来的时候，也是一个午后，习晓恬与几个同事都在整理手上的业务。也不知是谁起的头，大家又谈到晓恬丢手机、找手机的事情，谈到派出所、社区、政府、民心网，自然，那老赖一家又被义愤填膺的同事们一顿讽刺、贬低、诅咒。

正你一搭我一搭地聊着，老同事关友泉走到习晓恬的办公桌前，一本正经又不失幽默地说了一句："行了，这个年他们家也过不消停了，那个老太太吃东西得噎着。"

在场的其他人都被关同事的话逗笑了。晓恬也笑了，她看了一眼这位兄长，只见他棱角分明、清俊黝黑的面庞上，看不出他是在笑，还是没在笑。

"哦？何以见得？是你的民族信仰告诉你的？"习晓恬对

这位老同事也幽了一默。

"晓恬聪明！"关友泉马上呵呵笑着，竖起了大拇指。

关友泉是回族人，他对民族信仰特别虔诚，他又是一位热心有正义感的好公民。就是在这个冬日的下午，在东临市东顺区商业银行营业室内，这位大哥告诉习晓恬等几位同事，回族人的信仰有内心诚信、诵念表白、身体力行三个部分，一个做坏事不行善的恶人将会受到应有的惩罚，那是罪有应得。

同事关友泉的一席话，对听者来说，增加了民族信仰的常识；对习晓恬来说，也是给手机丢失后心存失落的她一种无形的安慰。

从来岁月不待人。时光不会因为人们的不情愿而停下它的脚步。

三月的一天，午休时间已过。东顺区商业银行营业大厅，顾客陆陆续续地来了。

作为大堂经理的习晓恬接待了一位女士。

那女士三十几岁的样子，皱着眉的脸上写满了烦恼。她晃一晃手上的手机，对晓恬说她的手机丢了，现在用的是这个新手机。

"我的手机银行 App 登录不上去了，怎么办？"女士说道，犯愁的脸上了无笑容。

"那好办呀。"晓恬对她说，"先帮你关掉丢失手机上的签约，然后用你现在的手机重新签约，再把你以前用的手机做一下旧设备解绑，然后就好了。"

对晓恬来说，关于电子银行的各种问题解决起来都是轻车熟路。晓恬起初几乎没有明确意识到，这位客户口中提到的手机银行不好用的"根源"，是她把原来的手机弄丢了，现在她新换了手机。仿佛经过了几个月时间的洗涤、冲刷，那一段丢手机找手机的不快乐，已经从习晓恬的大脑程序里有意无意地删除了一样。

应当是手机丢失给这位女子造成了不小的影响，导致生活上一些问题受到困扰，精神上受到了打击，所以在晓恬依照熟悉的操作流程，帮助客户做解约、签约业务的时候，在她还没有清晰地意识到这位客户是因为"丢失了手机"才来他们这里求助的时候，那女子在语言表达上至少有三四遍都在强调"我的手机丢了"。当最后一遍听到顾客说出这个带有明显强调性质的句子时，习晓恬这才呼啦啦地从下意识里清醒过来。

原来，客户也是弄丢了手机，与曾经的自己同病相怜。

"怎么把手机弄丢的？是上街丢的吗？"这时，晓恬开始有意识地询问顾客丢失手机的原因。

此时的习晓恬想起了那丢失了好久的让她舍不得又心痛的泡泡，只是不知道这位顾客的手机是不是也被别人捡走了，却不肯归还。

"坐出租车丢的。应该是落在车上了。我也记不清是怎么把手机弄没的。"女子摇着头，脸上完全没有轻松起来的样子。

应当是时间这服良方，在她身上还没有产生很好的疗效。

现在是即将下班回家的时间了。习晓恬已经回到营业室内，大家做好了所有的准备工作：扎账完毕，款箱封好，上好锁。票据、印章收起，收拾好桌面，抽屉、保险柜落锁，关电脑，切掉特定电源，倒掉垃圾桶，换衣服……只等押运员开着运钞车来接走款箱了。

这个时候大家都轻松起来，边聊天，边看手机，逛互联网。可以在微信工作群里上报一天的工作业绩，也可以浏览某网站上的新闻，看朋友圈，刷各种媒体平台上的短视频，与家人、朋友通电话，或者就以文字、语音或视频形式发出一个邀约，看看今晚有没有一个快乐的吃货等来好消息。

"我今天面对一个丢失手机的客户，竟然表现得有那么一点点的麻木。"

"我光想着把她手机银行恢复正常，居然忽略了她一再强调的是'手机丢了'才搞得手机银行无法登录。"

"难道，是时间治愈了我的伤？"

"难道我已经将泡泡遗忘了？"

习晓恬此时想起了下午遇到丢手机客户的情形，她把这些话发到了四朵金花的微信群里。姐妹们各种关切、体贴以及调侃都纷纷上来了。

惠惠：啊？恬姐姐你把泡泡忘记了，我都不愿意。

大麦：妹啊，你是工作太熟练了，只注重了怎么帮客户尽快解决业务问题，忽略了导致客户来办理业务的起因，这个我们做业务的都懂。或者是妹妹起初没有在意客户讲的电子银行不好用是把手机弄丢了。

满分：不是喜新厌旧了吧，亲爱的？

晓恬：惠，我不会忘记泡泡的，那上面有我们的记忆。麦，你讲得超对。分，你不会是被一个小白脸网恋了吧？嘻嘻！

"今天又遇到一个丢手机的客户，友泉哥，你能再讲讲你的民族信仰吗？"晓恬对她的同事关友泉这样说着话，这样提出她的请求，听来似乎有点突兀，"我已经把你写在小说里了，记得年前你给我们讲过一回民族信仰。"

关友泉不愧是一位沉稳持重的兄长，这个时候，只听他郑重地对晓恬说："宗教不能乱写的。你可以百度一下。"

"我百度了。"晓恬说，"哥，你能通俗地讲一下吗？"

晓恬她的确百度过了。不过，她还是想听听关大哥的亲口讲解。

"主要是一个人生来要行善，做善事。"关友泉讲得言简意赅。

"那像捡了咱手机不还，做了这种坏事的人，会受到惩罚吗？"晓恬这话问得很幼稚，但很能代表她关心的问题。

"当然会。不修好行善，就必然受惩罚。"关友泉马上非常肯定地回答。

"这就是因果报应。"一旁站着玩手机的陶思梦，抬头看着正在交谈的友泉大哥和晓恬姐，非常及时地插了一句话。

思梦已经换下行服，穿上工作之外的衣着，浅妆淡描的她根本不像她自己说的有多丑，多缺少女人气，而是整个人素净、秀雅，又有一股年轻女子特有的神清气爽之美。

"思梦总结太精到了。用网络语言说就是受众，真受众啊！"冉亮这时不知从哪里冒出来，故意做惊喜状地大睁着一双眼睛，拍着手凑热闹。

一阵畅快的笑声从工作间响起来，在场的四个人都笑了。

"友泉哥，我忽然有一个想法。"大家的笑声刚结束，习晓恬提高嗓音说出了这样一句话。

"唔？说说什么想法？"关友泉望着晓恬，探究地问。

只见习晓恬微笑着，大声说道："我建议大家，都用手机百度一下我们国家关于民族与宗教政策的信息，然后在咱们单位的小工作群里发一下，每个人一条，不要重复哦。怎么样？思梦？亮亮？"

武装押运车还没有到来，此刻，习晓恬提出一个这么别出心裁的倡议来。

"好啊！我马上百度。"思梦首先响应。

"那还不好说嘛。瞧我的。"冉亮说着，已经点击他的手机浏览器了。

"看来，就我手慢了。"关友泉也开始摆弄他的手机。

很快地，东临市东顺区商业银行小小的工作微信群里，出现了一些非工作内容的信息：

> 中国有五十六个民族，是一个多民族的国家，又是一个有着多种宗教的国家，主要有佛教、道教、伊斯兰教、

天主教、基督教等。中国少数民族群众大多有宗教信仰，有的民族群众性的信仰某种宗教。有一些民族信仰同一种宗教。（陶思梦）

我国宪法规定："中华人民共和国公民有宗教信仰自由。"在中国，宗教信仰自由，即每个公民有信仰宗教的自由，也有不信仰宗教的自由；有信仰这种宗教的自由，也有信仰那种宗教的自由；在一种宗教里面，有信仰这个教派的自由，也有信仰那个教派的自由；有过去不信教现在信教的自由，也有过去信教现在不信教的自由。（冉亮）

咱们国家的民族政策特别优越，比如：民族平等、民族团结、民族共同繁荣、民族区域自治。还有具体措施，比如：发展少数民族地区经济文化事业，培养少数民族干部；发展少数民族科教文卫等事业；使用和发展少数民族语言文字；尊重少数民族风俗习惯；尊重和保护少数民族宗教信仰自由。（习晓恬）

在我们国家宪法中有规定：中华人民共和国各民族一律平等。国家保障各少数民族的合法权利和利益，维护和发展各民族的平等、团结、互助、和谐关系。（关友泉）

这时，安家成经理从他的办公室中大步走出来，瞪着他那双不算大却蛮有神的眼睛，冲大家大声说："喂喂，你们几个在工作群里发什么呢？"只见他五官周正的脸上全是想忍又忍不住的笑容，"这是工作没有累着啊。"

"这不是给大家讲讲我们中国这个大家庭的优越性嘛。"关友泉接过话，笑着回答。

"很好很好！"安家成赞同道。然后，他来了个剑走偏锋，转移了话题，"你们想比民族吗？我老婆是蒙古族，我表姐的老公是维吾尔族。"

"谁还没有个少数民族亲戚呢？"冉亮接话道，他习惯性地睁大双眼，一脸欲笑不笑的样子，"我婶婶是布依族。"

"我叔公是苗族。"思梦也抢着说，"我一个堂哥跟咱友泉哥一样是回族。"

"我的一个小亲戚是塔吉克族。我的闺密嫁了一个非常好的土家族男人。"这时的习晓恬语调适中，满面微微的笑意，"在我的同学和文友中就有仡佬族、壮族、哈尼族、藏族、维吾尔族、哈萨克族、彝族、朝鲜族……真的，太多了。"

"恬恬姐，那天来给你送糖块的老阿姨不就是朝鲜族吗？"思梦想起了几天前遇见的情形，问道。

"嗯，是的。"晓恬轻声回答。

"我们中国是一个多民族的大家庭，需要我们每一个人共同努力，维护它的和谐、健康、发展。"这是关友泉大哥说的话，沉稳有力。

"大哥大就是大哥大。说得好！"安家成立马表示了他的立场。

"既然咱们家成经理如此好心情，为了我们大中国各民族的团结，是不是应当让他破费一点工资了？"冉亮出其不意地说了这么一句话，然后哈哈笑起来。

"安经理请客！马上请客，就今晚！"思梦思维敏捷，立刻心领神会地接上冉亮的话头。

"好哦！"

"敬爱的安经理，我们也不黑你，你就破费个几天的工资吧？"

"实在向老婆交代不清，我们 AA 制？"

"那不成，就让经理做东买单！"

在大家的起哄下，安家成满面通红地一撸胳膊袖子，握了握拳头："这客我请了，就今晚。等会儿运钞车走了，咱们就去！"

五

那天晚上，按照当天上班的几位同事的要求，安家成请大家吃的是海鲜大排档。

在场的每一个人都是兴高采烈的，不是因为终于敲了平时不太大方的安经理一回竹杠，而是因为那晚大家所说的，都是关于我们大中国正能量的话题，是对拥有五十六个民族的大中国满满信心、殷殷祝福与宏伟愿景的话题。

"为我们的大中国前程似锦，咱们就喝了杯中酒。"

"为了我们中国人民的团结奋进，再喝一口！"

"华山论剑谁争锋？试看我们东方巨龙！"

祝酒词、提酒令都是围绕中华民族这个大家庭的，仿佛自己的小家已不在话题之内，只有这个大家才应当拿到饭桌上来谈论。没有大家的繁盛、稳固与强大，就不会有安稳的小家让你安身立命。

其实，习晓恬与陶思梦是不擅长喝酒的，多是凑凑热闹、喝喝饮料之类，大家要的就是那种难得的气氛。

志同道合的话语说也说不尽，讲也讲不完。最后，还是安经理的夫人、那个知书达理的蒙古族女士打来一个电话，才把大家从天南地北的侃侃而谈中拉回到现实。

大家这才发现，弯弯的上弦月高高地挂在夜空中，天色已经很晚了，店家该打烊了，辛苦了一天的人们也该回家休息了。

夜归回到家中的习晓恬久久不能入眠，她想到了太多太多。她坐在沙发上，翻看着手机花花与眯眯上的种种记录，沉浸在与夜色一样无边的遐思里。

今天，与同事们谈论的话题，让习晓恬想起一位亲切和蔼的阿姨——金英秀女士。晓恬手机里的一篇日记，就写到了这位阿姨：

2018 年 8 月 10 日，上午，天气晴

在单位正忙着工作。忽然感觉到一个身影出现在我面前，也听见了来的人与旁边同事的说话声。我刚一抬头，就看到了金英秀阿姨，同时，我的桌面上被她不容推辞地放上了几块糖果。

我知道她一定又去首尔了。她每次回国之后，都会把糖果之类的小食品送给我。

"我刚从韩国回来！"金阿姨这样告诉我。

我陪阿姨在爱心港湾坐了一会儿，说了一些家常话，阿姨就起身跟我道别回家去了。她说她门前的小菜园还没浇水，她还准备中午让孩子们回家来，她要给他们做午饭。

金阿姨有三个孩子，两个男孩一个女孩儿，其中的一个男孩不是他亲生的，是那个男孩的母亲因病过世了，她看孩子可怜，就一直抚养着，直到男孩成家立业。

金阿姨是一位可爱可敬的朝鲜族老人家。认识阿姨是在数年前我刚来东临市的时候。

阿姨信仰基督教，她曾带来过厚厚的圣经故事和读本给我看。我喜欢教堂内的庄严、肃穆和神圣。我本人可以说是个典型的浪漫主义者，所以，对影视剧中在教堂举行基督教婚礼的场面一直印象深刻，感觉是那么浪漫唯美，又是那么圣洁崇高。

那时，我年纪尚轻，我家亮歌还小。

我带着亮歌去过一次金阿姨常去做礼拜的教堂。那天，教堂正要举办一个活动，有一些人在排练。可是伴奏的人没有到场，大家有些着急。当他们知道了亮歌会弹琴，就

跟我说能不能请亮歌小朋友用钢琴弹一支曲子，为排练的人们伴奏。

我当然同意，成人之美的事情没有不做之理。而且，亮歌从小就要懂得助人为乐、与人为善，这些好品质好修为是人生道路上的一束光，不仅照亮别人，也照亮自己。

记得当时亮歌弹奏的曲子名叫《友谊地久天长》。那简约、悠远、流畅的旋律在偌大的教堂内传送，至今，仿佛还在悠扬回响……

晓恬也想起了家在云南的傣族女孩小雪。她一边默默翻看着微信上的聊天记录，一边徜徉在往事的美好之中。

晓恬与小雪是在去北京的火车上相识的。晓恬是去北京看望家人，小雪是与朋友游览一心向往的北京城。她们互加了微信，到现在还时常在微信上互动联系。

几年前，晓恬与三个闺密还曾经去小雪的家乡——美丽的西双版纳游玩。如今，晓恬还保留着一个从云南带回来的傣族男女青年都喜欢佩戴的漂亮挎包——筒帕。

现在的小雪已经嫁人，生了一个女宝宝，在她的家乡生活得很幸福。

在晓恬的少数民族朋友中，那个叫闵旭的仡佬族诗人是一个有趣的人，讲话幽默，不失机智，他是晓恬与亮歌在北京宋庄看望励志青年向贵北时认识的。

闵旭身上最大的优点是他不愤世嫉俗，他坚定，能够从每日简单忙碌的生活中看到希望，尤其是有一颗大爱的心，有一种乐观向上的家国情怀。他的诗句总是从淳朴中给人以向上的正能量。

所以，闵旭会成为向贵北的朋友，也成了习晓恬的朋友。

晓恬的闺密满分嫁的是一个土家族老公，那是一个非常体恤满分，又非常能干、事业有成的男人。

想起少数民族的朋友太多太多，还是关友泉大哥说得好，中国是一个多民族融合的大家庭，需要我们每一个人共同努力，维护它的团结、和谐、健康、发展。

习晓恬写过一组系列主题诗《祖国，我的亲爱》，此时她想起来了，并轻声诵读其中的那首《信仰爱》：

> 我的亲爱
>
> 我的仰望高于蓝天
>
> 高不过我的信仰
>
> 对你的情愫才是最真
>
> 不停止对梦想与爱
>
> 单线条的执着，精神至上
>
> 把物质看得一轻再轻
>
> 仿佛不食人间烟火
>
> 仿佛可以一夜成为仙子
>
> 义无反顾，追随你
>
> 做一切和平与美好的事情
>
> 我知道，你会包容我
>
> 我的小柔弱、小悲悯
>
> 以及我的小惰性、小忧伤
>
> 因为我有你给我的坚强
>
> 从未改变的理念，爱憎分明
>
> 永远不做怯懦的逃兵

读着诗，想着电影镜头一样的往昔，困意袭来，习晓恬甜甜地入梦了。相信这个夜里，她的梦境一定是"面朝大海，春暖花开"，一定会美丽如诗。

第十三章　第二次交锋

一

"恬恬，让你写警告捡手机那家人的帖子，你写好了吗？"满分发给晓恬的微信消息猝不及防地来了。

"那个帖子我只写了一段话。不知怎么往下进行了。"恬恬老实地回答，紧跟了一个囧的表情。

"真是愁死人！你是不敢写吗？他们既然都不怕干坏事受良心谴责，那么我们就不怕善意地提醒他们什么是该做的、什么是不该做的，这又不触犯法律条文。有何不妥？亲，把你写的那段话发来，我看看，能用则用，不能用重写。"满分的长篇大论上场了。

"好吧。发你就是了。"恬恬只得乖乖投降。同时，一个擦汗的表情发过去。

"笨恬恬，放心吧。我如果水平不行，还有大麦和惠惠哪。你坐享其成就 OK 了。"满分发来扮鬼脸的表情。

星期五一大早，习晓恬正坐在听雨轩里抱着吉他发愣。司漫分的微信消息一条条地投掷过来。习晓恬勉强应对。

习晓恬的闺密们虽然不像晓恬那样从事文学创作，但论起写摆事实讲道理、评判教导之类的理论性文章来，每一位都是文笔一流的高手。晓恬在文学作品中可以纵横驰骋，若让她写警示说教之类的段子还是被动的、不喜欢的。

自从手机泡泡弄丢以来，恬恬面对用泡泡拍摄过生活点滴的地方，时常就会迷失一番。

听雨轩内，漫漫晨曦洒在那几个高低错落、大小不一的手绘木桩上。美丽的彩虹条纹、玄妙的八卦图形、跳跃的海浪花，那木桩上的每一幅图案都是晓恬亲手一笔笔描画上去的。此时，习晓恬安安静静地坐在木头桩上，抱着那把红色民谣吉他。

曾经，她也是坐在这里，和朋友、家人一起品茗聊天，天空海阔，嬉笑逗闹；曾经，她坐在这里，怀抱吉他，让朋友为她拍下浪漫的美颜照；曾经，她仿照惠惠教会她的延迟摄影方式，用泡泡给自己拍视频；曾经，她举着泡泡到处追着亮歌，为假期归来的他抓拍各种各样的生活照，白云蓝天，悠然明亮；曾经，她选了用泡泡为亮歌拍的十八张照片，连同花花、眯眯拍摄的十张照片合成一组，并以"东临市的召唤"为题参加了东临市摄影家协会举办的爱我家乡摄影比赛……

上午九点半。阳光淡淡的，天气不冷不热的。来宝利广场上，三排车位安安静静停放了各种车辆，偶尔有几个行人出入其间。广场前面的马路上不断有车辆来来去去。四周的商家店铺不时有人进进出出。

广场正北面的东临市东顺区商业银行，一楼营业大厅。习晓恬正在工作。

"创无烟银行，做文明市民"的牌子挂在大厅门内靠右边的墙上；左边，一个一米高的告示牌立在叫号机旁。牌子上清晰地写着：

温馨提示

为了节省您的等候时间，建议您：

一、两万元人民币以下存、取款，转账、缴费、改密、补登存折业务，请到自助服务区办理；

二、办理银行卡、开通电子银行、个人信息修改、信用卡信息修改、鑫存管签约等业务，请到智慧柜员机办理；

三、查询、转账、缴费、购买理财产品等业务，请选择手机银行、网上银行等电子渠道办理；

四、两万元以上现金存、取款等业务请取号排队；

五、本网点行名：东临市商业银行东顺区支行

六、服务监督电话：801×××569

大厅东面的低柜区，一大盆绿萝枝叶茂盛地爬向高处，将两个服务台很自然地分开来。胖乎乎但很帅气的冉亮坐在工作椅上，正认真地在给一位中年女士办理对公开户业务。

因为今天是退休工资发放的日子，所以，朝向南面只有一个对外开放柜台的高柜区，与平日比较起来，显得人气很旺，业务员陶思梦很忙。

现在的银行业，都是在慢慢将手工操作业务剥离，逐步引导客户转变思维，走向电子机器设备，以及利用互联网端的银行 App，将那些不需要现金或者是小额现金的业务转移到智慧柜员机、自动存取款机等这样的设备上去。

今天，习晓恬被轮换到营业大厅做大堂经理，负责引导、协助客户办理业务，以及做好银行各类相关产品的销售工作。

二

"一号窗口请大堂经理！"

"一号窗口请大堂经理！"

习晓恬正在自助存取款室帮一个六十岁左右的胖阿姨取款。忽然，营业窗口的对讲机传来了呼叫声。晓恬帮阿姨把取好的钱放入一个取款袋，再双手递到阿姨手中。

"阿姨，我得过去了，那边在喊我。阿姨再见！请慢走。"她忙跟阿姨道别。

"孩子，去忙吧。谢谢了啊！"阿姨很客气，她对晓恬的服务很满意。

原来还很秩序井然的高柜区，此时出现了一阵小小的骚乱，有人在大声吵嚷，甚至在谩骂。坐在一旁等候区的几位顾客都站起身，走上前围观。

人群后面，一个年轻人手里紧紧捏着一个储蓄存折，焦急地来回踱着步。习晓恬快步经过各自忙碌着的低柜区、自助服务区，到达填单区时，差一点被这个低着头的男士给撞到。

"我比谁都着急，那是我妈！"年轻人此时正在通电话，"对不起！"他皱着眉朝习晓恬极快地道了一句歉。

"没关系！"晓恬礼貌地回应了一句。

"我是在排队等候，人不是很多。可是，"那位个子高高、体型壮实的年轻人还在冲电话那端大声讲话，"可是一个老爷子抽风，跟服务员吵起来了。这下可好，谁也别办业务了。"

"好好，我看看能不能想办法快一点取到钱。"年轻人挂了电话。

"喂，你好！"晓恬已经过了网上银行体验区，就被刚才差点撞了她的年轻人拽了拽衣袖，给拦住了，"您是大堂经理吗？"

"嗯，是的，你需要我帮忙吗？这里出状况了，我来看一下。"晓恬忙向他解释。

"是这样的，我母亲在医院里需要马上手术，可是押金不够。

我来取钱，又碰上这么闹腾的事，您能给解决一下吗？我真的着急，是救命钱啊！"年轻人蹙着眉，说得又急又快。

习晓恬好像从男子的眼睛里看到了泪光，她连忙安慰道："好，你先别急，我马上帮你。"

这时的营业室内，只见陶思梦低着头，像做了错事的小孩子，一副委屈的样子。柜台外面，保安卡永录在大声劝阻。

引发骚动的是一个说话重口味的老先生，个子矮墩墩的，六七十岁的人了。晓恬见识过，那是她来这个网点工作的第一个月，柜员林姐被这个老顾客训得好惨。他一边让林姐办理业务，一边骂骂咧咧地。那个时候习晓恬就想，等有机会一定要给这样的老年人好好开导开导。

今天，机会来了。

晓恬走向柜台前，朝对讲机讲话："怎么啦，思梦？"

"晓恬姐，他骂人，还让我给他办业务。"思梦快要哭了。

习晓恬明白，是这个老年人又来闹了。

"你先给其他人办理业务。思梦，这个业务你先不要办了。我来解决。你叫号吧。"晓恬这样告诉思梦。

"谢谢姐姐。"思梦马上开心起来，"请 E001 号到一号窗口。"思梦已经开始叫号了。

"你来吧，后面那位男士。"习晓恬朝刚刚找她帮忙的那个青年男子招手示意，然后转向思梦，"思梦，这位客户的母亲急等手术，你先给他取款。"

壮实的年轻人手握刚才晓恬为他取到的优先号 E001，感激地向晓恬点点头。

"什么，不给办了？"老客户一直有些惊讶地看着赶来处理事情的习晓恬，这时，他不依不饶，"他妈的，狗屁！我就坐这儿不走了。我看你给不给办。"

"老先生，我们这里不给不文明的客户办业务。"习晓恬

175

走上前，沉稳地对老人说。

"今天谁不给我办业务，我就是她孙子。"老男人瞪起了眼睛，把一张卡摔在了柜台上。

晓恬的面庞上露出微微的笑容，只听她严肃地说道："老先生，您别这么说，您这么大年纪的孙子，我们可担当不起。"

周围的人一下哄笑起来，各种议论的声音悄悄地传开了。

"请您先到其他区域休息一会儿，有什么要求可以对我讲。"晓恬镇定自若。

"你是干啥的，跟你讲？"老男人被晓恬不卑不亢的话弄得有点下不来台，他用眼睛斜视了晓恬一下，马上又表现出一副不屑一顾的样子。

"她是我们银行的大堂经理，今天大厅工作由她负责。"丰永录这会儿好像理直气壮了许多。

"好，那我就跟你说。"老男士站起身，腿脚有些不利落，嘴上却不饶人。

"那您请到右边的爱心港湾坐一会儿。"

向西，网上银行演示区一侧的墙上张贴着网点员工十准则。相连的公众教育区，张贴着"东临市警方特别提示——电信诈骗常用手段""关于东临市城镇灵活就业人员基本养老、基本医疗保险缴费标准的通知"以及其他提请顾客注意的事项。再往西，就是习晓恬说的爱心港湾。那里，最明显的位置摆有公益志愿者工作站的牌子，上面是一段温馨的话语：

爱心港湾

累了能歇脚，渴了能喝水

没电能充电，饭凉能加热

爱心港湾，您身心可以停靠的地方

爱心港湾，因爱停靠

　　晓恬请老客户来到爱心港湾坐下后，倒了杯水递上前："老先生，您有什么想法请讲。我来解答。"

　　"他妈拉个鬼崽子的。"老男士又开始骂上了。

　　晓恬用眼睛盯视了他一下，说道："您还骂？您今天还想不想办业务，想不想取工资了？我说了，对不文明不讲理的客户，我们可以拒绝办理业务。"

　　"我就不信这个邪了。顾客是上帝，谁敢不办业务？"老男士对晓恬翻了一下眼睛。

　　"您先别动怒，生气对您身体可不是好事。"晓恬一直保持着微笑，"这个听我跟您讲一讲。首先呢，在我这里，顾客不是上帝。"

　　"小同志，这怎讲？"老男士不服的口气。

　　"您想啊，如果顾客都是上帝，那是不是顾客的各种要求都得满足？"晓恬正视着老客户，问道。

　　"那当然，不满足不行。"老顾客似乎抓到理了，等着看晓恬无言以对。

　　晓恬心里很清楚，对这样胡搅蛮缠惯了的顾客必须有理有据，有的放矢，才可以说服他，让他从心底里遵守应当遵守的原则、操守。

　　"那您听我举个例子。"晓恬开始了她今天、也是一直以来放在她心底的话题，"如果按您说的，顾客是上帝，上帝什么要求都必须满足，那么，男孩子来我们银行，要我们给找个媳妇，给找不？女孩子来我们银行，要我们给找个男朋友，给找不？"

　　老男士愣住了，在妥协："那咋给找？！不给找。找不了。"

　　"您都说了，上帝的要求不满足能行吗？"习晓恬话锋一转，"那既然不合情不合理的要求无法满足，也的确是满足不了，就不能把顾客说成是上帝，老先生，您说对吧？"习晓恬微微一笑，看着老顾客怎么回答。

"嗯，不说上帝了。"老男士终于放缓了语气，"那你说说凭什么不给我办业务？"

"老先生，因为现在是和谐社会、法治社会。我们东临市是文明城市，我们都应该做文明市民，文明市民就不能随便骂人。"晓恬不等老男士反应，接着说，"还有呢，我和我的同事虽然在银行窗口做服务工作，但我们不是奴隶，我们也有人格，也有人权，不可以被随便辱骂，更不可以随便被侮辱。"

这时嚣张跋扈的老先生已经不再高高昂着头了，而是开始低下了头，眼睛与神情也不再是咄咄逼人的模样了。

习晓恬一边做着老人的思想工作，一边想着必须趁今天这个机会，把这个爱耍脾气、爱骂人、闹腾惯了的老顾客不当的思想言行好好作个纠正。

"老人家，我再举个例子。"晓恬仍旧循循善诱地讲着，"比如，坐在柜台里刚被您骂的那个女孩子，假设她是您的家人，您孙女或外孙女，或者是您亲戚朋友、您老街坊老邻居老熟人家里的孩子，那么，她好端端的，没招谁没惹谁，被一个像您这样的顾客说给骂一顿就骂一顿，说吵一顿就吵一顿，您愿意吗？"

"那当然不愿意。"老先生立刻做出了否定的回应。

"那就对了。我们在尊重顾客的同时，同样也应当得到顾客的尊重。我尊重您，反过来，您也应当尊重我。"习晓恬因势利导，"所以，尊重是互相的。对银行等服务行业来说，对生活中人与人之间的交流接触来说，都是这个道理。"

后来的结果可想而知了，在习晓恬不急不恼的一番开导中，老顾客气平了，不闹了，乖乖跟着晓恬去提款机取了钱，道了谢，心服口服，安心地回家去了。

三

"恬恬，你怎么不回我微信？"刚送走那个难缠的老客户，满分的电话就打过来了，口气直白。

"哦，分呀，刚刚一个 Old Man 找碴，我给处理了一下。"晓恬稍作解释，紧接着就问，"怎么啦？"

"不找手机了吗？"满分责怪的口气传来。

晓恬一听就笑了，说："我的好姐姐！找呀，当然找，工作也得做啦！"

"等下去找你，带你去送警告老太太一家人的帖子。十一点半，不见不散，我的小可爱。"后面的称呼，今天满分说得有些暧昧。

满分给恬恬叫小可爱，原因是晓恬个子不算高，但小巧玲珑，是一个小鸟依人型的女子。满分给大麦叫大可爱，原因是大麦在几个好朋友中年龄最长，是有护幼范的姐姐。满分给惠惠叫幺可爱，是因为她是四朵金花中年纪最小的，按东临市及周边地区的传统说法，相当于一个家庭中排行最小的老幺。满分叫她们可爱，一般只限于向她接触的外人介绍几个姐妹时，尤其指对男士。

姐妹们的真实姓名是万万不可以随便向外人胡乱透露的哦。满分说她在用这种方式保护姐妹们。

非常准时，十一时半，习晓恬的电话响了。却不是满分的号码。

"你好，你是小可爱吗？"一个男人的声音。

"您好！"听见陌生男人叫自己小可爱，恬恬还是蛮不适应的，甚至是发窘，"您是？"

"我是程超，分姐让我来的。"那边立刻作了说明。

179

"哦，是你。知道你，见过的。"那次几个姐妹相约去海南岛游玩，正是这个程超驾着满分的法拉利去机场送行的。那时，满分的介绍是这样的：我家老公给我派的保镖兼司机。

"分姐姐叫我来接你，去那个捡你手机的人住的地方。"程超又在说明。

这个满分在搞什么鬼？

"好吧，就来。"知道满分安排的事情不容置疑。

晓恬放下电话时，发现满分在四朵金花微信群里已经公布了几条消息：

"恬恬小可爱，警告帖子已经由姐妹们准备好，已打印。"

"各位亲爱的可爱，我要去国外游玩两天。兹派司机程超作为小可爱的御用护卫，保驾护航，助小可爱完成既定计划。"

"我会继续做好你们的代购。没有办不到的，只有你们不想要的。小可爱，你要听话。"

接下来就是姐妹们点赞支持的一些留言。

这个满分，总是爱搞噱头呀，晓恬不禁哑然失笑。

程超这次开的是一辆黑色国产车。不错，满分是爱国的，他的司机也必须爱国。那次在机场，程超一身冷色调的衣着，戴着一副墨镜，今天又是这身行头。程超人长得并不帅，只是个头高，块头大，做护卫还算合适。晓恬见到程超，也见到了那个帖子。

2018 年 12 月 10 日星期一早上 8 点 23 分，来宝利小区 4 期 12 号楼 11 层 1103 室捡垃圾的老太太（即女户主的母亲）在来宝利广场北商业银行门前捡到手机一部。失主发现手机不见之后，从 8 点 32 分开始拨打该手机，先是无法接通，然后就一直是关机状态，导致失主无法及时找回手机。在银行监控视频及周围居民、环卫工、保洁工等多方确认下，失主曾来到 12 号楼 1103 室老太太家门外想商量协调此事，以便尽快找回手机，并承诺愿意给予当事人感谢费。可无论失主怎么恳切请求商量也没见到老太太，只有老太太的女儿在门内态度恶劣，拒绝沟通，并一再强调：我不捡垃圾，这儿没有捡垃圾的，我不是本人，你们去跟本人说去。

敬告 1103 室居民：捡到别人的东西拒绝归还失主，属于非法侵占他人财物，是违法行为，轻者可以被刑事拘留。如果不相信，你们也可以上网搜一下相关法律法规。

敬告 1103 室居民：请你们多方面考虑考虑，不要把小事闹大，请问问老太太，如果是她捡了手机，请送到来宝利广场商业银行，或送到 12 号楼门口对面的丽美发廊，或宏兴派出所，或来宝利社区，或来宝利物业。以后就相安无事了。

晓恬与程超先去了丽美发廊，见了甘师傅，简单地讲了一下送帖子的事情，还给甘师傅留下一份帖子。

甘师傅告诉晓恬这两天发现的新情况：今早又见到老太太天蒙蒙亮就出去了，不知道现在回来没。昨天中午，看到老太太的姑爷帮老太太在楼下卖垃圾。老太太一直躲在门里，不敢出来，还向外面探头探脑地张望。后来，看到老太太的女儿女婿一起出门走了。

"我媳妇说，你们就是不厉害。要换她早上老太太家去要手机了，不给不行，让她家天天过不消停。"甘师傅一边给一位刚刚理好发的男顾客洗头发，一边跟晓恬说着话，"我媳妇听到这件事时特别气愤，直骂那家人太缺德了，骂他们捡了别人手机不还，还要横，那跟偷跟抢有什么区别？！"

在晓恬看来，每一位心怀善念、心系光明的人都是美好的化身。晓恬向甘师傅表示感谢，也感谢他的爱人、那位泼辣又有正义感的女子。

晓恬的确不是一个能够狠得下心来的人，她觉得还是不要贸然行事，还是期望那家人能够打开善意的门扉，于是决定先去老太太家敲门看看，然后再说粘不粘那个帖子的事。有程超在身旁，还是蛮给习晓恬壮胆量的。可是，一个人的心善与不善，是别人的胆量可以改变的吗？

接下来，依然是让善良的习晓恬想不到的，又一场闹剧上演了。

四

走进十二号楼，习晓恬犯愁了，因为这栋楼没有门卡的人是无法入内的。只能等有人下楼或上楼的机会。就是说电梯间可以进去，但上不去楼，上去了，也下不来。除非走步行楼梯。

习晓恬与程超在一楼走廊的过道里正犹豫着，一位大叔下楼来了。

"大叔好，您这是要出去转一转吗？"习晓恬主动上前，礼貌问候。

"嗯，我去老年活动中心看看。"大叔回答，"哦？你不是来这个楼找手机的那个小习同志吗？那个老太太把手机还给你了吗？"

大叔认出了晓恬。上次晓恬来这里时，大叔在楼下见过她，还听超市那个小媛姑娘说是来找手机的。

"没给，那家人不配合，态度特别差，说他家根本没有那个捡垃圾的老太太。"晓恬轻声说道。

"唉，这人哪，就是不一样。"老人家叹了口气，"你说多大点事，至于吗？就还给小同志不就得了嘛。"

"我们都想不到会这样。"晓恬说得无奈。

"人还是要做好人啊！"大叔感叹着，"我听说你的事了，去银行也总看到你，你工作态度特别好。"

"谢谢大叔。"晓恬礼貌地向大叔问道，"大叔，能帮我们上楼吗？"

"我当然可以帮你。"老人家很热情。

老人帮习晓恬刷了门卡，电梯门开了。

"找不回来的话，就想想别的办法。"老人又叮嘱了晓恬一句。

"好的。谢谢大叔。再见！"晓恬在银行工作练就的礼貌随时都在派上用场。

十一层楼到了。程超去敲一一〇三室的门。

"喂，有人吗？"没有人答应，再敲。

"喂，有人在吗？"程超的声音在加大。

能听到门内有动静了。就是不搭理他们。程超继续敲门。

"里面明明有人不吭声。怎么还挺刚啊？捡了手机不还哪？"程超这时的语气明显带上了霸气，像是在用激将法。

"敲什么敲，你们是什么人？凭什么给你们开门？谁知道你们是好人坏人！赶紧走！不知道你们这是骚扰吗？"过了有一刻钟的时间，里面终于有人回应了，但是一开口，那个一连串地吼，就不像个善茬。

"我们来找手机。"程超直截了当。

"你好！来这里是想请你们看一看我手机上的录像，确认一下捡我手机的人是不是你家阿姨。咱们好好商量一下。"晓恬开口了。

"上次跟你们说了，这里没有老太太，没那个人！"里面是在嚷，比上次来时的态度还要蛮横。

听得出里面是两个人，一个是那老太太的女儿，另一个男的声音，应当是老太太的女婿。

"请你们看看录像，周围街坊邻居都已经确认过了，都说是你家老太太。"晓恬也不示弱了，"你们说，不是你家老太太，还能是谁？"

门忽然打开了。

"是谁说是我家老太太的？你告诉我，我找他们问去！"女人在转移话题，不讲老太太是不是拿了手机，却质问是谁认定老太太干的那事。

"这个好像暂时不需要告诉你们。你们自己看是不是就行了。"戴着墨镜的程超接过了话头。

"你们知道不？你们这是骚扰！"女人瞪着一双仿佛结了仇恨似的眼睛，强势得很。

"我们可以报警。"门内的男人矮胖，一脸气哼哼的样子甩出一句。

"你们可以报警，我们也正想报警呢！"程超又紧跟了一句。

这时，一个圆圆脸十五六岁的男孩子出现在这一男一女的身后，他也开口说话了："你们这是扰民，我把你们录下来。"男孩举起了手机。

男孩子稚气未脱的脸庞现出很生气的模样，那样子好像他的父母被诬陷成了大坏人，所以他生气，以一个未成年人评判世界的目光和心理在生气。

"好，那我也给你们录上。"晓恬也举起了手机花花。从与这一家男女再一次交锋开始，晓恬的笑容就被打击得无影无踪了。

这时，只见那个男人、那个女人的丈夫、那个男孩子的父亲，用胳膊向后面推了推自己的儿子，示意让他离开，好像他并不想让他的孩子介入这种成年人的纷争。

在一瞬间，习晓恬的大脑里闪过一个念头：这样的父母教育孩子，会有怎么样的将来？或许，这孩子根本不知道真相才这么生气吧？

"你们真有录像吗？"女人这句问话，声音明显降了好几分贝。

"当然。"晓恬双手拿着手机，开始翻找那几段翻录的视频。

"那你把录像打开。"男人也没有了刚才的那种盛气凌人，但仍然伪装着他的强横。

"好，你们来看。"晓恬打开手机花花的相册，点开有录像的界面，"你们也可以用手机录一下，然后确认一下是不是你家老太太。"

然而，那个男人根本连看都不看录像就往门里退去。恬恬的话刚一落音，砰的一声，本来开着的门一下子在晓恬与程超面前关上了，任他们再敲，也没有再打开。这一家人并不是真的要看习晓恬手机里的录像，而只是想证实一下录像是否真的存在吗？

进行姐妹们安排的下一步吧。这不怪我们，既然你们不仁不义，就只能以另一种方式给你们一点启发和开导了。

警告老太太一家人的帖子在一一〇三室门口的电梯旁、在一楼出入电梯的墙壁上、在十二号楼的楼宇大门上出现了。

粘完帖子，程超送习晓恬回单位上班。下车时，晓恬跟程超挥了挥手。

"再见！"程超透过墨镜望着恬恬，忽然来了一句，"小可爱，你挺有女人魅力。"

什么意思？习晓恬横了一眼拉下车窗的程超。难不成满分这司机同时又是一饥渴男？是一色鬼？

"你的话，与你今天来做的事情有关吗？"恬恬本来对程超印象就一般，听他那么一说，马上回了一句。

程超诡秘地一笑，不再言语，驾着车回去继续作战。

按照满分及另两位姐妹商量的办法，程超把小帖子送到了宏兴派出所一份，为的是引起派出所相关人员注意。或许由此，警察叔叔就会关注到这件他们认为不该归他们管的小事情。

五

晓恬刚回到单位，安家成对她说正好缺人手呢，然后，就安排她和关友泉两个人一起去一个生病的老人家做上门服务，办理密码挂失。

那是一个患了血栓病的顾客家里。男人躺在床上还没恢复好，生活要靠家人照料。阿姨是一个很有耐心的女人，每天都悉心陪伴照顾着老伴，为了打发寂寞，不仅戴着花镜学起了十字绣，还让女儿给送来不少多肉盆栽，放满了窗台，绿意盈盈。阿姨说，这些绿植可以调节环境，老伴虽然还不能自己走动，让他看着心里也舒服。

阿姨对老伴充满信心。她说，老伴身体好的时候，他们俩常常一起去给一些流浪的小狗、小猫喂食物。善念结善缘，心善的人会有好报的。

这一次上门服务，令习晓恬感触良多。是呀，善良是多么宝贵的东西，它是一种精神财富，会伴随一个人的成长以及他的全部生命历程，会给这个世界带来爱、悲悯、仁慈、高尚、阳光……

一个小时之后，回到单位的习晓恬听到了一件很感意外的事情。

就在她和关友泉去做上门服务不久，东顺区商业银行来了两个成年人，一男一女，都四十多岁，女瘦男胖，女高男矮。

起初，男女两个人口气很生硬，一副理直气壮的样子，一个劲地质问正在大堂值班的冉亮：“你们银行的监控录像随便给人看吗？谁想看就给看吗？不管谁都能看吗？"

后来冉亮弄明白了，这两个人是有意冲着习晓恬寻找手机之事来的。

冉亮可不听他们那一套，告诉他们，银行自己的员工手机丢了，所在单位有义务协助查看监控录像。

"要是顾客丢了东西呢？"那两个人接着反问，态度很不友好。

"本着为顾客着想的精神，如果确定在我们监控范围内丢失了东西，一是你报警，我们可以协助警察看录像；二是你们自己确有合理要求，我们也可以帮你们查看录像。"冉亮深知他们是来找碴的，不是什么善茬，但他可不示弱。

"你们同事拿着录像去我家搞骚扰，还在门口贴了一张纸单搞恐吓。"两个人一副得理不饶人的架势，振振有词地说。

"怎么骚扰了？怎么恐吓了？"冉亮大声地质问。

他们把撕下的那张纸拿给冉亮看。

冉亮当然知道事情的来龙去脉，他睁着大眼睛，却故意很严肃地问他们："那你们说，这纸上，还有那监控录像上说的事情，属实不属实吧？"

女的招架不住先早早躲到门外去了，剩下那个男的还在抵赖："不说那个，就说你们银行，你们银行随便就把监控录像给别人看吗？我现在就找你们上级投诉去。"

"可以，欢迎投诉。"冉亮看着那个男人就来气，他的话步步跟进，"跟你解释过了，你丢东西，也帮你看监控录像。你丢没丢？丢的话，现在我就找领导帮你查监控。还有，你们认为我同事骚扰，你报警啊！"

男人泄气地回答："我不报警，警察不管这事。"

"你不说情况是不是属实，不说手机是不是你家老太太捡去了。反说我们随便把监控录像给别人看！又说骚扰又说恐吓的，你这么瞎说，是会构成诽谤罪的。"冉亮气那个男人，"没有事赶紧走吧，就别再节外生枝了。快点走，别影响我们正常办公！"

两个人碰了一鼻子灰，灰溜溜地走了。

厚颜无耻！见过厚脸皮的，没见过他们那样厚脸皮的。

习晓恬听着冉亮的讲述，对他竖起右手大拇指，夸赞道："好样的小亮！给你点十个赞！"

春节过后，天气越发好起来，春和景明，百鸟争鸣，万花吐艳。

东顺区商业银行的业绩一天一天稳步增长。

不久，安家成经理组织召开了一次工作总结会。会上，他强调说所有的成绩都是员工们的扎实工作与热诚服务换来的，他还特别表扬了习晓恬，表扬她能够以大局为重，在手机丢失心情极度不好的情况下，仍然任劳任怨，踏实进取，各项任务都完成得非常出色。

那次会后，安家成经理批准习晓恬休了一周的年假。

第十四章 开心上海行

一

"月亮湾全国爱情诗歌大奖赛"的评选结果公布了，习晓恬接到了斩获成年组一等奖以及在上海如期举行颁奖活动的通知。

晓恬获奖的消息不胫而走。她参加大奖赛的那组诗歌《你的青梅，我的竹马》被同事同学朋友们纷纷索要去欣赏了。

鹭鸶不飞

哥哥，月亮湾的水畔
一只鹭鸶桀骜而立
炊烟弄晚了，也不飞离去
就仿佛是固执的一个你
为了与我遇见
迟迟不肯告别这座城市

哥哥，这个时候
我想做一株

满头点点花絮的秋芦
陪着它，一起看斜阳
一起等待
或者，一起孤单

饮　你

哥哥，这一刻
我记得的不是前尘往事
这一刻，我只喝清水，一杯
清澈的凉白开
不放淡菊、蓝莓、柠檬
也不放百合、山枣、枸杞子

忽然地
喜欢上了这清水，如同
喜欢我自己
洁净、独立、自尊，与世无争

哥哥，是不是
因为取水的河流，来自
你的家乡，照见过你的样子
日复一日
我饮它，如同饮你

哭泣的雪花

哥哥，我看到你

眼睛里的疲倦与不安了
尽管，那时刻的你
还是微笑的

"回不去了"，当你
说出这话的时候
我听得见，时光碎落的声音

我知道你是舍不得。是我
来得迟了，尽管你还是
一再缄默

哥哥，我想抱抱你
为你拼接起另一份圆满
哪怕仅仅是一个
完整，但有好梦的睡眠

一朵雪花，听见我们的故事
忍不住，哭了

柿子红了

春风近了
时光短了
哥哥
你的公司楼外
一朵朵北国雪
都被你的思念染白了

哥哥
你一个人打拼生活
好几年
不曾回家看我们了
老屋门前
树上的柿子又红了

哥哥
前几天
我看见妈妈
又悄悄留下几个
个大皮红的柿子
放在你少年时的睡房里
那个印着小蓝花的枕边

做一朵海浪花

哥哥，请不要
责怪我，像个小孩子
有一颗单纯的心
在我的眼里
喜欢整个世界
都是明净而美的

比如，这一刻
在海波里嬉闹、追逐
我好想

请时光停下脚步
留下我和你

然后
我们就相爱吧
做一朵海上的浪花
蓝蓝的，纯粹，幸福
从此，不思归

青梅竹马

哥哥，看着你的一脸迷茫
我就心痛，好想
把时光倒着写
把薰衣草的香，揉进月光
把大大的你写进我的童年

哥哥，你甘愿被我劫持
携着一颗穿越时空的心
远远地追随
从此，你的青梅，我的竹马
谁也不会缺席

　　习晓恬的诗歌的确是美啊，有一种空灵的、天然的、不加雕琢的美，正如晓恬的人。众人纷纷给出如许精彩的评价。

　　这时的习晓恬本人在做什么？正在休年假的她飞去上海，参加颁奖典礼了。

　　颁奖期间，作为实力派诗人的习晓恬与诗友们在一起，除了接受一些媒体的采访，也少不了要接触许多热衷文学的文艺青年以及大学生发烧友。

在颁奖的当晚，赛事方东方世纪文艺创作者联盟举办了一场别开生面的获奖诗人与读者见面联谊会。与会诗人与嘉宾朋友让偌大的会场座无虚席。

获奖诗歌都安排了大学生在舞台上倾情朗诵。习晓恬的诗是由一位男大学生与一位女大学生共同朗诵的，台下的观众不时报以热烈的掌声，夸赞着两个年轻人的精彩表演，同时也表达了对习晓恬作品的欣赏。

在联谊会的互动环节，习晓恬遇到了全场最敏感与尴尬的话题。

一位复旦大学的男生拿着手机一边录着视频，一边向晓恬提问："习晓恬女士，不，习晓恬姐姐，我来自复旦大学，我叫陆宇前，我和在场的诸位同学有一个共同感兴趣的问题，而且，我们都非常想知道这个问题的答案，晓恬姐姐你可以回答吗？"

习晓恬笑着，幽默地说道："首先感谢你的提问，只要你的问题不会难倒我就好！其次，只要不是让我帮助介绍女朋友的问题，我想我还是可以回答的。"

那个男生陆宇前笑了，以同样幽默的方式开始了提问："晓恬姐姐，看你的爱情诗写得那么纯情美好，那么浪漫温馨，现在，我代表与我有相同疑问的粉丝们，想请你正面回答一个问题，这个问题就是，"陆宇前不知是不是为了突出重点，他停顿了一下，然后加大了声音说道，"晓恬姐姐，在你的老公之外，你有情人吗？"

习晓恬当即有些晕。她没想到这个比亮歌大不了多少的男孩子问了她一个这么新潮的话题。不过她极快地理顺了思路，继续微笑着，幽默地说："有的，不止一个。你要听听都是什么样子的情人吗？"

"要听，要听的。"陆宇前，还有在场的其他人，都起哄似的在等习晓恬说出下文。

晓恬想到怎么回答了，所以语句明快又风趣："首先，诗歌就是我的情人。然后，我的手机、我的画笔、我的摄像机，我的吉他等等都是我的情人，不胜枚举啦。"习晓恬满眼含笑，望向陆宇前，继续以诙谐的语气问道，"陆宇前同学，还有其他问题要问吗？"

这时，与陆宇前同来的几个男孩女孩有点起哄了，兴奋得"哇哦""哦喔"地叫着。甚至还有一个男生，搞怪地吹了一声尾音长长的口哨。

陆宇前对习晓恬的这样一番回答没有任何心理准备，一时之间，他有一点点回不过神来，有一点点不知所措。但是，习晓恬的话又激起了他进一步探究的欲望，所以，他马上调整自己，下一个话题在他的大脑中迅速酝酿着。

"我懂了。既然并没有真实的男人有幸成为姐姐的情人，那么，"陆宇前轻轻点了点头，以清晰响亮的嗓音继续问，"那么，我更加好奇的是，晓恬姐姐的那些美丽诗歌，它们的灵感来自哪里呢？"

听了陆同学的问话，习晓恬又忍不住笑出来："宇前同学，是这样的，诗歌来自生活，又高于生活，它是生活点滴的再创造。我的那些诗歌源自我的闺密，以及我的亲人、同学、同事，其他熟悉的或者陌生的朋友等等，是他们的经历、他们的故事给了我创作灵感。"

"谢谢晓恬姐姐，你的回答让我受益匪浅，让我心悦诚服，比如说手机是情人，这对于现在的人们就是一个最真实的客观存在。"陆宇前真诚地表达着心里话。

在场的人们有鼓掌的，也有人大声附和着："说得太对了。手机是情人！"

"我也谢谢你，陆宇前同学！你有一股年轻人特有的冲劲。

年轻人就是要不服输，勇敢向前冲，勇于面对生活里各种各样的挑战。"习晓恬不会忘记鼓励陆宇前以及与他一样的青年人。

陆宇前一直没有停止用手机录视频，最后，他还站到晓恬身边去，与晓恬同框进入了他的视频中。

说手机是习晓恬的情人，这说法一点也没有错。

因为疏忽大意，习晓恬就曾经失去了一位好情人，弄丢了她心爱的手机——泡泡。

又因为没有设置锁屏密码，捡到泡泡的人轻易就可以打开它，偷窥并猎取泡泡上的各种隐私信息。那些本属于机主个人的秘密啊，就那样不设防地被他人肆无忌惮地侵占了。

手机泡泡的不慎丢失，而且可能再也找不回来了，习晓恬有过自责、自省、懊悔，也有过对捡手机不归还的那个老太太一家人的憎恨、不解、厌恶。

然而，瑰丽多彩的上海之行不仅仅加深了习晓恬对泡泡的怀念之情，也释放并缓解了习晓恬失去泡泡以来诸多莫名的五味杂陈。

上海也是习晓恬幼年时居住过的地方，那里不仅有世界大都市的高端、繁华、美丽，供她对人生多角度去思考去爱恋，也有她的亲人和朋友，让她倍感亲切如归，还有充满回忆色彩的水乡旧屋，可供她凭吊怀念……

我原本的家在南方，我始终
怀念那里，草色青青
从没停止过花儿朵儿的歌声
乡音温暖，无数次在梦里流过
搁浅在梦之外并不遥远的地方
如今，有没有那么一首
美丽的诗行，任我把心湖荡漾

那多么好，可以想象

在一个盛开的夏日，雨后放晴

莲花开遍故乡的荷塘。空气里

久违的花草味道，弥漫

滤过一样，淡淡、醉意的香

鸟鸣抒情，是这个时候

最宜人的恋曲

蜻蜓点水，一点一点啄食

心怀爱意的人，飘落又

升起的目光

这时的我只有一个希望，希望

赶来探花，或者采莲的姑娘

舟楫放轻一些吧，因为

一池碧水

已经怀上了我的一腔情愿

倘若，弄皱了水波

我的乡愁会痛，忍也忍不住

其实，在没有出发之前，晓恬的心就早已经飞走、抵达上海了。这是她临行前在家中听雨轩写的《心上的江南》。

坐在从上海归来的飞机上，晓恬又在写诗，手机花花的记事本中，一行行诗句发自肺腑，真切感人：

在这里

在我的大上海

所有的路，都通向你

比如，旧园的印痕

比如，夕阳驮走的心绪

还记得吗

他乡、月亮、小桥流水，风

江南的杏花雨

这些年，这一些话题，常常

压在舌尖、指尖

一任芬芳，绕来绕去

我是一朵流浪在远方的云

今夜，谁能解读我的心事

谁能为我解开，关于去留无意

聚散两依依

别让我，只是沿着诗歌的方向

把你遥远地凝望

如果，放一叶

风帆在你共我的梦里

把灵魂搭载着

随时可以归来

就好了

是的，上海之行让习晓恬有了许多的收获。在感情上，她对人生、未来、社会、国家都有了更加美好的认知，她的家国情怀更浓，她的心境更加豁然开朗了。

二

习晓恬下了飞机还没走出飞机场的时候，就接到同事陶思梦向她汇报的电话："恬恬姐姐，你不在的这几天，咱单位出现一个奇怪的现象，与你有关。"

哦？什么奇怪的现象，还与晓恬有关？听过思梦的讲述之后，晓恬才明白。

原来，晓恬休假期间，有一个胖胖的、陌生的、中学生模样的男孩子来东顺区商业银行好几次了。

每一回，那个男孩都是站在人群中，或者走到一个没人注意的地方，不声不响、东张西望的样子，看着就好像在找人。问他办什么业务，他却不说话，赶紧就转身走掉了。周五那天，男孩又一次来的时候，思梦上前问他有没有什么需要帮忙的，有的话请尽管说，只要能帮的事情一定帮。他终于开口说话了，说想找一个人，一个阿姨。问他找哪个阿姨呢？那男孩回答说，找丢手机的那个阿姨。再问其他，就什么也不说了。

习晓恬问那个男孩的长相。从思梦的描述中她想起来了，莫非是捡了她手机的那个老太太的外孙子？他真的是来找晓恬吗？他找晓恬又有什么事情呢？晓恬的同事想不出个所以然，晓恬也同样想不明白。

新的一周开始了，星期一。习晓恬回单位上班了。

正值中午时间段，东顺区商业银行大厅里，顾客不多，作为临时大堂经理的习晓恬需要做的事情也不多。

大厅门口，一个男孩的忽然出现引起了习晓恬的注意，那正是她去王连芹家找手机时看见过的男孩子。那个男孩也很快看到了习晓恬。

晓恬穿着与那天去男孩家时一样的银行工作服，蓝白丝巾系成的领结，头发盘于脑后，发髻以蝴蝶形头花扎起，胸前别着大堂经理工牌，面容干净端庄，神情自然友善。这就是他想要找的人，男孩慢慢地走向晓恬。

"阿姨！"男孩望着习晓恬，唤了一声，怯怯中又夹杂着惊喜的成分。

"你来了，孩子！"晓恬亲切地回应着，她走到男孩跟前温和地问，"找我有什么事情吗？我听同事们说，你已经来过好几次了。"

"阿姨，对不起！"男孩嗫嚅着说。

晓恬轻轻拉起男孩子的手，领他走到爱心港湾，让他在爱心座椅上坐下。

"说说看，怎么了？"晓恬轻声地问。

小男孩一副很难过的样子，有点哽咽。

晓恬拍了拍男孩的手背，脸上全是柔和的笑意："孩子，有什么想跟阿姨说的话，那就说吧，没关系！"

男孩子抬起一直低着的头，看了看晓恬，晓恬正对着他慈爱地笑着。

"孩子，你想说就说，不想说也没有关系！那就在这里坐一会儿。来，阿姨给你接一杯水。"习晓恬起身取一个纸杯接上水递给男孩，说道，"再过一会儿你就该上学去了，对吧？孩子，喝点水，你先在这里坐着，休息一下，阿姨去工作了。"

晓恬转身向爱心港湾外面走去。

这时那个男孩开口说话了："阿姨！"男孩朝习晓恬大声唤了一声。他终于鼓足了勇气，在晓恬转回身的同时，把这些天闷在他心里想说的话讲出来了，"您的手机是我姥姥捡走了。然后被我爸爸给卖了。您去我家我还吼您。对不起！"

"哦？你怎么知道的呢？"晓恬吃了一惊，她走回来，站在男孩子旁边，不无诧异地俯身问。

原来，这个男孩找她竟然是为了向她揭发亲人的真相！

晓恬听到男孩说这些话的时候，的确是震惊的。在此之前，她、她的闺密和同事都曾经左思右想，也想不出来这个男孩子找她到底要做什么。

"他们骗我！"男孩眼里一下闪出了泪花，"有一天晚上，妈妈、爸爸和姥姥关起门来说话，我很好奇，就趴门外偷听，我听到了，我全都知道了。"男孩的脸上现出了委屈、伤心又倔强的神情。

晓恬温婉一笑，以短短几秒钟的时间调理好思路，让自己头脑清醒、情绪平稳，并放低声音安慰男孩："我早知道情况了，孩子。广场保洁的老奶奶认识你姥姥，她告诉我了。手机我不要了。不过你来了，我很高兴，说明你的心灵是纯洁的。那天你对我又吼又喊，我还担心你会受家长熏染。与人为善是对的，不能学长辈身上的坏习气。"

晓恬讲得语重心长，男孩听得认认真真。

"我跟爸爸妈妈吵，说把手机还给阿姨，可他们还骂我。"男孩还是相当委屈，说话声音带着明显的不安和内疚，"阿姨，对不起！"男孩又连连向晓恬道歉。

可以想象得到，这个小少年连日来承受了太大的心理压力，做了太多的思想斗争，正终于压倒了邪。嗯，是可以造就之材，是个好孩子！

"谢谢你，你是好孩子！就当作我把手机送给你家了。我不要了，都过去了，阿姨不再追究了。"晓恬和声细语，娓娓道来，"不过呢，阿姨正在写一部小说，你是一个心有阳光、无私又上进的好少年，如果把你也写进去，一切就非常好了。"晓恬力图更多地疏导与鼓励男孩。

"谢谢阿姨！"这个自报名字叫齐良的男孩子如释重负，离开的时候，脸上终于有了笑容。

上善若水，大爱无疆！古训说得真好！习晓恬真心期望孩子们的心灵世界都是阳光的，健康的，能够追求真善美，不为生活中的假丑恶所污染。

做一朵美丽的莲花吧，出淤泥而不染，那多么好！

想把故乡的莲种到北方的天上去

那样，抬头一望

就可以看到江南的家了
莲花映日，鱼游画屏，多么美
我用时光敲打暮色晨钟，翻手为云
覆手为雨。愿景与现实，最美的咏叹
有风拂弄街巷，更有莲的呼吸，清馨幽雅
温润了露珠里刚刚醒来的梦
我愿意是，那一枝别样的青莲，开大朵
或小朵的花均可，只为
能静守那一份淡定、从容

第十五章　花季少女飞走了

一

舒惠进入安康医院工作的第一年，十一月初。正值深秋时节。在东临一带地区，秋天仿佛才刚刚开始，缤纷飘香的果实挂在农业园区错落有致的枝丫上，活蹦乱跳的鱼虾参蟹游在养殖基地蓝蓝的海水里，远远近近、高高低低到处是一派红火喜人的丰收景象。

那个时候，惠惠还是一个走出校园时光太短的青春美少女，对世界、对社会、对刚接触的工作、对新结识的单位员工，甚至对来就医的病人，都充满了好奇与满腔的热爱。

在朝夕相处的同事中，有一个人特别引起了她的注意。在她的眼里，这个人成熟稳重、睿智干练、帅气深沉，一举手一投足都那么让她爱看。她总是在脑海里悄悄回忆着见到他时的各种画面。即使只是不经意的一次偶遇，她也喜欢。

这个人，就是安康医院的院长卢光。让惠惠更加仰慕与思念的起因，正是这个秋色迷人的季节发生的一件事情。

那一天，还是实习护士、还差半个月就要转正的惠惠加班加到很晚，忽然，她感觉腹部疼痛难忍，额头有汗珠不断冒出来。

她坐下来强忍着，她想也许只是饿了的缘故，过一会儿回到家里，吃了东西就会好。

可是不到一刻钟的时候，她就坚持不住，倒下去了。

那天，天色已经那么晚了，卢光与加班的员工们一样，还没有回家，他刚刚给一个垂危的病人做了一台抢救手术。

本来手术是不需要他做的，但是病人家属苦苦相求，甚至要跪下来求他这个院长大人做这台手术。因为卢光从当主治医师的时候起，他的精湛医术就远近闻名了，所以尽管当了院长，他还是会时常亲自上阵主刀。

那台手术用了三个多小时才结束，手术做得非常成功，病人家属不停地向卢光道谢。卢光疲惫的脸上露出欣慰的微笑，他嘱咐家属要好好护理病人，争取早日康复出院。

回到院长室的卢光坐到靠背椅上，揉了揉眼睛，然后闭目休息，想缓解一下疲劳。他想到了家中没有人照顾的女儿卢语欣，她一个人在家里，不知吃了晚饭没有，是不是又冲的泡面，有没有好好写作业，有没有不开心。

他的女儿已经上高一了，一直那么乖巧、懂事，从不给他惹麻烦。

欣欣八岁的时候，她的妈妈陈丽乔不辞而别，丢下欣欣和卢光，与另一个男人去了国外，从此，再也没有与他们联系过。卢光曾经试图找过陈丽乔，也曾想她能够为了孩子而回心转意，再回到他们身边来，让欣欣有一个完整的家，过一个幸福的童年。

但是，一切的努力都是幻想与徒劳。

自那时起，卢光与女儿相依为命。只是他常常自责，他太忙了，陪伴女儿的时间何其短呀。

卢光想到女儿，浑身就来了力量，他站起身准备换下工作服，回家陪女儿。

这个时候，桌上的办公电话不合时宜地响了起来。

“卢院长，实习护士晕倒了！”一个焦急的声音，是护士长蔺娴。

“是新来的那个舒惠？”卢光心里一震，忙问。

他想起来了，那是一个脸上天天带着明亮笑容的美好女孩。

“是的，卢院长，怎么办？”电话里传来护士办公室那边慌乱无措的问话。

“值班医生呢，怎么不赶紧处理？”卢光用责备的语气问道。

“他在处理另一个急诊。”那边的声音开始低下去，“这种情况该怎么办，卢院长？”

“好，我马上过去看一下。”电话那头还没说完，卢光就将电话挂断，径直跨出了院长室。

经过卢光的诊断，舒惠得的是急性阑尾炎，必须马上手术，否则有生命危险。这个手术不用说，又落在了院长卢光手上。

恰恰就是这个急性阑尾炎手术，让惠惠姑娘对卢光更加景仰、倾慕，直至悄悄地暗恋上了。卢光成了惠惠心目中的男神，甚至渐渐发展到了非他不嫁的地步，只差卢光的非她莫娶了。

在惠惠的心里，始终忘记不了的是她阑尾炎发作那天，是卢光来到她身边大声呼喊她的名字，掐人中，捏虎口，唤醒了她的意识；是卢光用坚定有力的臂膀抱起她，冲进医务室，亲自为她诊断，亲自主刀为她做的手术。

接下来的几天恢复期，卢光每天都亲自来查病房，为舒惠听诊或者号脉，和蔼亲切地询问她的病情，细心温和地嘱咐她好好养身体，要听话。那样子，仿佛惠惠在卢光眼里不只是一个病人，更多的是他把她当作一个小孩子。

可是，惠惠不要做卢光的小孩子，她要与他比肩同行，要他正视她的存在，要他明白她的心思，要他接纳她，爱她。

卢光对惠惠的细心体恤，俨然成了惠惠越发痴情的诱导因子。

二

　　那次突发急性阑尾炎并由卢光院长亲自主刀做了手术之后，惠惠做起了处在恋爱梦幻期的小女子常常会做的一些小事情。比如，惠惠送早餐便当给卢光吃，送她亲手调制的特饮给他喝，发送关心他身体与心情的微信、QQ、短信给他，送出其不意的小礼物给他……

　　卢光那么优秀，追求他爱慕他的小女子、大女子都大有人在。在安康医院里，明里暗里就有三四位女性同时展开对卢光的追求攻势，其中有医生，也有护士，而且，这几位女士彼此都知道，在某种意义上，她们成了相互竞争的情敌。

　　有时，惠惠还要孩子气似的与那几个情敌玩玩争夺战。比如看谁能抢先一步站到下楼来查看病房、检查工作的院长卢光面前，还要露出非常温情的笑脸，跟卢光打招呼："卢院长好！""卢院长辛苦了！"

　　时光飞如箭镞，匆匆而逝，一年两年的时间转瞬即过。后来的后来，大家都看得出只有惠惠是最真情、最具实力的，因为惠惠青春靓丽，善解人意，感情专一持久。

　　而且，惠惠对卢光的爱好像在与日俱增，与时俱进。

　　三个姐妹曾经反对与规劝，惠惠的家人刚开始也持反对意见，甚至把她关起来，不让她上班。但惠惠不听，依然故我。

　　最后，大家看着惠惠那么被管束得可怜兮兮的，心生疼惜，也就认了。毕竟那种强硬方式终究不是什么开明的好办法，惠惠又没干什么十恶不赦的坏事，只是喜欢了一个优秀的离异大龄男人而已，已经不是旧时代了，随她去吧，或许时间会改变一个人的思想。

　　正所谓爱屋及乌，因为惠惠爱上了卢光，所以她也爱卢光的一切，包括卢光爱喝的茶，喜欢的颜色、服装样式，卢光走路的姿势、说话的声音，尤其是卢光的女儿欣欣。

卢光没有时间陪欣欣，惠惠会找时间陪着她。

惠惠时常约欣欣一起吃饭、聊天、看电影、逛街、购物，甚至有时候，在一些晴朗的夜晚，她还会与欣欣一起到广场上去数星星。

欣欣也喜欢惠惠。她曾经不止一次对卢光说："我不要惠惠只做姐姐，我想要她和爸爸和我在一起。"

卢光每一次只是摇摇头，把欣欣拉到身旁，拍拍她的肩膀，或者摸摸她的头，轻轻地说："怎么可以？她还那么年轻，爸爸不想耽误她。"

"不！在我心里，我的爸爸永远年轻，永远都是最好的爸爸！"欣欣摇着头，以一副倔强又无限爱戴的表情说。

卢光明白，没有母爱的孩子内心是不完整的。他也考虑过再找一个伴侣，但他又怕后妈对他的欣欣不会好，尽管有追求他的女人说会对欣欣好的，他却持一种怀疑的心理。因为，欣欣的亲妈都可以不要她，那么后妈呢？那么惠惠呢？

几次被拒绝之后，本来就喜欢独处一隅的欣欣再没跟卢光提起过要惠惠与他们一起生活的事情，她似乎变得更加独立与孤单了。

每当卢光回到家，见到欣欣，欣欣也只是给卢光一个微笑，在简单的问答之后，又回到自己的房间去了。

惠惠做阑尾炎手术后，转过年来的那个春天，大麦、满分、恬恬、惠惠相约，各自带着孩子一起跟旅行团去三亚游玩。惠惠是未婚青年，当然无自己的孩子可带。但是，别出心裁的是，惠惠带着卢光的女儿欣欣一同参加了旅游。

在几个姐妹看来，欣欣是个性格内向、不爱言语的漂亮女孩子，常常一个人出神地待在一旁，好像在思考什么。不过有恬恬的儿子亮歌、大麦的儿子皮皮、满分的女儿阿瑶，欣欣虽然不爱说笑，但还算是蛮开心的。

　　记得在那场三亚的篝火晚会上，几个孩子都表演了节目。阿瑶跳了一段舞蹈，皮皮朗诵了一段描写春天的散文，亮歌表演了一套拳术。欣欣的节目是按照她的要求与另三个孩子合唱了一首歌，那首歌正是歌手成进的代表作《不想失去你》。

摩天轮，高高地旋转在昨天的故事里
每一天，我们手牵手唱着幸福的歌曲

为实现，花儿美丽开放的光辉理想
你和我，走过风雪冷冷飘落的冬季

可不可以，让我说声我爱你再说一声对不起
春天来了，我们还有那么那么多的欢声笑语

希望在飞，我留在你和我曾经相约的地方
我一直等着你
希望在飞，下辈子你和我一定要再相遇
我不想失去你
再不要，你再不要这样悄悄离我而去

　　几个孩子都相互加了微信好友，旅游之后，虽然没有再一起出游过，虽然身在不同的环境里，各自忙着不同校园、不同求学阶段的生活，他们彼此是有联系的，尽管欣欣与另外三个孩子互动得很少，但大家都不会忘记她，都记着那个小妹妹。

　　习晓恬因为是摄影爱好者，她出游的时候除了带上摄像机，手机是必须要带齐全的，花花、泡泡、眯眯缺一不可，她用三款不同的手机记录了旅程的点点滴滴。

因为手机不同，拍出来的图片效果、质量、味道也不同，各具特色。

习晓恬此次出游及同时期用的泡泡手机，并非后来被人捡走的那部失踪手机，而是与它同一品牌的旧款手机。晓恬给自己手机的命名，都是按照自己的喜好根据品牌做的，同一品牌手机，不论其他，昵称均相同。

闺密们都说，因为泡泡的失踪之事，晓恬在创作她的长篇小说《亲爱的手机》，泡泡将与恬恬的书一起走入不老的时光。

三

恬恬记得特别清楚，那是惠惠工作的第二年，二〇一七年，暑假之后的开学季。

窗外，夏天的无限蓬勃还沉浸在一片懒洋洋之中，树呀、草呀、花呀还一副无精打采的模样，太阳还没有冲破乌云的遮拦，还没有从东方的地平线升起，习晓恬刚刚从睡梦中苏醒。

在梦里，习晓恬、大麦和满分被一群人包围着，人们的脸上都是悲伤的表情，她们姐妹三个都在寻找惠惠。惠惠在哪里？刚才还见她一脸四月桃花开的灿烂笑脸，一转身怎么就不见了？她们找啊找。

正在着急地到处寻找惠惠，晓恬的电话铃声响了，她的梦中断了，一个炸雷在耳边响起。

"恬恬，欣欣跳楼了！怎么办？卢光怎么办，咱们惠惠怎么办？"是大麦有些失了声的惶急语调。

"麦子，你说什么？"恬恬没有听懂，没有搞清楚，什么欣欣，什么跳楼？还有卢光，还有惠惠？

"你这个懒虫，没看微信吗？惠惠哭惨了，欣欣跳楼了。"

大麦的声音放大了，难掩焦急之情。

"哪个欣欣？"恬恬还没有完全从梦中清醒？还是不愿意相信？

"卢光的女儿，那个院长的女儿。"大麦急急的语声，像是快要说不明白了似的。

恬恬没等大麦把话说完整，就已经完全醒过来了，她不是自然地睡醒，她是被惊吓醒的。

"什么？跳楼？好端端的，跳什么楼？孩子怎么样了？在哪里？"恬恬说出的话有些不成调了。

"还在医院抢救。刚刚在电话里，惠惠已经哭得不行了，她说欣欣在重症监护室抢救。"大麦的声音转向沉重，"欣欣家是十三层，救活可能性不大了。恬恬，我跟满分先去找惠惠，陪着她。你之后去。"

"好的，我马上，马上。"恬恬答应着，早已经从床上爬起来。

"妹呀，打车，不要开车。听到了吗？心里有事不能开车。"大麦再怎么急，也不忘记提醒她的妹妹。

"我叫网约车。"恬恬连忙应声。

"那要小心啊！"大麦稍稍停顿了一下，"有传言说网约车不安全，你要当心！"

这个细心的姐姐！

不过，后来的一些新闻报道证实了大麦的担心不无道理。

不久之后，有新闻媒体曝光了令人震惊的网约车女工被害案、女学生失联案，网约车公司备受网民的诟骂与谴责。几起案件的发生与告破促使网约车公司内部自查、整改及社会共建的进展走上了正轨。最令网民关注的是网约车软件增加了一键报警、行程分享、号码保护等安全功能措施，固定操作入口可快捷使用。

如果换作现在，大麦姐姐就不用那么过于担心了。

手忙脚乱、慌里慌张的习晓恬好几次都把网约车软件操作错了，好不容易才输入对了要去的地方——安康医院。

恬恬到达安康医院后，看到了哭成泪人的惠惠，看到了泣不成声的卢光，看到了红着眼睛的大麦、满分以及医院的其他工作人员。

已经无力回天，那个可爱又可怜的欣欣已经停止了呼吸。

在急救室外，晓恬听到了卢光痛苦自责的声音："我不该忽视欣欣，我不该只顾工作不陪她。她本来就缺少母爱呀。我以为她乖乖待在家里，关起门来是在学习，那样就是安全的，就是让我放心的。我没想到啊！"

看着眼前悲伤的人群，恬恬想起了早上做的那个梦，从梦里走来的她找到了惠惠，但晓恬她也是悲伤的，她的泪腺太浅，她的泪水早已经默默地在流淌。

第二天，去殡仪馆前，晓恬姐妹四人先是在满分的花店里集合，商量着送一束什么花给那个可怜的欣欣好。恬恬建议送百合、玫瑰、小雏菊、非洲菊这样的鲜花。未成年的孩子夭折是可以送包括菊花在内的所有鲜花的。

姐妹四人安静地选花、插花，共同动手完成了一个非常美丽的花篮。恬恬用花花、泡泡给花篮拍摄了数幅图片，保存起来。在欣欣事件过去多日后，惠惠曾经请求恬恬使用泡泡上的做图工具，在那些图片上面写下这样的话语："永远的欣欣""痛失欣欣""欣欣，自由飞翔"。

第三天，恬恬陪惠惠参加了欣欣的海葬仪式。那束美丽的鲜花被特别允许带去了大海边。

那是凌晨两点钟的街道。没有行人，车辆也只是偶尔可见。路边的行道树，花坛里的绿植，寂然而立。居民楼、商业区沉浸在一片静默之中。

在经过一条小巷的时候，有一只小动物从车前一闪而过。

那是一只怎样的小动物，是流浪至此的吗？它也是来为欣欣送行的吗？

车上，没有人在说话，因为他们都是悲痛的。

　　摩天轮，高高地旋转在昨天的故事里
　　每一天，我们手牵手唱着幸福的歌曲

　　为实现，花儿美丽开放的光辉理想
　　你和我，走过风雪冷冷飘落的冬季

　　可不可以，让我说声我爱你再说一声对不起
　　春天来了，我们还有那么那么多的欢声笑语

　　希望在飞，我留在你和我曾经相约的地方
　　我一直等着你
　　希望在飞，下辈子你和我一定要再相遇
　　我不想失去你
　　再不要，你再不要这样悄悄离我而去

　　这首欣欣与亮歌他们几个孩子曾在三亚篝火晚会上一起唱过的歌，在这辆为欣欣送行的车上蓦然间响起。

　　那个开车的司机仿佛与大家心有灵犀，竟然莫名地播放了这首歌。无论是歌词还是旋律，这歌曲听起来都好像是送给欣欣的祭歌。自那天以后，无论走到哪里，无论什么时间，每每听到它，恬恬都会不由得想起让大家无限痛惜的那个远去的花季少女。

　　习晓恬愿意相信，欣欣她飞去天堂一定是远比在人间好，相信她是去享受幸福和快乐了，所以，爱她的亲人朋友们，一定要珍惜自己的生命，保重身体，好好过余生。等到将来有一天也去天堂了，也好与欣欣开心再聚，再续那份未曾写完的尘世之缘。

在欣欣离去的那天，恬恬的朋友圈是这么写的：

一颗年少的灵魂，选择了自由飞翔。从此，再不需要承受尘世的任何羁绊、纷扰、束缚；从此，再不必忍受人间所有的疲惫与烦忧、委屈和害怕、病痛与孤单。逝者已矣，生者何堪？！

在欣欣海葬那天，恬恬的朋友圈这样写道：

凌晨两点的街巷，阒然无声。看不到什么车辆，更不见行人。天色黑茫茫，望不见尽头，没有星星，月亮也迷失了踪迹。往日随处可见的路灯，仿佛还未从某个突发事件中挣脱出来，一动不动，显得那么稀疏，只剩下三盏五盏的样子，又那么黯然失色。

一路上，谁也不愿意说一句话，偶尔被动讲出的一两个简短句子，也是难以排遣的沉痛。低沉苦楚的气氛笼罩车内，悲伤暗涌。

从凌晨两点开始，车上一直在播放歌手成进的那一首《不想失去你》，低缓、暗沉、深邃的旋律，笼罩着一种悲怆的气氛，正好适合人们当时的心情，正好适合送给离去的花季少女。

在去海边为欣欣举行海葬仪式前，习晓恬把写给少女卢语欣的悼诗《我怕来不及》发在了四朵金花的微信群中，读来更是催人泪下：

孩子
你到底在哪里
我怕来不及
伸出手
我抓不到你的手臂
我们相隔了
到底有多远的距离

孩子
你在努力寻找谁的影子
我怕来不及
我想赶往你那里
当那美丽的太阳再次升起
我要今天的一切疼痛
静静定格在一个遥远的梦里

孩子
你要好好地走下去
我怕来不及
我让你不哭泣
我要与你同在一起
让你的嘴角
泛起微微的笑意
你会明白爱与温暖的意义

孩子
你要相信坚强的自己

我怕来不及

我要抱着你

让爱照亮你心底

你要做一个更好的自己

做一个没有庇护的羽翼

也要勇敢追梦的孩子

四

好些天，惠惠似乎都不会开心地笑了。家人、朋友、同事谁都不能够将她劝导好，安抚好。她陷入一种思想旋涡里，无法自拔。她想不通，为什么欣欣会走那一步，为什么连自己的生命都不要了，就突然地离去？而这一去，就是永远不再回来。

时光的车轮也不知道又运转了多久，惠惠才慢慢得以好转。她想念欣欣，那是一个多好多美的女孩子！她痛心，她舍不得。

可是，在这种时候，人类显得又是多么弱小，多么无能为力！它无法让一个已经凋谢的花蕾再次复活。

除了欣欣，让惠惠更痛心与舍不得的是她心心念念的卢光。自从欣欣走了，本来身体健壮的卢光不知憔悴了多少，仿佛一夜之间，就被生活打击得面容消瘦，身形虚弱。

别的女人送来的食物、饮品，卢光是不会接受的。

只有惠惠亲自放在他面前的便当、食品、饮料、茶点，他才会动作缓慢地坐下来，一口口一点点吃下去，喝下去。或许是因为，欣欣留下来的生前日记里不止一次提到了惠惠吗？因为欣欣说，她喜欢惠惠，她不要惠惠只做姐姐吗？

看到卢光魂不守舍的样子，有几次，惠惠当着卢光的面，在他的办公室里忍不住啜泣出声。

这时，卢光会静静地走过来，轻轻拍打惠惠的后背，安慰她：

"没事了，没事了。好好的。"

惠惠再也控制不住内心泛滥的潮水，扑倒在卢光的怀里："炉子哥，我心疼你。"

炉子、火炉，是平日里舒惠叫卢光的戏称，也就是爱称。

清醒的时候，卢光会在惠惠心情平复时，轻轻将她推开，温和地说："舒惠呀，振作一下，还有病人等着你呢。"

虽然卢光也爱这个有情有义的女子舒惠，但他总是感觉自己的行将暮年，怎么也配不上她的花样青春。

不清醒的时候，卢光会情不自禁将惠惠紧紧拥在怀中，任由她将泪水涂抹在他的衣服上，并且会随着她情绪的起伏而波动。

因为卢光，他也是暗暗喜欢着这个充满热情与活力又对自己无比痴情的女孩子。

对惠惠，卢光的内心是矛盾的。

不知要到什么时候，惠惠与卢光可以成为生活在同一片自由空间里的眷侣呢？或者，就是彻底不可能？

因为惠惠知道恬恬懂生活，有思想，并且学过教育心理学，于是，她把欣欣日记上的一些话发在微信上，给恬恬看：

> 我没有妈妈。我喜欢惠惠，我不要她做姐姐。爸爸不同意惠惠不做姐姐，我好难过。
>
> 我做了一个梦，梦见妈妈了。
>
> 亮歌、皮皮、阿瑶他们说不能玩外国来的死亡游戏，那非常可怕。我也玩手机游戏，游戏给我的快乐是短暂的。
>
> 爸爸回来得好晚。他总是在医院助人为乐，为什么他不多留一点时间让他的乖女儿快乐？
>
> 看到网上抑郁症这种病了，我会患这种病吗？我怕。
>
> 我想爸爸回家陪我。

老师留的作业好多啊，我不想写，可是还要考大学，我该怎么办？

如果我飞走了，就没有烦恼了。那爸爸会哭吗？他是一个坚强的人，希望他不哭。老师、同学会哭吗？不会的。她们不理我。只有隔壁班的男生逢苑会理我，可是他最近生我的气了，为什么他也是狠心的人？

不知道是多久以后，恬恬在她的心理学文章《爱与阳光》中有过如下表述：

家长们，请多陪陪孩子，给他们爱和阳光吧。

学校的教育，请多关注孩子的心理健康问题。沟通与疏导很关键。同学、老师之间，请多一份关爱吧。

请引导孩子们在安全健康的环境中玩手机游戏、电子竞技等。

早恋如果不可避免，请做好学校与家庭两方面的正确引导，切不可用棍棒模式。

而习晓恬发在四朵金花微信群中以及微信公众号里的一首诗《哭泣的雪花》，写尽了惠惠与卢光之间的悲喜之情。她将这首诗与其他的爱情诗编辑成一组《你的青梅，我的竹马》，发到指定邮箱去参加"月亮湾全国爱情诗歌大奖赛"了。

哥哥，我看到你
眼睛里的疲倦与不安了
尽管，那时刻的你
还是微笑的

"回不去了"，当你
说出这句话的时候
我听得见，时光碎落的声音

我知道你是舍不得。是我
来得迟了，尽管你还是
一再缄默

哥哥，我想抱抱你
为你拼接起另一份圆满
哪怕仅仅是一个
完整，但有好梦的睡眠

一朵雪花，听见我们的故事
忍不住，哭了

第十六章　遇事要冷静

一

　　"恬恬，知道你休息，跟我去一趟派出所。"满分发来的微信视频，又在招呼恬恬。

　　"什么？派出所？去那里干吗？"恬恬有些吃惊，"你耽误我写小说了哎。"

　　"程强，就那个，我家司机，他小表舅被抓起来了。"视频里的满分露出着急的样子。

　　"为什么是我们去派出所？"恬恬还是疑惑着。

　　"你不是一直想增加点写作素材吗？"满分赖皮地一笑，说。

　　"那也不要随便增加的，姐姐。"恬恬知道这个姐姐是故意那么说的，不禁笑了。

　　"那个，他舅是被冤枉的，程强想求我帮他。"满分回答的这句话才是关键所在。

　　"你怎么帮？保释？抢人？"恬恬调侃满分。

　　"不是啦，去了你就知道了。恬恬我到你楼下了，马上，立刻。"满分的语气暧昧起来，"陪我们一趟呗。"

　　好姐妹当然不可以拒绝了，恬恬动身下楼。帮他，找我？

恬恬在心里打了不止一个问号。

还是程超开着满分的法拉利。

一路上，感觉程超与满分之间的眼神与说话的语气都有些不寻常，哪里不寻常呢？习晓恬没有去多想。不就一个女主，一个她老公因为宠她给派的司机嘛。

听他俩介绍，程超的小表舅是永龙区瑞强建材厂的法人，他在一次被主动邀请的饭局中醉酒后，被人算计了，被人偷偷把二十万元现金藏在了他家的鱼缸下面，随后，反告他贪污受贿。

在永龙区滨海派出所，程超小表舅栗瑞强被两个民警押着走进接待室，坐在他们三个人对面。

栗瑞强，本来还蛮俊朗的中年人，却是一副颓唐无奈的样子。他始终不愿抬头，一遍一遍地说自己遇人不淑。说他不该轻易相信暗中跟他搞恶意竞争的那个倪二朋，不该与他去喝酒，更不该粗心大意，让倪二朋找人给换鱼缸，不然，就不会酒后被人把钱放在他家鱼缸下面的夹层里，而自己却没有发现，反被栽赃陷害。

程超在小表舅面前求满分与恬恬，拜托她们帮忙找个好律师。因为他听满分说，小可爱有一个同学在北京，是一家著名律师事务所的知名律师。

恬恬懂得程超的意思，并没有当场答应，只是劝栗瑞强好好配合调查，一定会没事的。

那个知名律师就是徐梓博，习晓恬的大学同学。

自然，栗瑞强的事情后来很圆满地解决了，栗瑞强被无罪释放，那个倪二朋被捕入狱。

恬恬怎么可能不帮满分姐姐的忙，而且那是一个与人为善、助力正义的忙。只是劳烦了那个在青春花季追求过自己的徐梓博，是远在北京的他给介绍了一位东临市这边的同行——夏律师。

当然，这都是习晓恬的同学们发动群众力量，找到徐梓博之后发生的事情。

　　也就是那时，晓恬才得知，毕业分别后，同学们纷纷步入了崭新的生活轨迹，走向了社会大舞台，只有徐梓博为了完成未竟的夙愿，并未参加工作，而是于第二年考取了中国政法大学的法律专业研究生。

　　又经过两年的拼搏钻研，徐梓博在获得硕士学位当年，进入了他学长开的宏升律师事务所，当起了律师。而且这些年，他成绩不俗，早已成为一名资深大律师。

　　"喂，是老夏吗？我是徐梓博。"

　　这一天，北京宏升律师事务所的徐梓博拨通了东临诚信律师事务所夏允强的手机。

　　"哦，梓博呀。自从上次北京开会一别，咱们有半年多没见面了吧？你还好吗？"

　　"很好的！你不也还好吗？"

　　两个大男人难免一开始要来几句久违之后的寒暄。

　　"是啊，挺好。你也知道，就是干咱这行的闲不着，一接案子就忙。"老夏实话实说。

　　"要是不接案子，那还开什么律师事务所啊？哈哈哈！"徐梓博幽了一默。

　　"就是呀，哈哈哈！"老夏忽然打住了笑声，"梓博，今天忽然找我，是有什么事吧？"

　　徐梓博回答："是有件事。"

　　"有事，你就说嘛！"老夏可是急性子。

　　"是这样的。我一个大学同学想帮人找个律师，她找我了，我想到了你。"徐梓博说出找夏律师的原委，"你说，我这里与东临市相隔得山高水远的，再说了，东临有你老夏在，还需要找别人吗？也就是你想不想做，想不想帮我这个忙的事。"

"梓博一句话,没问题。说吧,什么案子,就是再忙,我也接。"老夏的豪爽劲正是徐梓博愿意与他成为好朋友的原因。

"当事人醉酒之后被人设下圈套陷害了。他本人几乎完全不知情,对他个人有利的证据也说不太明白。人已经进派出所了。"梓博大致讲了下案情。

"听起来又是一件棘手的案子。行,我接接看,一定尽力而为。"老夏够爽快。

"谦虚,这类案子在东临就数你老夏了。我把你的联系方式给我同学那边,然后,让委托她的人找你。"徐梓博对老夏有信心,所以才找他。

"好。"夏允强答应着,忽然想起了什么,问道,"梓博,是你的男同学,还是女同学?"

"男同学的反义词。"徐梓博回答。

老夏一听,笑着问道:"不会是你追过的那个女生吧?"

"咱不说那个。老夏。"徐梓博没有心理准备,一下被问得有些支吾,"记着,我欠你一顿酒。"

"说说还不好意思了,这是。"夏允强听明白了,一定是某次酒后曾经听徐梓博跟他讲起过的那个女同学,"好吧。依法维权是咱们的本分。我会尽力。"

"谢谢老夏。"徐梓博平复了心绪,讲话也顺畅了,"找机会喝酒。"

"你就照一个月工资节省吧。"老夏大笑起来。

"当然没问题。不就一个月工资嘛,一年工资也舍得。"徐梓博在电话里,跟着老夏一起笑了。

"感谢你,梓博!帮我和我朋友这个忙。"一杯酒加一束配有康乃馨、马蹄莲、君子兰这样有深刻寓意的鲜花表情图,被习晓恬同时发到了徐梓博微信上。

　　这是栗瑞强那起经济案件了结后的某一天，习晓恬在微信上向老同学徐梓博表达着谢意。晓恬本就是一个懂得生活、有情趣，也明白自己所处位置的知性女子。她知晓作为礼物赠送别人的鲜花花语暗含的意义，对于昔日追求过她的男生徐梓博，她可以热情，但必须有足够的分寸。所以她仅仅是选择了这样一束鲜花的图片，而不是寄送一束真正的鲜花给她的老同学。

　　对于习晓恬与徐梓博这样子的成年人来说，形式已经不是最重要的。这个鲜花图片，所应当包容的含义已经很鲜明了。在晓恬看来，康乃馨是对梓博的感谢与祝福，马蹄莲是感谢梓博的辛苦与无私的帮助，君子兰是说梓博很大度很有君子风范。对此，晓恬相信梓博与她是心照不宣的。

　　"帮你朋友就等于帮你。"这是徐梓博因为忙碌稍有些滞后的回复，还是一向的不多言，也不发表情。

　　"明白的。我朋友说以后真的要好好谢你！"晓恬发出一个请吃各种瓜果梨桃的表情图片。

　　"谢可免。在即将到来的同学聚会上，晓恬你敬我一杯薄酒就好！"

　　徐梓博对习晓恬向他表达的谢意很欣慰，他终于可以用自己的微薄之力帮上他曾经爱慕的女神一个忙了，这对他来说，比吃一顿饭比喝一杯酒都更有价值。他心里明白，他喜欢晓恬对他说出的每一个句子，这么多年过去了，多么不容易与青涩岁月里暗恋过的人再度遇见，再续那生命中余下的不可能会无限延长的宝贵时光。

二

　　又是一个阳光普照大地的日子，安康医院里各项工作井然有序地进行着。

趁中午休息时间，欧阳驰又来安康医院了，这真的不是第一次了，也不是第二次、第三次。因为他早知道安康医院与他的单位午间休息存在一个时间差，而且医院中午像舒惠那个科室很少无人，都是有值班护士的，有时因为急诊，有时因为就诊的病人不可能那么及时地做完治疗而离开。

对于欧阳驰来说，安康医院原本不过是一家给人看病治病的医院而已，又不是东临市只有这一家知名医院，又不是有什么令人特别记忆的地方，可是，现在就大不一样了，安康医院在他心田上仿佛已经生了根，发了芽，长成了一棵茁壮小苗，而他又极想让这株小苗苗开花结果，所以这里完全成了欧阳驰心目中一个具有特殊意义的地方。

欧阳驰来安康医院做什么？找护士长舒惠。

自从第一次见到白衣、白护士帽像天使一样俏丽可爱的舒惠之后，欧阳驰再也没有从心里将她赶走。他曾经下决心不去想、不去念，但他就是做不到。他搞不清楚，不就是只见了一面的臭丫头吗？怎么会有如此魔力？难道这就是天公要成人之美，是缘分？

"卢院长，我要投诉！"欧阳驰朝着迎面健步走来的卢光故意大声说。

"小伙子，你也来看病了。怎么啦？"卢光也看到了欧阳驰，声音里颇有成熟男人特有的那种磁性。

卢光是例行公事下楼来检查各科室工作的，他没有想到会碰上欧阳驰，而且还会有投诉这种情况发生。他更没有想到的是，此刻站在他面前的这个大男孩，是在未来的日子里将要把他心仪的女孩从他身边带走的人。

欧阳驰一脸狡黠的笑，说道："我向大院长正式投诉你们医院的护士舒惠，不给病人量体温。"

"不给你量吗？"卢光有些不解地转身，朝向正在给一位病人撤下病床卡的舒惠，"舒惠呀，这位病人说的是真的吗？"

卢光心想怎么可能，一向工作投入、勤勤恳恳的护士长不可能忽然拒绝一个病人量体温的要求。这中间一定是有误会。

"他呀，不是身体发烧，是心里。"这时，惠惠抬起头，笑着挪揄欧阳驰。

"那个，她，我真的发烧了，刚刚还找医生看了。"欧阳大声说着，然后走到卢光身边，凑近他耳朵悄悄地说，"你不是说帮我介绍白衣天使吗？我看这个最好。"

卢光一听，立刻懂得了他正在面对的是什么。可是，他怎么看中的是舒惠，他心里一直放不下又不愿伤害、不忍耽误她美好年华的舒惠呢？唉，该来的迟早会来，可是，要我怎么面对这一切呢？

欧阳看到卢光的脸上有些为难、纠结的神色，浓眉还皱了一下。他虽然看不太懂，但还是不禁心生疑窦。

那一次，欧阳驰陪潘力来安康医院给孩子看病，回去后，他向潘力要舒惠的联系方式，潘力说他去找医生问孩子病情时，听见两个护士在导诊台议论，好像是说有好几个女医生女护士都喜欢上了卢光院长，可是卢光都不答应，卢光只对其中一个很看好，但又从不表示出来。从护士的议论中，潘力还听到了舒惠的名字。

难道卢光中意的是舒惠吗？欧阳驰禁不住在心底这样问自己。可是，他才不管那些，他要争取。

"卢光院长，你可是答应过我的。"欧阳以攻为守，他小声说，"你来当红娘好了，我看你最合适。"然后又扬起声音说道，"卢光院长，我要量体温！"

卢光明知道这是一个在追求舒惠的男人，又怎么好说不帮他的忙，所以他只能也是必须开口说话了："舒惠呀，忙完了就帮他量一下体温吧。"卢光眼里闪过一丝不易察觉的苦涩。

舒惠没办法，只好耐着性子给欧阳驰量了体温，三十六度七，正常得不能再正常了。

"体温非常正常，欧阳驰同志。"惠惠忍住笑，说道。

"非常感谢惠惠天使用高贵的手为我量体温，你看多神奇，量一下我就不高烧了。"欧阳驰可是满脸笑开了太阳花，"不然我还以为要住院治疗呢。其实住院也好，那就可以天天让救苦救难的惠惠天使为我量体温了。"

"美得你！想象力真是没人能比上你了。"惠惠终于不板着面孔了，她抿起嘴角笑了笑说，"快回去上班了，欧阳病号。你快迟到了。"

"小天使冲我笑了，太好了。我这就去上班。"欧阳驰站起身，向他忽然发现的宝贝一样的女孩子表达着心里话，"我心情大好。谢谢惠惠，相信我，你会发现我是一个让你看得上的男子汉，不是废品。"

其实，舒惠并不反感欧阳驰，她感觉到他的好，超过了以往所有追求过自己的男孩子，尤其在相互加了微信好友、聊天有些日子之后，她甚至有一些欣赏与喜欢的感觉，但她就是不承认。她觉得自己的心里只有一个暗恋了两年多的卢光，虽然卢光从没有给过她任何暗示或者承诺的信心，但是她不可以变心呀。怎么可以忽然加上一个欧阳驰呢？她的爱不可以不纯洁。

惠惠总是警告自己，要对爱执着，要有信心。

可是，金石为开的那一天会到来吗？惠惠虽然单纯又专一，但有时，她也经不起岁月塞给她的这个大谜团，以及这个谜团带来的人生课题的重压。

我是一只会受惊的小昆虫
可以是小蜻蜓、小蝴蝶
或者，是一只

小金龟子，也都可能
善良人的目光里，我
又可爱又美，可以活得很甜
可以飞得很轻盈
只是，没有人知道
我的微笑，有时
也会挂着细小的泪滴
秋天会过去的，冬天也会来
我好想有一个你，给我
一个坚定的怀抱
会让我温暖地躲藏，还会
把我好好地疼着

　　这是晓恬写给舒惠的诗《好想有个你》，她把惠惠渴望获得真爱，以及对卢光与欧阳驰又不知如何取舍的矛盾心理，表达得多么贴切。

　　习晓恬与另两个姐姐多么想拉惠惠一把，拉她从那个迷惘的圈子中走出来，走到阳光下。

　　现在，这个欧阳驰出现了，看起来，希望是不是越来越接近了呢？

三

　　也许只有对爱情痴迷的欧阳驰才能想出各种各样的小点子，小花样，以达到接近心爱姑娘的目的，也许这恰好印证了他喜欢养龟背竹，是源于喜欢小乌龟有耐力肯坚持的精神吧。

　　在追求舒惠的这场爱情拉力赛中，小乌龟精神时时刻刻从欧阳驰的身上体现出来。

这一次来找惠惠，欧阳驰并未局限于量体温的小情节，而是加码了。

因为今天，他的右手手腕上弄了两厘米长的一道擦痕，有一点点红，没出血，没破皮。据他自己讲是帮同事挪办公桌碰着了。当时欧阳驰的确是感觉到了痛，很快痛劲就过去了。但他可不能放过接触舒惠的绝佳机会呀，于是，这个中午，他又来安康医院了。

欧阳驰非要让惠惠给看看有没有伤到筋骨，还要看看有没有因为受伤发炎而导致发烧。惠惠明知道他是在表演赖皮功夫，又对这个阳光男孩没脾气可发，自己对他产生的好感已经越来越多了。

看着欧阳驰认真要赖皮的样子，惠惠故意不笑，装出冷淡的样子，嗔怪地说欧阳病号无理取闹，让他赶紧挂外科的号去处理。欧阳驰才不肯，他说没有那么大的伤，只需要惠惠天使给看一眼、给擦点药水、量个体温就马上好了。

惠惠按照欧阳驰的要求检查了一下他的小小皮外伤，还给擦了碘伏。

"要不要包扎一下呢，欧阳大病号？"惠惠故意调侃欧阳驰，"包扎可以防止破伤风。"

"不用不用。"欧阳立马拒绝了，目的已然达成，心花怒放得很呢，"惠惠天使给看一看摸一摸，什么伤都不是伤了，感觉好多了。"

此时的惠惠不应当说是耐着性子面对欧阳驰，而是隐隐地有一种喜欢他搞的小把戏了。她拿起体温计开始给欧阳驰测体温。

"跟上一回一样，三十六度七，特别正常。还有需要我处理的吗？"舒惠微笑着说，把体温计向下甩了甩，再用酒精棉擦拭了一下放回处置盘内，"你的方式有一点点 Low 了。"

对于这个故意以各种借口多次来打扰她的欧阳驰，舒惠是一点办法都没有。因为软硬方式，欧阳都不惧。

欧阳驰温暖地一笑，向舒惠挤了一下眼睛，说："满意了，谢谢惠惠！你好好工作。我并不是有意要打扰你，可能我还是没有管好自己，你别怪我。好吗？"

"好的，不怪你，欧阳病号，只要你现在从我眼前立刻消失。"舒惠真的发不出任何脾气，只好开玩笑似的答应他。

"现在消失可以。可是，我真要从你的生活中彻底消失了，你不会难过吗？"本来满脸笑容的欧阳驰忽然换上了郑重的表情，"比如，我离开了这个让人们恋恋不舍的尘世。"

"说什么呢？"惠惠抬手想去捂欧阳驰的嘴，又感觉不妥，马上把手拿开了，"乌鸦嘴！别乱讲话，我不爱听。"

可是舒惠的手被欧阳一下捉到了："你是不舍得我的，对吗？你也会心疼我，是不是？"

舒惠一下红了脸："赶紧拿开呀，别人会看到的，不好啦。"

"有什么不好，我要你做我的女朋友。"欧阳驰紧接着说，"跟我去吃饭吧，我就不在这里影响你了，怎么样？"

由不得舒惠说什么，欧阳驰就自作主张，拉起舒惠的胳膊向外走。

"你等我换下衣服哎。"惠惠低声说道，她真怕被别人听到，会误会她与欧阳驰。

"好吧。我就在这里等你，不见不散。"欧阳驰可不怕她会以换衣服为借口，再也不出来。

惠惠知道欧阳驰的性格，今天不跟他走是不可能了。怕他会弄到全医院都知道他在追求她，甚至会再找卢光来帮他。

"你有马珊珊的。"惠惠这样郑重地告诫欧阳驰。

此时，两个人在医院附近一家小饭馆的包间里。

"我不是马珊珊控，我现在是惠惠控，好不好？"欧阳驰这么说话并不是他又在赖皮，而是这段时间以来他的内心独白，"马珊珊她是一厢情愿。我不管！要我娶她，那是我妈我爸的想法，他们不能代表我，更不能动摇我的意志！"欧阳驰说得很坚定。

"马珊珊挺好的呀，人又漂亮，家庭条件又好。"惠惠淡淡地笑着说道，同时看着满脸倔强表情的欧阳驰。

惠惠在替马珊珊说话，还是想撼动他的信念？他欧阳驰都无动于衷。

"你又想当我妈妈与马珊珊的说客？"欧阳明白惠惠的用意。

"不是的，我说的是真话。"惠惠坦白地说，用一双大眼睛无辜地望着欧阳驰。

欧阳驰，这个执拗得孩子气的年轻人，仿佛只要惠惠愿意被他追，即便是惠惠让他上天去摘星星摘月亮，他都会去干。

惠惠这一望，却把欧阳驰的心给望得更活了。

"她比不上你，你的优点在她身上全无。你让我喜欢她，这不是让我自讨苦吃吗？"欧阳想也不想地说。

惠惠赶忙解释："不是，真的不是，是为了你好。"

"你要谋害亲夫吗？"欧阳驰忽然开了一个让舒惠没有心理准备的玩笑。

这句话听似玩笑，实则也是欧阳内心的真实写照，一经出口，舒惠的脸颊迅速升起了两朵美丽的红晕。这真的是一个没有恋爱实战经验的女孩子，常常不经意间就会害羞。

在没有遇见舒惠之前，欧阳驰还能凑合着与马珊珊相处，可是，自从心里住进了惠惠，别说马珊珊，就是牛珊珊、羊珊珊都再也无处安放了。一想起马珊珊一身的名牌、满身的香水味道，他立即要反胃的样子。

人生也许就是这样吧，不经风雨，何以见彩虹？

忽然，欧阳驰故做呕吐状，逗得惠惠想笑又不想笑，一时之间不知如何是好。

"可是我有。"惠惠忍住了笑，坐正身体，严肃地开口说话了。

欧阳知道舒惠又要说"我有心上人"的话，马上拦住了她的话头："你没有心上人，你那是在欺骗你自己。"

"没有欺骗，没有。"舒惠反驳欧阳驰，她不允许他质疑自己的爱。

"你有，你一直都在欺骗你自己。你听我的好不好？"欧阳的语言功夫不只体现在工作中，还会用在他真正爱着的女孩惠惠身上，"虽然你没有告诉我那个人是谁，但是我可以确定的是，你有的只是一个虚幻的影子，他不现实。而且，他从来不能给你想要的诺言与信心，那就是不负责任。你敢说，他能够给你承诺娶你回家，给你幸福吗？他有过吗？你敢说吗？"

舒惠低下了头。她真的没有底气，说那个他能够给她承诺。

欧阳轻轻握住了舒惠那一双洁白细柔的手："我请你认真地思考，不要急着回答我。我有耐心等你，一年、两年、三年，一直等你，直到永远。"

> 这个季节真的迷人，有一片
> 又一片，烂漫的风景
> 这多么像我的心事，一样的
> 美而无瑕
> 很多的时候，我忘记了去想
> 还有多少路可以走，不回头
> 还有多少梦可以做，不必醒
> 最向往的是，有一个
> 勇敢的你，骑着高大的马匹
> 走近我
> 并且伏在我的耳边，动情地说
> 跟我来，我要爱完你的余生

这是欧阳驰请习晓恬专门为他热烈追求的女孩舒惠写的诗歌《我的向往》。

在又一次去心上人工作的医院看到自己热恋的女孩时，只见欧阳驰双手举着自己一笔一画抄写好的诗句，严肃又虔诚地递到舒惠面前，请求舒惠收下。当舒惠接过欧阳驰递过来的诗歌时，只听欧阳驰吐字清晰地在舒惠耳边低低地说了一句话：

"惠惠，我就是你的向往。"

四

卢光又打开最近才会弄的手机音乐盒，又在播放那首已经听了多遍的歌曲。

这是前几天他才加上的微信好友"无忧姐姐"发给他的，是他求她帮忙从网上找来的老歌《放手的爱》：

亲爱的女孩，如果放开你的手，你会更加快乐无忧愁
请允许我做一个狠心的人，转身静静地走

亲爱的女孩，如果放开你的手，你会得到向往的所有
请允许我做一个薄情的人，转身悄悄地走

亲爱的女孩，你为我一直在守候，为我你忽略冬夏春秋
请默许我保留往昔的记忆，直到生命之旅的最后

只要你是幸福的，我情愿戴上面具，不再接收你的温柔
我要放开你的手，转过身就走，不回头
只要你是幸福的，我情愿为你祈祷，有一个白马王子

他要牵起你的手，去幸福遨游，好好地，你要好好地拥有

自己不能给予的，还是留给别人去做吧。

此刻的卢光在他的院长室里，眉头紧锁，一筹莫展。

他了无食欲，办公室蔡主任一遍遍地提醒他吃饭，他才草草去食堂吃了点东西，就回到办公室，把自己关起来了。

他又一次在做思想斗争。

舒惠像一张洁白的纸一样，是美好纯洁的化身，是没有沾染丁点污渍的女孩子。他已经这个年纪了，又遇到了那么多人生的坎坷，他真的不该把那些复杂的荒芜带给一个好女孩。由他自己来承受一切就好了。

欧阳驰是一个非常阳光的好男孩，他才适合做惠惠的伴侣，比他卢光适合不知多少倍。尽管不舍得，但是，有时放手与离开才是对一个人真正的爱，才是真的对一个人好。

卢光与欧阳驰早在去年就认识并且熟悉了。

因为欧阳驰是东顺区党委成员，东顺区委会有一个精准扶贫项目，这个项目其中的一个环节是爱心送医。这就需要得到医院的协助与支持。东顺区委选择的医院中就包括安康医院这家中西医结合的综合性医院。

而欧阳驰恰好负责与安康医院的接洽事宜。

有一次，在与院长卢光协商送医扶贫方案的时候，卢光见欧阳驰人长得帅气，又有才学、有能力，最重要的是有一颗闪闪发光的爱心。他不禁对这个小伙子产生了好感与关切。

于是，在工作之余，卢光主动问起了欧阳有没有对象。

欧阳驰也不推托："没有呢。妈妈给找了一个，我不喜欢。卢院长，要不您给介绍一个如何？"

"你要找什么样的女孩？"卢光望着欧阳驰，感兴趣地问。

　　"善良、温柔，最主要的是她要有一颗金子一样的爱心。"
然后，欧阳驰随口问，但并没有把这话当真，"你们院里的白
衣天使，有没有可以的？"

　　"个个符合你的要求啊。"卢光笑了，"等有机会我帮你
物色一个。"

　　"我可是要最好的天使。"欧阳笑着对卢光说，"你肯介
绍给我？"

　　金子一样的爱心，这也恰恰是卢光看好欧阳驰的原因。

　　欧阳驰与卢光都没有想到，这样一场半玩笑半认真的对话
竟然会兜兜转转成为现实版。而且，欧阳驰喜欢谁不好？他喜
欢的女孩子，偏偏就是他们医院年轻的护士长——舒惠，而且
最最化不开的是卢光的一个心结：

　　欧阳驰他喜欢的人，恰恰是卢光的不舍得。

　　卢光知道他加的微信好友就是惠惠的姐姐习晓恬，但习晓
恬应当还不知道他是哪一个。

　　女儿欣欣离开之后，惠惠把习晓恬写的关于家庭、学校、
社会与孩子之间关系的心理学文章《爱与阳光》给卢光看了，
卢光因此得知习晓恬对心理学有专门的研究，很会开导劝解人。
按惠惠的说法，习晓恬应当是一位非常合格的心理治疗师，所
以卢光从惠惠那里要来了晓恬的手机号。

　　他的心理障碍要谁来帮助他解开，又怎么才能解开呢？

　　卢光没好意思直接给习晓恬打电话咨询。毕竟这种私人感
情方面的事，对他卢光来说，虽然是过来人，可晓恬又是惠惠
的知心姐姐，他碰上了这么大的难题，终究是难以面对面向习
晓恬启齿咨询的。

　　网络上说话就好得多了。网络是虚拟化的，只要不视频，
就见不到本人，就不会认出彼此，他卢光完全可以厚着脸皮，

放心大胆地说出心里积压的痛苦与忧虑。

所以，卢光只能选择通过加微信好友的方式联系习晓恬了。可是，加好友的过程不容易啊，因为习晓恬从不轻易加陌生人。

况且当时，正是晓恬与几个姐妹轰轰烈烈寻找手机的那段日子。那时，时间尚未化解晓恬失去泡泡的怅惘。

五

是那个网名叫作"遇事要冷静"的人忽然来请求加习晓恬微信好友的。

晓恬自然是不会加他的。但他一次又一次请求，从不舍弃，说的话也特别恳切，什么"请加我好友，我是真心想把你当朋友的""我是想请教你心理学方面问题的""我是有难处了，有心结解不开了"。

这种五花八门理由的陌生人晓恬见得多了，自然可以不用放在心上。但是，有一个问题引起了习晓恬的警觉。

当那个"遇事要冷静"三番五次请求加好友时，晓恬一再追问他"从哪里看到我的手机号""你是怎么得到我手机号的""既然有我手机号，一是认识我，你可以直接来电话找我；二是如果你不认识我，那么我怀疑你正在用我丢失的手机"。明明在微信新朋友来源处显示的是"对方通过搜索手机号添加"的方式，那个人却只说是在"附近的人"找到的晓恬。真是上坟烧报纸，连这么弱智、低级、Low 的话都能讲得出，地球人都知道，微信"附近的人"那里是看不到别人手机号码的。

晓恬对这个"遇事要冷静"也真是佩服了，她高度怀疑这个人的可信度。

最后，习晓恬经过一番思考，征求了大麦、满分两位姐姐的意见之后，还是加了"遇事要冷静"为好友。最主要的原因是他第一次请求好友的当天，晓恬的手机上曾接到一条信息：

"您正在修改账号绑定的手机号，验证码 230322，5 分钟内有效，为了您的账号安全，请勿泄露给他人。"

这一突如其来的信息与突如其来的陌生人，加之陌生人的回答让晓恬觉得就是在撒谎，所以她与两位姐姐都怀疑对方有可能正在使用她的泡泡手机，也就是说"泡泡"被王连芹他姑爷卖掉之后，落在了这个陌生人手上。

但是，加了好友以后，这个"遇事要冷静"却说是从晓恬的一个朋友那里得来的手机号。晓恬让他打电话过来，他却从来不打，也不说明原因，他只在微信上说话，而且开篇就是讲述自己的婚姻遭遇，要向晓恬请教咨询。

"遇事要冷静"讲述了那个藏在他心里的故事，讲它的来龙去脉：

> 他与妻子两个人为了打拼事业，结婚晚，要孩子也晚。他们曾经有一个幸福美满的家庭。他特别珍爱这个家。后来，妻子陈丽乔一心追逐出国崇洋的热潮，在女儿八岁时与另一个男人一起悄然离开了。
>
> 在婚姻存续期间。他对妻子百般呵护。洗衣拖地、烧饭做菜，几乎所有的家务活都是他做。每晚他还给她洗脚，做身体按摩，家中买的一辆小轿车也是给妻子开的。除非有公务活动坐单位的车，平时他都是步行上下班，他说家里离单位也不远，而且也可以借此锻炼身体。

晓恬明白，其实，是"遇事要冷静"在用那样的方式爱自己的妻子。

卢光在微信上还对晓恬说，他认为老婆娶来就是让她幸福的，男人就是应当多承担一些，就是要有责任感。但是，就是这

样做,他却没能留住一个人的身体和心。他向晓恬继续他的讲述:

后来,他的生命里出现了一个让他怦然心动的女孩子。他也知道女孩暗恋着自己,明白那个女孩是那么善良,那么优秀,那么值得拥有。但是,他却从未回应过她的追求,他不敢,他已经是五十几岁的老男人了,他真怕承担不起她的好。他明知自己也喜欢她,却不敢真正靠近,不敢去想娶她回家,与她共享人生。

在犹豫中,两年多的光景已经过去了。他不能再耽误那个纯洁的好女孩了,但他却不知道怎么向她说出口。

现在,有一个男孩子出现在了这个女孩的身旁。那个男孩非常棒,正是女孩应当拥有的好男人。他认为,那样的男孩才能给女孩幸福。他真心想他们修成正果,他想帮助那个男孩,助力他与女孩有情人终成眷属。他也在默默做着一些推波助澜的事情,尽管他有万般的不割舍。

现在,女儿离开了他,去了另一个世界,只剩下他一个人孤单着。几天前,前妻却忽然从国外回来了。

实际上,卢光对前妻陈丽乔离开他之后的真实情况并不很清楚。

因为陈丽乔与之私奔跑到国外去的那个男人是个虐待狂,她根本受不了,早几年前就与那个男人分开了。她多么想回到从前,有卢光与她恩爱有加的日子,却又一直无颜回来找他复合。

直到她从以前的同学那里得知,她与卢光的爱情结晶离开了尘世,她彻底绝望了,几近崩溃,她也不想活了。是她与卢光的共同好友黎艳毅然飞去她那里陪伴她,给她劝导和帮助,唤起她对生的留恋。

黎艳希望陈丽乔念及从前与卢光的幸福,希望她回国来。

黎艳说，因为卢光也是一个人单着，他对追求的女人从没有动过心，从没有，那说明卢光的心上一直只有她陈丽乔一个人。

本来听国内的同学说，卢光一个人把孩子照顾得很好，很出色，陈丽乔还偷偷安慰自己，即便不在他们身边了，只要他们都还好，自己就算是自作自受罢了。

只有黎艳不那么认为，她说，没有丽乔在的所谓好那只是表象。陈丽乔却固执地认为，没有她，卢光与欣欣父女两个人一样会好好的。

女儿突然不在之后，黎艳总是在向陈丽乔说，卢光他一个人更加落寞了，身体也每况愈下了，等等消息，希望她尽快做决定，尽快回国，陪伴他，与他共度余生。

所以，二〇一九年的夏天，陈丽乔做好了所有的心理准备，回国来了。

六

在黎艳的安排下，卢光见到了形单影只的前妻。

在从前他俩常常光顾的恋恋乡情餐厅窗外，当卢光看到陈丽乔形销骨瘦的模样，他竟然是眼中蒙泪，不忍转身离去。

尤其当陈丽乔见到他，扑到他的怀里来，哭泣着向他讲了那么多愧疚、悔过、自责的话语，卢光的心一点点地软下去了，由过去的爱恨交织，变成了怜惜与心痛。

"你是要重新接纳过去的那个人，你们是要相依相携着走完余生，并用时光慢慢疗愈你们心底共同的伤吗？那么，祝福你们！"当卢光以"遇事要冷静"之名向晓恬讲到他与前妻见面的情形时，晓恬在微信上忽然发去这样的话给他。

习晓恬似乎明白了，"遇事要冷静"加她这个无忧姐姐好友的诸多用意。

"那么，你打算怎么向现在那个恋着你的女孩交代呢？"这是习晓恬最关心的问题，而且，到了这个时候，她全明白了，这个"遇事要冷静"正是卢光，是那个让惠惠苦等了两年而无果的院长大人。

"请你把从前的一首老歌发给我听一听吧，无忧姐姐，记得叫作《放手的爱》，我真的想放手给那个女孩自由和幸福了。"卢光在请求习晓恬。

"遇事要冷静"其实他常常不那么冷静，也不那么从容。他是矛盾的，既坚强，又脆弱。

习晓恬发给卢光的那首老歌《放手的爱》，卢光在思想沉浮不定的时候，总会一再地循环播放，不知道那歌曲是不是真的给了卢光选择的决心和心灵的安慰？

亲爱的女孩，如果放开你的手，你会更加快乐无忧愁
请允许我做一个狠心的人，转身静静地走

亲爱的女孩，如果放开你的手，你会得到向往的所有
请允许我做一个薄情的人，转身悄悄地走

亲爱的女孩，你为我一直在守候，为我你忽略冬夏春秋
请默许我保留往昔的记忆，直到生命之旅的最后

只要你是幸福的，我情愿戴上面具，不再接收你的温柔
我要放开你的手，转过身就走，不回头
只要你是幸福的，我情愿为你祈祷，有一个白马王子
他要牵起你的手，去幸福遨游，好好地，你要好好地拥有

后来的某一天，卢光又在微信上与晓恬说话，说他的各种

心得体会，包括自己已经做好了准备，以及仿佛是快刀斩乱麻一般的抉择与信心。

"我想请你再帮我一下，无忧姐姐，请帮我，把我的心里话转达给那个女孩子吧。"忽然，卢光向习晓恬提出了这样的请求。

"可是，你怎么知道，我可以做到呢？"习晓恬抛出了这个明知故问的问题。

卢光不再掩饰，他信心满满又果决地回答："因为你是她的姐姐。"

一切都真相大白了，一切也无须解释无须犹豫了。

按照晓恬的意见，卢光分别给舒惠与欧阳驰发去了短信。

卢光给欧阳驰的短信是这样写的："欧阳，舒惠是个难得的好女孩，遇见了就是最好，你要好好把握。祝你们幸福！"

卢光给舒惠的短信是这样写的："舒惠小朋友，我已答应与前妻复合，相携疗伤。对不起！欧阳才是你要找的好男人，请好好守住你们的幸福！"

那一天，晓恬向两位姐姐汇报了与卢光微信聊天得到的信息，她们三个人私下商量的结果就是两个字：成全。成全卢光与陈丽乔，成全她们的小惠惠与欧阳驰。

第二天，由恬恬致电欧阳驰："你好，是欧阳驰先生吗？我们有一个小麻烦需要您帮忙。"

欧阳驰笑了，他这样回答道："是晓恬姐吗？怎么？又丢手机了吗？要我怎么帮？尽管说。"

"不是啦。是这样子。我们的小妹惠惠要看一场电影，叫作《给人生插上翅膀》，可是我们三个姐姐都没有时间哎。"晓恬故意慢吞吞地讲话，"能不能，麻烦你，陪她去看呢？"

没等晓恬把那后半句话讲完整，欧阳驰已经把话抢过去了："姐姐，姐姐，我陪她，不用你们陪。我这就来约她。你们能够成全我们就好。"

那个晚上，两个年轻人，一个美丽聪慧的舒惠，一个帅气勇敢的欧阳驰，真的就肩并肩去了东临市满园春色影剧院，一起看了那部励志影片《给人生插上翅膀》。

> 一场雨，拥挤了一个世界
> 挤瘦了一个夏天，空气长胖了
> 你，站在河边，回望什么
> 油纸伞撒落在地，漫不经心
> 雨你停下来，停下吧
> 我发现，雨正在我的车窗上
> 不停地摔打，开出好看的花
> 一朵、两朵、三四朵，空灵
> 美而无瑕
> 可是，这花儿没有根须，没有家
> 多么类似一场爱情
> 从某个人的身体与心同时出发，吐
> 嫩嫩的芽，长绿绿的叶
> 却找不到给她土壤，可以
> 安放根茎、绽放花朵的那一个他
> 亲爱的，告诉我
> 雨、油纸伞、你和我
> 谁是谁的天涯

这是习晓恬按照几个姐妹的指示写给惠惠、欧阳驰，以及好人卢光的诗歌《类似爱情》。

云朵的去留，是天空的从容成全，还是风儿的志在必得？花儿的凋落，是为了果实的舍身忘我，还是对大地的一念执着？

其实，有一种真爱叫作放手。

第十七章　人生若只如初见

一

满分对几个姐妹说程超是她老公派来的御用司机兼保镖，其实不是这样的，他们的相识始于一个偶然。

金秋十月，一个盛大的汽车展销会在东临市最大的广场——永龙湾广场举行。本届展销会，大麦作为证券公司的业务代表，习晓恬作为商业银行的业务代表，都要在会场上做各自单位的业务推广活动。

满分与大麦、恬恬约好了，这次展销会她也要来看看。不知她是为了给家里再添置一辆汽车，还是为了来给两个姐妹助阵，或许她就是为了打发时光而已。

满分她驾驶着自己的天蓝色跑车，接近中午的时候才姗姗来迟。她来到了展销会广场外的停车处，停好车，然后下车，锁车，起步走。

"哎呀！"满分刚刚迈了两三步，脚就崴了。她痛得叫出了声，一下坐在了地上。

平时大麦、恬恬经常嘱咐她别穿太细的高跟鞋，姐妹们的话她听是听进去了，鞋跟是粗了，但高度没降下来。今天，她一身水红色的裙装打扮很耀眼，手腕上的铂金手镯熠熠生辉。她这一坐，本来就不高的领口更低了，领口内外的风景让一个目击满分崴脚全过程的男人一览无余。

这个人正是程超，他今天纯属路过此地。本来，他是陪同心脏病发作的父亲在安康医院的，她母亲让他回家取点衣物，这样，他就有机会经过了这个盛大的汽车展销会举办地。他见天色还早，就想看一下展销活动，买不了车，饱饱眼福也好。

于是，刚刚泊好那台已经开了有些年头的黑色小轿车的他，就有机会接触我们的满分同志了。

"我来帮你。"程超适时走上前，意欲搀扶满分，"美女，伤到哪里了没有？"

此时，满分正低着头察看脚上的伤势，披散的波浪卷发下、低垂的领口处，肉色胸衣托举着的两个半球全部收入程超的眼底。他不禁一怔，自从前妻从打工的西北带回一个男人并跟他离了婚以来，他有多长一段时间没近女色了，三个月？半年？还是更久？

前妻与他闹离婚的时候，有几次借着酒劲，他真想来个霸王硬上弓，反正婚一天不离，她就是他媳妇。但想到她前前后后的所行所为，他的兴致立刻降至冰点以下。

媳妇没去西北时，他开公司整天忙碌，她不但不帮什么忙，还整天用手机跟不三不四的男人网聊，打情骂俏，曾有风言风语传说她跟隔壁的张驴子有一腿，虽是他没揪住证据，她也死活不承认。后来，她忽然说要跟几个好姐妹去西北看看，能打工就打工。结果工不知打没打，男人却领回来了。

并非程超是不近女色之人，也不是他洁身自好，也许是他还没有从婚姻的困惑中走出来，也许是他在寻找干净的、不让她再受伤害的女人，也许是接连遭遇的事情，没有给他考虑女人的机会。

先是他养殖海参的公司一夜间海参死了大半，然后在他筹钱准备购进海参苗过程中，又被电信诈骗的利用了，赔进五六十万元，然后是他父亲因他生气上火住了院。

有道是祸不单行啊。怎么都让他程超摊上了？

程超承认自己喜欢丰腴的女人，通俗一点说就是喜欢胖女人，只是不要太过肥胖。他前妻就是一个浑身是肉的女人。满分并不肥胖，但绝对是一个肉感的女人，魅力远远比他前妻大得多，不知大多少倍。

在四朵金花中，满分与大麦是丰满型的，是看起来摸起来都有肉的，而恬恬和惠惠是纤细型的女子，但绝不是瘦骨嶙峋，没有一点肉感，用习晓恬的话说，惠惠和她是看起来瘦摸起来肉，是时下最流行的那一种类型女子。所以大麦、满分、恬恬、惠惠她们四姐妹私下还有个绰号：大圆圆、二肥肥、三苗苗、四廋廋。

就那么看了满分几眼，程超有些不自然了。但他极快地镇定下来，上前力度适中地扶起满分。

"这脚还能走吗？要不要上医院？"程超又用了自认为非常适度又非常不易被拒绝的语调问。

"不用，谢谢！"满分客气地回答。

拒绝了？这实在是出乎他程超的意料。

这时，满分抬起头，看了看这个主动来帮助她的男人。不俊，不胖也不瘦，但还蛮真诚。

"来，我扶你到那棵树下的椅子上休息一会儿，看能不能好。"程超不在意被这么惹人喜欢的女人拒绝，他要继续表现自己的绅士风度。

"好的，谢谢！"满分不再拒绝。不就是帮个小忙扶她一下嘛，看起来，他又不像个坏人。

"愿意为你这么，"程超在揣度更恰当的修辞，"这么美丽、这么有风采的女士效劳。"

程超长年做生意，练就了一身讨好人尤其是讨好女人的嘴上功夫。但他此时说的也是实话，满分正属于他喜欢的女子类型。

"让我来帮你揉一揉，缓解一下，说不定一会儿就好了。"程超开始上手，起先满分还闪躲两下，"放心，我没有恶意。光天化日之下我能做什么，我只想学学雷锋叔叔。"

程超的幽默让满分放松了戒心，她默许了程超的动作。也好，好快一些去见大麦和恬恬。

也许是被一个陌生的男人按摩，让满分感觉心急使然，也许是程超幽默的语言，再加上轻柔的动作使然，满分很快就好得差不多了。在程超去为她买饮品的时候，她试着站起来，居然可以走路了！尽管还有一点点不舒服。

急急忙忙跑回来的程超看到满分正往车展会场走，忙追上去。

"怎么？这就走了吗？不留个联系方式？"程超有些迫切地说，还有些不加掩饰的成分，"请把你的电话告诉我，我加你微信。"

"我脚好了，要去看展销会了。"满分不无歉意地说道。

程超不容分说，从衣兜里拿出一张名片，塞进满分手里，并殷勤地介绍："这是我的名片，我的公司不大，吃海参可以找我。"

"刚刚我们不是认识过了吗？名字都知道了。你还不满足？"满分笑了，从手包里找出她在花店的名片递过去。

程超接过名片，马上将名片上满分的电话号码输入自己的手机，又打回满分的手机上，下一秒钟已发出了请求加满分微信好友的邀请。

这时，满分才认真地注视程超。嗯，真心不帅，但还过得去，个头够高了，一米八有余，脸型还算方正，双眼皮的眼睛型号略微超标，鼻子、耳朵、嘴巴还算适当大小，嘴唇厚度也可以。什么意思？看人家嘴唇干吗？又不是要接吻。这要是讲给姐妹们听，她们又要说满分是犯桃花痴了。

满分忽然偷偷笑了一下自己。

"我不帅，但我绝对是个好男人，认识我超值。"程超继续发挥嘴上功夫，"不用想着补偿我，哪天请我吃饭，我会非常荣幸。"

满分笑着，感觉对眼前这个男人的表现非常满意，认识这个男人也非常满足她的虚荣心。因为忙于生计，她与丈夫老景总是聚少离多，而身旁这个并不帅气的男人还是给了他一些心理上的慰藉。

"不管怎么样，今天还是要谢谢你。"满分说的话诚心诚意。

"客气了。既然认识了，我们就是朋友，朋友之间帮忙是应该的。"程超今天的嘴真的表现一流了，"要不，我还是扶着你？我们一起进去？有人在等你吗？可否方便？"

程超那话里的意思是满分怕熟人看到他们吗？

"不了，我有两个朋友在等我。"想到大麦与恬恬，满分还是拒绝了程超。

这时，程超的电话响了，是他母亲问他到家里了吗？几时能回来医院？

"我爸爸在住院，我要回去拿些日用品，那我不能陪你了。"程超很诚实地说，显出着急的样子。

"哦？那快去呀！"满分又心生感动，人家有那么重要的事情都被自己给耽误了，"对不起，耽误了你。"

"哪里的话，今天能够认识你，是我最大的收获！"程超又在展现他的语言功力，"我走了，你走路要小心。"

程超个人认为，他对今天偶遇的这个女子说的每一句话都发自内心，因为她是他喜欢的那种类型的女人。

"祝愿大叔他老人家早日康复。再见！"满分说得很诚挚。

"再见，记得找我。"程超说得颇有深意。

二

海南，蔚蓝的大海边，轻盈的波涛翻卷着雪白的浪花，飞舞的海鸟带来凉丝丝的惬意，远远近近的礁石被海水热情亲吻，发出欢快的音韵。

海风也吹了，太阳也晒了，水也游了，恬恬的相机、手机也都派上了用场。游客如织。大麦、满分、恬恬、惠惠四个姐妹四朵金花坐在沙滩上的遮阳伞下，在各种声音混合的交响乐中，说着属于她们自己的开心话题。

忽然，满分开口了："恬恬，小恬恬，给我写首诗吧，我喜欢上了一个男人。"

"嘿嘿，你又来了。"大麦亮起嗓门，"小心我们向老景揭发你。"

"这回是老古董，还是小鲜肉？"惠惠调皮地捏了捏已过不惑之年即将奔五的她这位姐姐的手臂。

"说说吧，说感动了我就写。"习晓恬不动声色，"我的姐姐，这又是被哪个男神给迷住啦？"

三个姐妹你一言我一语地调侃满分。

真的，这个满分，一年不闹出两三次喜欢上谁谁的绯闻就不消停。不是来花店的大老板，就是为哪家公司大佬跑腿的小跟班。每每下来，没有一个是真的。对此，几个姐妹也习惯了。

"我感觉他就是为我而存在的，我们连相识都带上了电影剧本的色彩。"满分一脸高兴的样子。

"哦？"恬恬温淑地一笑，"就像那个早已成追忆的女作家写的情景？你们两个人，互相都惊奇地发现了对方，然后就是那一句——'哦，原来，你也在这里。'是这样子吗？"

"差不多，虽然没有那么浪漫，但也算是上天制造的奇迹。"满分自信十足地笑着回答。

"嗯，如果真是那样，我愿意为卿一试笔墨。"恬恬嫣然一笑，说道，"只要姐姐你不会真的入戏就行。"恬恬的后一句话说得真心真意。

恬恬可不想这个姐姐弄出个婚外恋、婚内出轨之类的桃色事件来。姐妹们都不希望那种事会在她们中的某个人身上发生。

"就是，我们小恬恬那文笔没的说。就是你，分分，可别掉进去啊。"大麦也在警告满分。

"小心挨我们几个姐妹的合力长风拳。"惠惠笑着加了重语气的一句。

"不然，我可饶不了你。"大麦故意吓唬地说，然后马上转了语锋，"不对，我饶不了那个坏男人。"

惠惠补充说："我说的也是那个烂男人，我们都不会放过他。"

"麦子姐、惠惠！叫渣男好不好？"恬恬郑重地纠正她们。

"网络语言，我搞不大懂。"大麦一笑，"渣男，越渣越欠削，不像人家卢光，好男人一个，从不伤害咱们惠惠。"

"可他应当给惠惠一个明确的回复了吧？"满分粗声嚷嚷。

"是呀，他孤家寡人的。他和咱惠惠，一个未娶一个未嫁，早就应该有一个明朗的结果了。"恬恬的话像是经过了深思熟虑，"惠惠家也不那么反对了，也算是默许了，我们几个反对派也认可了。惠惠你说是不是？"

惠惠不说什么，这会儿有一些害羞，有一些怅然，起身走向海边的一块大礁石。此时海浪发出哗哗的声响，仿佛在替一个女孩子诉说着什么。

"把惠惠娶回家，两个人恩恩爱爱，一个郎才，一个女貌，多么好！"

"是呀，想想是挺不错的。"

"就这么定了？"

"嗯，就这么定了。"

三姐妹说说笑笑，好像她们就把那件大好事给敲定了，只差一个良辰吉日。

"可是，可是那个卢光啊，就是有点怂！从不给咱惠惠一个让我们放心的承诺。"忽然恬恬道出了这样的话语，是她鲜有地生出了一种忧心，"总这样耽搁着，也不是个事啊！一味地拖下去，也是真的对不起咱妹妹呀。"

"也是啊，这是不负责任的表现。总让咱们摸不清脉络，不知他卢光到底是怎么想的。这对咱惠惠不公平的。"大麦收起了脸上的笑容，满目担忧。

满分发狠地说："哼，那个破炉子，看着成熟稳重，谁知葫芦里装的什么药？我们惠惠可是两年多的青春都浪费了哎。"

"嗯，不是浪漫。"恬恬接下去说。

"是让我看着着急又心疼的浪费。"大麦有些情绪不宁了。

"你们说，应该怎么办才好？我们看着惠惠心疼哎。"恬恬问，脸上已消失了之前的笑容。

满分忽然爆了个冷门，说道："不是还有那个备胎吗？"

"哦，就是呀，我看那个欧阳驰真心不错啦。"恬恬也一下发现新大陆似的，坐正了身体，"我看是蛮好的一个男生。最近追咱惠惠也蛮紧的。"

"那咱们回去争取早点搞清楚卢光的心思，然后，早日把咱妹妹托付个好人家嫁出去。"大麦镇定地说。

"嗯，欧阳与惠惠，那才是真正的郎才女貌，是吧？"恬恬重拾了笑颜。

满分又展笑脸："对哦，我想应当是非常正确。"

"那要郎有情，妾有意才行的。"大麦大声说，笑不掩口。

三个人又开心起来，一个新的愿景又乍然出现了。

"他们已经有情有义啦。"恬恬确定地声明，"待我家妹妹长发及腰，欧阳少年，你娶了她可好？"恬恬将流行诗句稍加改动了一下，笑着诵读出来。

习晓恬是将姐妹们的幻想梦做了一个浪漫唯美的总结。

这时，惠惠已经重新回到姐姐们身边来。她听到了她们在说那个整天对她发动追求攻势的欧阳驰。她明白，欧阳驰是一个好男孩。但惠惠毕竟还是没有真正谈过一场正式恋爱的女孩子，被姐妹们这样直白地谈论着和那个欧阳驰的事情，终究是不那么适应，甚至是难为情的。她用手开始给几个开她玩笑的姐姐乱抓起痒痒来。

四朵姐妹花又恢复了正常的说笑嬉闹。

入夜，四个美丽的女子在海滨客栈的露台上休憩。她们在尽情享用这一刻的静谧，享用难得的夏日安宁。

恬恬坐进吊篮里，轻轻摇着，无限的遐思飘过脑际。

大麦靠在沙滩椅上，静静闭上眼睛，要睡着了。

惠惠躺在泳池边的地毯上，望着星空，她正想着姐妹们白天在海边的谈话。就这么确定了吗？炉子，你何时都不会许诺我跟你走，是吗？欧阳，你对我是真心的吗？那炉子并不是真正爱我的，对吗？

满分坐在古旧的木凳子上，摆弄着手里的手机，在回复程超的留言。在这寂静里，她有些走神，她若有所思。那个程超对她用的是真情吗？姐妹们说的渣男，深深刺激了她的心。

从海南回来后，拗不过满分的请求，恬恬为她与那个所谓的好男人写了一首《下一分钟》：

日已夕暮。夜来了

你要好好入睡

做一个开满

鲜花、蓝天和大海的梦

原谅我，下一分钟

我就不辞而别了

你的世界，本该有

属于你的另一种美

年轻而缤纷，广袤而奔放

原谅我，我是一个迟暮的人

不适合与你一起去追梦

原谅我

我已点亮整个夜空的星辰

它们

会代替我守护你所有的梦

晓恬感觉这样的诗句说得终究是有些含蓄、隐晦，谁知道那个"渣男"会不会因此收敛自己的言行呢？会不会适得其反、更加肆无忌惮呢？于是，她紧急补写了一首诗，立即发给满分，也发在四朵金花微信群中，这是可以当歌曲唱出来的一首诗，名为《我不是你怀中的归人》：

不要随意堆砌辞藻

说一些浪漫，看似漂亮而忧伤

不要浪费臆想心思

说你彷徨，为我泪水落地为霜

我有我的独立思想
有很美丽，你所不知道的向往

选择旅行去远方，好心情
不再为谁无端紧张
我不是你怀中的归人
你不会久居在我的心上

追逐梦想去远方，也好过
把自己无端地放纵
我不是你怀中的归人
你不会久居在我的心上

习晓恬希望通过她的诗，唤醒满分和满分口中那个所谓好的男人，唤醒他们两个人心中干净光明的东西，多为对方着想，对彼此担当，不要为了一己之欲破坏了生活中原本的宁静、幸福与美好。

三

"在干吗分姐姐？"是程超发来的微信消息。自从加了满分为好友，程超的微信就是这样有些勤。

"小红感冒了，刚才我让她回去休息。"满分回复道，有些百无聊赖的感觉。

"那你呢？"程超又问。

"想出门办一件事，不知关门还是不关？你可以来帮我看店吗？"忽然想到了可否让程超当一下替班，满分提起了一些精神。

"好的，我说过，只要是分分的要求，一定有求必应。"程超特别痛快地答应了，这让满分感觉意外。

"叫姐姐。"满分发出这三个字，是在嗔怪程超吗？

"姐姐！我就来！请把花店位置发给我。"程超反应超快。

"你那么远怎么就来？考验我有没有大脑吗？花店的位置早在你心里了吧？"满分发一个咧嘴大笑的表情。

十分钟之后，十四时二十分，程超就出现在了花之恋鲜花店。这么快？按照程超家以及他在海边开的养殖公司算，怎么也要半个小时以上。

"满分姐姐你去忙，我来帮你看店。"程超恭恭敬敬，又似乎有一点点皮。

"好的，每一种花都有价签，回来请你吃饭。"满分很高兴，因为有程超来帮忙。

"没问题，放心吧。小心开车。"程超答应着，又不忘对满分说出关心的话。

把一个认识没几个月的大男人扔店里不妥吧？

为了感谢初次遇见时他的助人为乐，满分一共请程超吃过两次饭了。一次是满分主动的，另一次是程超要求的，他非说请一次客不够，又馋满分请他吃的好东西了。没办法，只好再请，满分不是那种欠人情不还的人。

可是，满分感觉程超看自己时的眼神越来越不对了，好像那里面隐藏着什么让她不安的情愫。而且，从第一次去吃饭，程超就对她动手动脚的。比如，下车时，程超有意无意地来拉满分的手。过马路时，还用肩膀护着满分。在饭店吃饭，更是主动得很，又是夹菜又是让酒。

程超是这么解释的，第一次的相识就已经接触过彼此的身体了，所以，再接触就当作是正常，就不要有什么顾虑了嘛！

每一次吃饭他们都喝了酒，然后找的代驾，把满分送回花店。然后，程超独自离去。

满分的家是一幢别墅，有钟点工定期打扫，但有时她并不回去，就住在花店里。一来这里空气好，二来避免了回家一个人独守空房。

老景有时十天半个月才回来一次，这让他跟在边境口岸工作的方起明有得一比。都这个岁数了，对夫妻生活的要求毕竟没有年轻时的那种激情了。这样，习晓恬与满分她们几个姐妹见面的次数反而多了。有时姐妹几个凑到一起，她们会相互调侃，好像她们几个才是一家人。

与满分每一回分开，程超都是依依不舍。满分的体态，撩拨他的全部神经。他动心了，从第一次认识她就喜欢了。他想得到她，他太久没近女色了，他有些把持不住自己，差不多是天天都在想着这个让他相见恨晚的女人。虽然他比她小了六七岁，但他不在乎，姐弟恋在网上、生活中到处都有，只要能拥有她，他甚至不想顾及她是有家、有老公和孩子的。

然而，每一次见面，程超都不想让满分看出来。每回分手，他都装出一副男子汉大丈夫的气概，保护神一样把满分送回店内，安顿她坐下，冲好蜂蜜水给她醒酒，然后嘱咐一些有关无关的话，就潇洒地离开。

满分是个傻女人，她感觉程超有些不一样了，但感觉不出到底哪里不对头。是家里有什么事情吗，还是他公司有什么问题呢？他们今晚吃饭，她要对小恩人关心一下。

所以，当这第三次共进晚餐的时候，两个人坐在酒楼的雅间里，满分与程超聊了更多的话题。满分因此知道了程超面临的困境，也知道了离婚的现状，以及老父亲因为他病倒了。

"要不说你那么快就来花店了呢。原来，你这次是在医院陪你老爸做康复理疗。"满分才弄明白这一些事实。

"我跟我妈都在医院，我在医院旁边临时租了一间房子。"程超据实交代。

"嗯，好孩子！孝子！姐给你点个赞！"说这话时，满分有些醉眼迷离了，她看着程超，眼神有些飘忽。

"孝敬自己的父母，那是天经地义的。"程超这句由衷的话说得非常动听，非常受众。

"你来陪老人，公司那边怎么办呢？"满分忽然想起这个问题，问道。

"由小表舅代为照看。"程超回答。

"钱的问题，等明天老姐帮你想办法。"满分拍拍程超的肩膀，大方地说。

"钱筹得差不多了，谢谢姐姐！"程超真的想谢天谢地，让他认识这个善良又美丽的女人。

"不，既然姐弟一场，我能帮还是要帮的。"满分真心想为程超做点什么。

满分的话程超听进去了，但更多的是他在贪婪地望着她的身体，他在酒精的作用下，不应该有的情欲有些泛滥了。但他在强忍着。

"姐姐，我们该回了。"程超几次提醒、催促满分，近乎温存，"很晚了。咱们回吧。"

最后，满分终于同意打道回府了。

程超揽着满分的身子出了酒店的门，照样是找了代驾。这一次，程超不愿早早离去，他太想留下来了。但是，他还是毅然地强迫自己。

他只是抱着满分，轻轻用嘴唇点了一下满分的额头，说了一句莫名其妙、让满分不明不白的话："姐姐，我喜欢你了，要是你没有家多好！"

"你傻小子说什么呢，我是你老姐姐，我这么老了，喜欢我什么？"满分虽然醉了，但她听到了，她笑着点点程超的头，有些口齿不清地说道。

程超抓住满分的胳膊，望住她的醉眼，不无动情地说："不，分分，你在我眼睛里才不老，你这么丰满，有味道，正是我喜欢的样子。"

满分睁开眼，迷离地问："你说什么，傻弟弟？"她伸出手，想拨开程超放在她腰间的手臂，可是她醉着，拨不开，是程超用力用得太大。

程超更紧地拥抱了满分，送上了又一个吻，这一吻，是直接印在了满分的唇上。他轻轻地又深情地压在满分唇上有那么两秒钟，然后分开，把头埋在了满分饱满的胸前。这一举动非常奏效，满分受感染了。虽然年龄大了程超一些，但满分并未衰老，她是有血有肉的女人，她也有情，懂得爱，她的身体里也有欲望潜伏着，她竟然有浑身发热的感觉，她的呼吸有些不规律了。

"程超，你，你这是干什么呀？你不能这样，我会受不了。你快起来。"满分口中的话几近呢喃。她已经醉态朦胧。

这一情景，程超设想过好多次，就是这样子，把头靠近他喜欢的女人胸前，呼吸着她身上散发的好闻气息，他嘴里的热气正好直接扑在她胸前的饱满上，他们彼此就这样不分不离，他们相互着迷，相互不舍得分开。

"你是上天赐给我的，你这么美，这么吸引我。可是，我是男人，我有责任，我不能欺负你。"程超忽然坐直身体，不无痛苦地说，"姐姐，你好好休息，我走了。"

程超将满分平放在花店后面卧室里的大床上，看了一眼满分那充满诱惑的身体，暗暗下了下决心，转身离开了。

接下来，仿佛一切都顺理成章地发生了。

满分帮程超拿出了十万块钱，程超的钱终于凑够了，上了海参苗，公司开始正常运作。

满分是一周之后又与程超见面的，那一次是他父亲出院回家前的晚上。程超请的满分。

他们醉了，一起回到那个花店。在情欲的催促下，他们做了夫妻之间才可以做的事情。他们为彼此动情，为彼此付出与索取。那一刻，似乎什么也不能将他们分开，他们将自己那么痛快淋漓地奉献给了彼此。

那一次之后，满分很久都不肯再见程超。

可是程超的攻势太强大了，她招架不住，虽然告诉自己不要再见那个男人，可还是又一次与他去私会，又一次在男女之间的情欲中沦陷。她可怕地发现，自己是不是喜欢上了那个小男人，喜欢上了老景不能给予她的活力，以及因冒险而获得的快感？她竟然有些不能自拔。她一边懊悔做了不该做的事情，感觉对不起天天在外面为他们家操劳的老景，对不起女儿阿瑶，一边又对程超的激情难以抵抗。

她是真的醉了吗？疯了吗？她知道自己在做什么吗？

四

时光是一块试金石。这句话看来是颠扑不破的真理。

渐渐地，满分与程超两个人之间出现了生疏，出现了异常。

满分很久没有见到程超了，他只说公司特别忙。利用这段时间，满分也梳理了一下自己的思绪，冷静地分析了一下自己与程超之间发生的所有细节。她忽然发现了一些端倪——为什么最初他那么热情主动？而现在呢，是发生了什么吗？难道？

然后，满分申请了一个新的QQ号码和一个新的微信号，并主动加程超为好友，跟他聊天，去看他的QQ空间和微信朋友圈，走入他的网上生活。

　　而在这之前，记得程超的空间是对满分关闭的，因为他给了满分一个很漂亮的理由：我的生活太单调，不看也罢。你看到我这个人，就看到了我的全部。有了你，我的生活才丰富多彩。

　　满分那时信以为真。

　　直到现在，满分才发现，原来程超的生活并不是他说得那么孤独寂寞，他有那么多的女网友，他有专属于自己管理的群。群中，围着他转的女人不止三个五个。在与满分殷勤联系的那段时间，他与那些女人也在私聊，与其中几个交情甚好，甚至是暧昧，不清不楚。他对那些女人就像对满分一样，甚至比对满分更亲热与殷勤，其中有两个女人哪天有时间可以见面，可以相约喝酒吃饭，他都掌握得十分清楚。

　　一切都摊在了面前，程超，看你怎么说。谎言的盾永远经不起事实的矛。

　　程超开始还有一些辩解，后来，说不明白了，就对满分撕破了脸。一副无赖样上演了。他说他孤单无聊，她一个满分无法满足他，满分有家有孩子，不可能天天留在他身边，而那些无聊的女人正好可以供他打发空虚。他公司好起来了，他有钱可以挥霍了，他的追求不再是什么干净不干净的女人，他前妻可以抛弃他，他也可以抛弃别人，包括满分。

　　所有的真相都大白了。满分在三个姐妹面前哭泣，向她们诉说委屈。三姐妹骂她不要脸皮，追求浪漫过了头，回过头来又心疼她，安抚她。自己的姐妹，再怎么也不能抛弃不管吧？

　　记得曾经有两次满分与程超在一起的时候，老景回来了，他找不到满分，满分她不在别墅。问她在花店不？她在电话中说与三个姐妹在一起。一次说为习晓恬找手机的事情商量办法，一次是说方起明回来了，姐妹们被邀请共进晚餐，还故意问老景要不要一起来。老景说这么晚了，改天吧。

　　就这样敷衍过去了吗？第二次那一回，老景都把车快开到花店来了。要是真的来花店，那可惨了。虽然他也有一些疑惑，满分可是很少深夜不归留宿别人家的，但夫妻这么多年了，老景与满分的感情那么深厚，满分说什么他都是深信不疑的。

老景不知道的是，每一次，满分都马上给三个姐妹发消息，说自己与别人在外面消夜，之后去了歌厅，她请三姐妹帮忙说在恬恬家。那时姐妹们是为了他们家庭和睦，不就一个消夜嘛，加上唱唱歌，当然选择帮满分圆谎。还由大麦出面主动联系老景，让他放心，说如果太晚，我们一是送满分回去，一是就让她留下来过夜了。

看着满分愧疚悔恨的泪水，姐妹们心软了。知错就改，那就好。不要以为外面的世界很精彩，就执迷不悟，要知道，精彩的后面可能有意想不到的旋涡。以后还是安安分分与老景好好过日子，好好培养女儿吧。

不久后的一天，习晓恬的手机上接到一个陌生号码的短信——

　　小可爱，我知道这样打扰你很冒昧。我是程超。我对不起满分姐姐。我喜欢她是真的，但我不能做破坏她家庭的事情，因为我自己的家就是那样不再圆满的。我只有让自己死心，让她记住我的坏才好过。请转告满分姐，好好与老景过日子，老景是跟当初的我一样厚道的好男人。感谢满分姐姐给了我一个发烫又温暖的回忆！小可爱，也感谢你侠义相助，使得我的小表舅得以不再蒙冤。你们四朵金花都是可爱的女人，再次致谢！祝你们都幸福！程超。

小可爱恬恬沉思了一些时候，她打开手机给程超回了一个短信——

程超，我是不是应当改叫你胡闹呢？你也真够闹的了。不过，有你的思过短信，我就不再指责你什么。我会酌情向几位姐妹转达你的心意。我代表满分代表几位姐妹正告你：好好做人！良善行事！不要再胡闹下去了，找一个好女人把自己给安顿下来，好好过余生。好自为之吧。好人才能一生平安！

是的，亲爱的红尘之上的善良人，好好珍惜眼前拥有的幸福，才可以得到更踏实、更美好的未来。

第十八章　懵懂的大学时代

一

　　习晓恬家书房里特有的宁静，被响起来的手机铃声打破了。

　　一个陌生的号码出现在花花的屏幕上。自从泡泡悄然离去，这种事情在习晓恬的生活中多了一些频率，对她来说，似是已司空见惯，见怪不怪了。

　　"喂，你好！"恬恬礼貌地问候。

　　"你好，晓恬，你知道我是谁不？"对方笑着卖了个关子。

　　"都叫出我名字了，一定是认识的人，你自己报名。"恬恬反应很快，虽听不出对方是哪一位女士，但她机智应对，以攻为守。

　　"你同学，赵红。"电话那端的女子一笑，揭开了谜底。

　　"哈哈，原来是你，看到来电是个陌生号，还以为是哪个家人用了新号码。"恬恬一下笑起来，说着刚刚的心理反应。

　　在赵红听来，这么多年了，恬恬的声音依旧清脆悦耳，依旧甜美。

　　三月小阳春，万物复苏，候鸟迁徙，燕子飞来飞去，小昆虫以一种重生的姿态，飞临它们可以抵达的每一个地方，树木花草竞相争宠着春色。习晓恬正敲击着书案上的键盘，续写小说的篇章。这段手机对话，打破了书房里的宁静。赵红问晓恬在干什么？她回答说在写长篇小说《亲爱的手机》，因为丢了一部手机，为了纪念它。

"那好好写，可以把我们也写进去吗？"赵红忽然问，似有期待。

"如果想，就可以，没有做不到，只有想不到。"晓恬笑着作答。

红同学很高兴，她说找晓恬是问可否参加今年秋季的同学聚会，地点未定，形式未定，想听听晓恬有没有什么好的建议。

晓恬说一定要选个风景比较优美的地方，既然是同学聚会，那就不能只为吃顿饭喝个酒，一定要游赏一番祖国的大好河山，对当地的美丽风光要一饱眼福，可以参考一下大家的想法，看看他们喜欢的形式，喜欢的地方。

赵红说晓恬说得对，倾听群众的心声是必须的，等下就问参加聚会的同学们，争取好方案。

两个人随意聊着同学聚会的事情，赵红忽然说必须找到徐梓博，这些年他算是失踪了，光知道他在北京，具体在哪个区、哪个单位、做什么工作谁也不知道，今年的聚会一定要让他参加。

习晓恬明白为什么赵红要向她提到徐梓博，因为，他是大学时代追过习晓恬的男生。

"徐梓博能找到吗？上大学时他对我那么好哪。红，如果他也参加聚会，我是不是要对他说声谢谢呢？"晓恬笑着问赵红。

"可不是嘛，你这个冷美人，硬生生拒绝了那么一个高富帅。别人想高攀攀不上，人家对你那么关心、照顾、喜欢，你呀，这么多年了，你不领情，也应当道个谢了。"赵红笑嘻嘻地长篇大论数落习晓恬。

其实，赵红与晓恬在说到徐梓博的时候，也等于提出了一个共同的难题，而且她俩并不是第一次面对这道难题。

赵红许诺一定发动群众找徐梓博。让晓恬先加入同班同学的微信群，等着他们的好消息。

是的，那段美好的同学时光，那个追过她的男生，他在哪里？记得五年前，晓恬参加过一回只有十几个同学的小型聚会。那次，赵红就说会有徐梓博出现。当晓恬到了聚会地点，却并未见到梓博的身影，赵红挽着晓恬的胳膊，拉她到一旁说没有找到梓博。

"下次一定努力找。不找到他，我都不答应自己。"赵红信誓旦旦地承诺。

这一次呢？还要像上次一样不了了之吗？

迷失的人迷失了，相逢的人会再相逢。这一句来自国外某小说的话，在习晓恬的认知中，不是作者原本就写得多么有诗意，多么感人，而是翻译家的翻译水平及文学造诣很高。

"恬恬，找到了，找到了！"这个户外凉风习习、室内温暖如夏的晚上，赵红在微信上喊习晓恬。

"什么找到了？"恬恬正在追电视剧《遇见最好的你》，追得昏昏欲睡，猛然听到赵红的喊话，有些不明所以。

"看群，我们的同学群。徐梓博。"赵红发来一个笑脸。

哦，从电视剧中抽离出来的习晓恬明白了。

同学群里，一改平时安静的状态，好生热闹。是几个失联好久终于有了音信的同学在群里吐露心声、互诉衷肠，包括徐梓博。

习晓恬只是静静地看着，不说话，不表达。只要他在，就好。

"红，看到赵同学在群里了。怎么找到的？是用挖掘机挖出来的吗？"晓恬递上一个偷偷笑的表情。

"为了你。掘地三尺也得把他找出来。"红的表情是大笑。

"大家都在了就好。真的为我？瞎说。"晓恬丢给赵红一个撇嘴的表情。

"你说的呀。"红也来了个偷笑表情。

"我可没对你说过这种话，也没在群里说。我有你罩着呢，我安全啊！"晓恬向赵红扔去一个憨笑的表情。

红还回来一个拥抱的表情："必须的。"

"一个都不能少，是不？出走半生，归来一见，我几乎认不出老同学了。在我心里，都还是当初青春年少的印象。不过，从照片中看，同学们的基本模样未变。"晓恬发去一个微笑的表情。她的语气与她此刻的心绪一样，欣慰中不惊波澜。

"嗯，变化不大。你好好写小说，把我们都写进去。"红又发来一个拥抱，是两个真人表情图，太热情了。

"这部小说是社会题材，可以把同学们带入一些，可能不多。以后我专门写个同学题材的。"晓恬是调皮模样的表情。

"厉害！那你写个言情的吧。"红是偷偷笑的表情。

"你当女主？"晓恬把一个真人大笑的表情图发给赵红。

"对，女一号，要给我找个归宿。"赵红发来的偷笑表情特别逗。

"好像只要我那样写小说，那样的美事就会真的发生一样。那把现在的姐夫放在哪里？"恬恬投出两个表情，一个是撇嘴，另一个是掩面偷笑。

"哪里都行。"红再次发来了大笑表情，表明她很开心。

赵红为人开朗热情，与晓恬是同省老乡，是大学时代晓恬她们宿舍的老大，有关宿舍方方面面的事情，都由她做主。

正与赵红聊着天，忽然一个名叫"山高水长"的网友在申请习晓恬添加微信好友。晓恬在同学群里看到过，知道他正是徐梓博，于是点击添加了他。晓恬告诉赵红，徐梓博来加她好友了。赵红说晓恬就跟梓博聊聊吧，她要去群里和同学们商量聚会的事。

"是恬恬吧，心中的才子佳人，联系上真好！"徐梓博发来的第一句话，没有表情图。

"梓博吗？这么晚还不睡？"晓恬不惊不讶地问道。并且，加上一个小脑瓜粘贴着一个大问号的表情。

"是我。这么多年，你好吧？我看你是成绩斐然。"徐梓博自问又自答，不加任何表情符号。

"我好好的，你也好吗？"晓恬也不加表情符号了。

"还好。我为你才华的绽放由衷开心。毕业之后，想见的同学只有你。"徐梓博忽然这么说了一句话，还是没有任何表情符号。

看来是隔着屏幕，徐梓博习惯了不让别人直观他的内心和情绪。习晓恬也便释然了。大凡成熟有阅历的男人多是有城府并且深沉的，尤其像徐梓博这样的男人，况且还从事着严谨的律师职业。

"你这些年从人间蒸发了哈。上一次同学聚会你不在，下一次不要临阵脱逃哦。"晓恬发了一个挑眉毛的搞怪表情。

二

这是习晓恬第一次与徐梓博微信聊天，当他们聊到同学聚会的时候，她的脑海里划过了几年前与同学小聚的场景。

那个旧有的印象中素日沉默寡言的男同学姜在岩，借着酒劲伸出手臂，想拦下晓恬，不让她走，还歪歪斜斜地走上前来，试图用手拉晓恬，不让她离开，嘴里不停地含糊不清地说着什么，听来大意是说同学聚会他只想见习晓恬，他上大学时就暗恋她了。

那是习晓恬参加的唯一一次大学同学聚会，总共有十二三位同学到场。

在那家名为夕颜的宾馆，在那个夜色笼罩、灯光闪烁不定、偶有人进出的宾馆门前，习晓恬被那个男生姜在岩拦住了，说什么也不肯让她走，晓恬现在想想还是有些惶恐。还好，她足够机智，成功脱身离去。后来，那个姜在岩把这事说成是晓恬不给同学们面子，临阵脱逃，晓恬则说自己是有惊无险，平安返航。

记得当时晓恬大声质问浑身酒气的姜在岩，上大学时你恋的不是咱班的邵茹娜吗？怎么如今你又转移到我身上了？

姜在岩虽说是喝高了，但他的语言表述还是足够清晰地让晓恬听明白了，他说才不是晓恬知道的那种情况，当年是邵茹娜主动追他的。可是不管谁主动追的谁，在当时的同学与老师看来，在当年熟悉与陌生的外人看来，姜在岩就是在与邵茹娜谈恋爱呀。

现在又突兀地搞出这么一节，着实让晓恬有些不适应，甚至是有些恼火，有些不快。这让她如何应对他们？而此时聚会的同学中，就有昔日与姜在岩恋得火热一团的邵茹娜本人在。

晓恬想起了大学期间的一些事情。

有一次恬恬生病了，没有按时去教室上课。那个姜在岩竟然来到女生宿舍宿管处，通过管理员找到了晓恬，还一个劲地追问，是不是有人欺负她，如果有，他不会放过那个人。晓恬说，真的不是，是生病了。姜在岩信誓旦旦地对晓恬说，无论什么时候，他都会保护她。那天姜在岩在她面前呈现出来的表情是严肃的，一丝笑容都没有的样子，俨然自己已不再是青涩年纪涉世未深的读书郎，而是一个历经风雨的成熟男子汉，一切事情都可以担当起来。

后来，每想到那时那地的情景，晓恬都会忍不住微微地笑一笑，她一直以为那不过是青春期的男孩子一时间热血冲动的表现。

不过另一件事情的发生，至今都让习晓恬莫名其妙。

那是大学时的某个暑假，同学们相约去知名旅游景点太阳岛游玩。在美丽的松花江畔，在太阳岛茂密多彩的花草树木之间，大家玩得兴高采烈。数位青年学子仿佛成了大自然的宠儿，在天地间，尽情地挥洒着快乐的音符。

可是忽然，那个邵茹娜拉住晓恬，来到一块大岩石后面，一双恳切的双眼紧紧盯住习晓恬，口中是近乎央求的声音："恬恬，你把姜在岩让给我吧。你又漂亮又优秀，会有更多更好的男生追你的。"

"邵茹娜，你说什么呀？我听不懂。什么姜在岩，什么让给你？我又没和他谈恋爱。"晓恬吃惊地看着邵茹娜，又好气，又好笑，又糊涂。

晓恬被邵茹娜的这个反常举动搞得云里雾里，她不知怎么办才好，她只想回到同学中间，去开心地玩，开心地笑。但邵茹娜就是不让晓恬走，非要晓恬答应她，把姜在岩让出来。

"我没有喜欢他。如果你喜欢他就勇敢地追，与我没有关系的。邵茹娜，请你清醒一点。"晓恬无辜地说。

晓恬被邵茹娜的无厘头搞得心里一片迷茫，理不出头绪。

"可是他喜欢你。"邵茹娜抓住习晓恬的双手，就是不放开，"你就答应我，说你把他让给我。"

看来不表态，是不容易脱身了。

晓恬稍作思考，知道怎么回答她了。于是，她郑重其事地对邵茹娜说道："好啦，你说的我都答应你。我放过姜在岩，我把他让给你。"晓恬一边说着言不由衷的话，一边如释重负地笑着，"我把他完完整整连一根头发丝都不少地让给你。这总行了吧？赵红在喊我哪，我去找赵红了。"

"谢谢你，习晓恬，你太好了，我一辈子忘不了你！"邵茹娜旋即变得开心起来。

直到这一刻，懵懵懂懂的习晓恬才松了一口气，迅速逃离，回到了赵红与同学中间。她想不明白，邵茹娜的多疑多虑是来自哪里的捕风捉影呢？

后来，晓恬问过赵红："邵茹娜求我把姜在岩让给他，他说姜在岩喜欢我。这一切是真的吗？"

赵红并没有回答晓恬的问话，而是反过来问了晓恬一句："你真的答应了她吗？"

晓恬轻轻一笑，很干脆地回答："是呀，我又没和姜在岩谈恋爱，又没喜欢他，也没见他喜欢我。"

只见赵红若有所思地说："这也好。两情相悦才是最好！"

一如现在的习晓恬，大学时代的她单纯又阳光，什么都不胡思乱想，每天只管求学上进，只管笑靥如花。

当年的赵红没有给晓恬答案，这让晓恬后来每想到这一情形依然是不明就里。或许，多年以后的姜在岩对晓恬讲的话是实情。关于那个疑问，晓恬没有再问过赵红或者其他同学。既然晓恬不是知情人，就让往事永远像一个谜吧。

那次同学小聚之后，习晓恬也想过从前，想起曾经的同窗时光。姜在岩真的喜欢过她吗？她春花般恬静地一笑。且让滚滚红尘一切随缘，一切随风。

三

"下一次同学聚会，我真的可以见到你吗？别让我失望，恬恬。"徐梓博又发来微信消息。

"放心，我不会放你的鸽子。曾经的你对我非常好，谢谢你梓博！"晓恬将拱手致意的表情发给了徐梓博。

年轻的岁月，回忆起来有很多的温暖。那时的习晓恬被同学们誉为校花，徐梓博被叫作校草。就像当时的校园歌曲《同学时代》里唱的一样，那时的天空一片蔚蓝，阳光暖洋洋，白云轻悠悠，即便偶尔有风雨，流转的光阴也是那么青春烂漫。

> 那时的我们
> 同在一所大学校园读书向上
> 你的笑靥如花开，很纯真
> 我的帅气像阳光，很灿烂

> 那时的我们
> 同在一片蓝天下健康成长
> 白云轻悠悠，阳光温暖
> 与我们的心田一样，广阔徜徉

> 大学时代
> 是我们的同学时代自由精彩
> 我们不再是无知少年
> 向往诗与远方，梦想与大海

> 啊，同学时代，同学时代
> 我们的青春同在一起
> 把忧伤踩在脚下
> 我们的命运同在一起
> 把快乐举过头顶
> 希望之花开在美丽的地球上

想起曾经那个少女的自己真的有些幼稚，恬恬不禁轻扬嘴角微微地笑了。

那是一个天高气爽的九月，大自然把最多的美丽都给了年轻的大学生。一片片云朵，就好像习晓恬带在身上的洁白手帕，在天幕上自由地飘动。树呀，草呀，花呀，果呀，都如同恬恬每天快乐的心情，于天地间自由地存在着，生长着。

有一天黄昏，空气里悄悄蔓延着浪漫与温馨。

徐梓博忽然约习晓恬要单独见一面，而且是一定要见，不见不散，说有急事找她。晓恬没多想，就去赴了约。他喜欢她，她隐约地知道。她是不是也喜欢他，她没有认真思考过。她一直都视他为大哥哥，尽管平时只是直接叫他梓博。她把他看作是可以信赖、可以帮她雨天撑伞的邻家哥哥。

晓恬来到校园外的湖边，远远望见徐梓博就站在那一排垂着碧绿枝条的树下。两个人相互打了招呼，然后开始静静地望着湖面上跳跃着的小鱼、小虾，漂来漂去的长腿水黾，以及出污泥不染的荷花，亭亭的荷叶。徐梓博有些不好意思再开口说话了，他开始沉默，晓恬也感觉出了某些异样，也不知再说些什么了。空气里似乎有一丝要凝固的尴尬。

忽然，高高瘦瘦、斯斯文文的徐梓博像是下了好大的决心，执意地牵住了恬恬的手。要知道，无论他们在一起参加过多少次活动，无论他主动到她的座位旁，与她一起坐过多少回，说过多少话，无论他对她平时多么关心照顾，表现出多么的热情周到，都不曾有过这样亲密的举动。晓恬想把自己的手从梓博的手里抽出来。因为他的表情让她紧张了，害羞了。

徐梓博定定地望着她，认真地说："我要你做我的女朋友。"

习晓恬有些慌了，有点被吓到了，但还是稳了稳心神，心怦怦地跳着，抬起头注视着他，轻轻地对他说："不可以的。你那么高，我这么矮，你这么大，我这么小，咱们不搭呢。"

那时，他追她很主动，她躲他很慌张。是不是曾经的她有些不自信，不敢接受那样优秀的男孩子？

"可是，我们志趣相投，一起玩得很开心。比如，一起参加记者见习会，一起为校合唱团领唱，一起参加智力竞赛，多好啊！恬恬，还记得我们领唱的歌曲叫什么名字吗？"这是梓博在微信上发给晓恬的一段话，是在毕业分别二十几年之后，在网络上再次相遇时。

他想起了与晓恬共有的大学时代，那些美好的往事，那个他暗恋的女孩子，那个九月的黄昏。

"非常激昂的歌曲，叫《我们爱祖国》。"晓恬没有忘记。

　　　祖国是我们的根，黄河长江流淌的是我们的血脉
　　　我们是一家人，龙的传人
　　　爱祖国的天空高远，大地辽阔
　　　爱祖国的每一粒果实，每一枝花朵

　　　中华儿女一家亲，我们的命运紧紧相随相依
　　　我们的爱，是最纯洁的爱
　　　与祖国的海岸线一样绵长
　　　与祖国的山川草原一样壮丽无边

　　　我们的祖国，美丽的祖国
　　　少年强则国强，我们手握手心相连
　　　不惧怕千难万险，共同扛起祖国的未来
　　　我们的祖国，伟大的祖国
　　　我们斗志昂扬勇敢向前，踔厉奋进
　　　不管它风吹浪打，共同担起祖国的明天

四

"恬恬，我逛了你的朋友圈，你的摄影技术很棒，无论相机或者手机拍的，每一张照片皆是精品。大自然图集中，你从哪里寻得这般胜景？"梓博的欣赏之情油然而生。

"这是夸我。"恬恬发了一个微笑的表情。

"不，真的赏心悦目！"梓博说得很真诚。

"梓博，你业余做什么？"晓恬不想被他这个大学同学一个劲地夸了，她转移了话题。

"有时读藏经方面的书。"梓博回答。

"为什么读那个？"一个惊讶的表情被晓恬发送过去了。

"那是经典啊，是心灵自在的经典。"梓博安静地回答。

梓博依然是最初的、那种没有透露任何心迹的一无表情。

"你心有烦忧吗？"晓恬又是那个小脑瓜粘贴着一个大问号的表情。

"已经悟道了，心灵愈发自在起来。"梓博平静地表述。

"淡然处之，从容自在。如果不能放下一些什么，我们有时会活得很累。"晓恬在说心得，跟着一个双手合十的表情。

"年轻时讲拿得起，放得下。有时也不是那么容易的。"梓博又说。

"其实每个人都会有心结，会有人生的各种牵绊。那正是无奈的时候。可是，我们还是必须要面对。"晓恬化身心灵医生了吗？她不由得笑了，发出一个微笑的表情。

"是的，参透万千，从容面对。"梓博似真的心有所悟。

"人生短暂，唯愿能够精神超脱一些，助力自己于茫茫的尘世上活得心安并幸福，如果能够帮助更多的人获得喜乐，那就更好。"晓恬继续说她的人生感悟。

"赞同，有机会必须读读你的大作。"梓博羡慕地说。

"我所爱的文学、绘画、摄影以及其他种种，都是在试图超越自我。"晓恬说的也是一种生活态度。

"有丰富的精神世界，就会达观许多。"梓博总是善于总结。

是的，生活或许会给我们带来许多不如意，我们要努力改变它，不能向它屈服。跟恬恬聊天，总会给徐梓博的心灵注入明亮与安慰。看恬恬的朋友圈，她还是他梦中的样子，没有太多变化，并且有一种别样的美，仿佛岁月并没有在恬恬身上留下什么无情的痕迹。

徐梓博期盼他与恬恬此生中的再次相遇，希望在不久的某一天，他们可以把酒言欢。

"今天是不是又去采风了？"这是又一个平凡的清晨，徐梓博在微信上给习晓恬的留言。

当晓恬看到留言，已经是太阳高悬、光芒万丈照大地的时候。

"嗯。"晓恬很忙，她在整理资料，只回复了梓博一个字。

"深入一线体验生活很重要。恬恬，你的小说写得怎么样了呢？在完成一部什么样的作品？"看到了晓恬的回复，梓博很快发来这些话。

看来，梓博现在有时间说话。

此时，习晓恬已经从电脑桌边抬起头，起身来到书房中的沙发边坐下来，回复那个高个子同学的微信。

"两万字了。社会题材，反映许多方面，比如人性、教育、留守儿童、空巢老人、婚恋观念等等。"晓恬想了想，大致从几个方面作了回答。

梓博忽然之间的问话，晓恬一时无法完整说出她的小说要写到多少生活层面上的东西。

"这个题材好，能反映当下现实。你的文学修养炉火纯青，相信你一定能写好。"梓博除了肯定、表扬、赞美，还有其他的话要对晓恬说吗?

"给梓博上茶。"恬恬发去的表情是热乎乎的一杯茶。

在网络上重逢有些日子了,恬恬还没有告诉梓博,自己熬辛苦写这部小说的起因。如果有一天,她的书付梓了,大家自然会知道的。而且现在她写这部作品的思路已经渐渐明晰:传递社会正能量。赠人玫瑰,手有余香,何乐不为?

"好香啊!"徐梓博马上发来这三个字。

感叹号徐梓博没忘记写上。这与他做律师这一行有关联吗? 律师都是思维缜密,行事自律又严谨的。

与习晓恬的本次对话至此暂停,因为梓博那边又来了一件新的案子,需要梓博亲自处理诸多事宜。

"恬恬是不是每天晚上写作呢? 有时候会写到很晚? 一部小说从构思到完成要经过怎么样的过程呢?"这又是梓博发来的微信消息。

也不知是哪一天哪个晚上了,但确定的是在梓博找夏律师代理程超小表舅案子之后的某一天,是晚饭后的一段时光里。梓博开始了一个他对习晓恬关注的话题。

"不是每天,现在就赖在沙发上,追电视剧《遇见最好的你》。边看边想自己的那个小说情节怎么发展。小说有大致的构思就开写,细节的问题边写边想。中途还可能加入新的剧情。"晓恬静静地表达。

"嗯,你真棒。等写好了我想做第一个读者。"梓博,没有任何表情的徐梓博。

"当然可以。"晓恬不可能拒绝这个昔日的邻家大哥哥。

"有空我也想看看你追的剧。"梓博忽然递过来这么一句话。

"你不会喜欢,多是青春剧。"晓恬笑了,立即回复。

习晓恬想了一想发去另一句话:"你可能已经是老古董了。"张开两只手在做扇风动作的有趣表情随之而至。

"哈哈哈！"这一回，徐梓博发来开怀大笑的三个汉字，加一个感叹号。虽然依旧不带任何表情，但仍能感觉出他此刻非常开心。

　　此时此刻，老徐同学把深沉和中规中矩给忘记了不成？在远隔万水千山的东临市这一边，在浩瀚的时间与空间的这一边，在由互联网联结着的她亲爱的花花手机这一边，习晓恬不禁牵动嘴角笑出声来。

　　那些曾经朝暮共处的同学们，你们好！美好的同窗聚会，快些到来吧。

　　曾经的时光恍如昨日，伴着温情，引领人们一路向前。

第十九章　阳光舞台

一

钱海，是一位六十多岁的老人家，眉浓，脸方，精神矍铄。从文化战线退休之后，他就操起了自己的老本行，干起了摄影工作，还被同人推举当了东临市摄影家协会主席。

摄影家协会这个业余群众性文化组织，成员几乎都是离退休的老姐妹、老兄弟，像习晓恬这样还在工作中的年轻成员极少。

那年，习晓恬带着自己的几幅作品来到摄影家协会办公室，参加一场风景摄影比赛。钱海与另一些老同志一致认为小习这位小同志的作品真不错，人也非常有素质，对他们老同志非常敬重。

在摄影家协会见面的第一天，习晓恬就非常谦虚地向大家请教相机的使用技巧、拍摄场景的注意事项等等问题，她还热心地开着车，送几位老同志去一个外景地，并且把随身携带的饮品食物送给大家路上充饥。接下来的日子里，习晓恬仍时不时地向钱海和其他前辈请教摄影的相关技术，交流拍摄过程中的心得体会。这一切都给钱海他们那些老同志留下了非常好的印象。

在不久之后审批摄影家协会新会员的时候，钱海带头主动邀请习晓恬填写申请表，介绍她加入了东临市摄影家协会。同时，钱海也向晓恬表示，希望她以后有时间的话能够多参加一些协会的活动，为东临市的摄影事业出成绩，作贡献。

老同志们的眼光果然没有错。

这一次东临市"爱我家乡"摄影大赛中，习晓恬的参赛作品《东临市的召唤》从不同的角度捕捉到了东临市的生活日常、自然景观、人文历史、生态物产、地理风貌等方面的独有特色。作品取景角度风格独到，光影捕捉能力变幻莫测，构图布局新颖别致，艺术表现手法看似随意撷取，实则独具匠心，视觉冲击力强，将自然界的壮丽风光与人们活动场景的微小细节完美结合。一张张照片组合在一起，构成了定格时光的精彩画面，完美地表现了从平凡中见新奇，又洋溢着一种昂扬进取、积极向上、恬静温暖的力量。

习晓恬的作品一经亮相组委会，评委们立刻眼前一亮，都投了赞赏票。

到二〇一九年的夏令时了。虽然室内的空调高调上演驱热的节奏，但气温燠热的八月，户外树荫里的知了不停地把它们的长调此起彼伏地传递开来。花草树木、山径溪流不在乎炎热，它们竭诚为人们献上最美的景致，让人们尽享四季轮回的愉悦。

东临市"爱我家乡"摄影大赛征稿启事
一、活动主题

为丰富东临市多元文化需求，推进东临市精神文明建设，为弘扬摄影艺术，给东临市广大摄影爱好者提供一个展示交流的平台，宣传推广东临市在旅游观光、经济建设以及地区发展方面的优势，特举办本次东临市"爱我家乡"

主题摄影大赛。

二、主办、承办、协办单位

主办单位：

东临市摄影家协会

东临市文化和旅游局

东临市发展和改革委员会

承办单位：

东临市群众文化艺术馆

协办单位：

东临市广播电视台

东临日报社

三、作品要求

聚焦精神家园，用光与影的语言记录时代变迁，鼓励现实主义与浪漫主义相结合的拍摄创作。作品要求原创，忠实反映拍摄主体真实外观，主题鲜明，内容健康，艺术新颖，有时代感，有独创性，有正能量。

四、作品征集

作品须为数码照片（含手机拍摄），电子版文件须为 JPG 或 JPEG 格式，并简述作品的创意及内容（不超过 60 字），图片不小于 2000 像素，分辨率为 300dpi，且文件大小不得低于 5MB，每人提交作品数量不少于 20 幅。上传作品时须注明作者姓名、性别、联系方式与拍摄器材等。由参赛者按活动要求和时间将作品提交至征集邮箱 dlsds@163.com。联系电话：19××××××182，联系人：贺先生

五、奖项设置

1.一等奖 1 名，5000 元奖金及获奖证书；

2.二等奖 2 名，3000 元奖金及获奖证书；

3. 三等奖 3 名，1000 元奖金及获奖证书；

4. 优秀奖若干名，颁发获奖证书。

六、征集时间

即日起开始征集作品，至 2018 年 12 月 31 日止。

评选结果将于 2019 年 3 月公布。

颁奖典礼将于 2019 年秋季举行，届时将邀请全部获奖作者参加。

七、注意事项：

本次大赛的获奖作品，作者享有著作权和署名权，主办方有权将获奖作品在相关媒体、报刊、网络平台中用于展览、宣传、出版等用途。

本次大赛最终解释权归大赛组委会所有。

东临市"爱我家乡"摄影大赛组委会

2018 年 6 月 1 日

刚刚与几位市委常委开完会的东临市副市长刘敬业回到办公室，打开电脑看着东临市"爱我家乡"摄影大赛的征稿启事，目光停留在其中的一行字上。然后，他拿起手机，打开联系人目录，找到一个人的名字，点开，在电话号码的位置点击一下，发送了出去。

二

"喂，是钱老吗？我是刘敬业。"副市长刘敬业拨通的是东临市摄影家协会主席钱海的手机。

"哦，是敬业啊，有什么事吗？"钱海听出了刘副市长的声音，他不明白刘副市长突然来电话是为什么。

"钱老啊，我看了爱我家乡摄影大赛获奖名单，那个一等奖获得者习晓恬你熟悉吗？"刘敬业平静地问。

"哦习晓恬，一般熟悉。她是咱们市摄影家协会成员，但是她平时工作比较忙，和我们这些老同志一起参加活动就那么一两次。敬业怎么问起她？"钱海嘴上回答着，心里更搞不懂了，敬业同志问的是得了摄影赛头等奖的习晓恬。

"哦，那钱老有没有听说习晓恬助人为乐的事情呀？"刘敬业接着问，还是颇为平静。

"这倒是没听说，不过，从她与我们为数不多的接触中可以看得出，她是一个心地特别善良的女孩子。"钱海老先生一边回答，一边还是丈二和尚摸不着头脑。

像习晓恬这样的小字辈，钱海老先生与他的那帮老哥、老姐们都管他们叫孩子。

"这怎么说？"刘敬业这边倒是心里有数，语气平和。

"是这样的，刘市长。比如有一次我们到红海滩采风，习晓恬也去了。"钱老先生开始讲述一件让他至今仍记忆深刻的往事，"在廊道那边，一小块沙地上，看到有一只受伤的幼鸟飞不起来了，大家都说是一只小黑嘴鸥。习晓恬那个孩子啊，非常心疼小鸟，她不顾自己衣服、鞋子会弄脏，也不顾我们劝阻，费了很大周折到了栈道下面，还把自己的白丝巾解下来，把小鸟放在丝巾上，双手捧着跑去找管理员求助。大家都纷纷说，小习这孩子太好了！"

钱海对习晓恬的印象是相当不错的，不然当初他也不可能吸收一个女娃子加入他们的团队。从他的讲述里就听得出，他对习晓恬这个女子的欣赏与好感。

"嗯，是不错。钱老啊，可是您没有听说她每年用工资捐助一所山区学校的贫困孩子。"刘敬业的声调还是不疾不徐，"还有她把拍照片的手机弄丢了，不但没计较捡手机不还的人，还要写一部宣传正能量的小说。"

"喔？小习真是个好孩子啊。应当表扬！"钱海赞叹着，他由衷地喜爱这样心地良善的晚辈。

"是啊，我们市委几个同志也碰头了。大家都说这种行为应当受到表彰与大力推广，所以，想问问钱老，那个摄影比赛的奖品可不可以商榷一下？"敬业副市长开始切入谈话的主题。

"哦？敬业，怎么？"刘副市长说的话，让钱海老先生一时不知如何回答。

钱海大概明白了，原来刘副市长是想把习晓恬当作一个树立新风尚的榜样来宣传推广，但这跟他一个老头子讲能起什么作用吗？虽然他是一个群众性团体的带头人，但又能有多大作用呢？所以他还是一头雾水。

"一等奖不是五千元现金吗？咱们可以换成一部新手机，因为习晓恬弄丢的就是拍摄参赛作品的手机。"刘敬业郑重地说道，他与钱海今天通话的主旨正是这个。

"啊，是吗？这个方案很好啊！这样一来既弥补了小习的损失，又可以宣传小习的好品质。"钱海恍然大悟。

他当然赞同刘副市长的建议了。小习，那么好的一个女孩子，那么好的一棵摄影苗子。

"钱老，正是您说的这样。你也认为这个提议不错？"刘敬业肯定了钱老先生的看法，又微笑着反问了一句。

"当然不错，非常好。我同意了。就这么定了，回头我就跟另几个主办方商量落实一下。"钱海可没的说，他不同意才怪。

"感谢钱老为东临市精神文明建设做出的贡献与努力！"刘副市长的话虽是有礼节性质，但却是发自内心。

"敬业这说的哪里话呢？让我惭愧！"钱海老先生这么被赞扬不习惯，他笑了，苍劲浑厚的声音传来，"咱们是共同努力，共同进步嘛。"

三

炎热的夏季渐行渐远，天高云淡的九月初秋姗姗来迟，新一天的生活篇章又开启了。

一场小型会议在东临市群众文化艺术馆演练厅兼会议室举行，东临市副市长刘敬业、东临市摄影家协会主席钱海、东临市文化和旅游局局长丛卫东、东临市发展和改革委员会主任施正续、东临市群众艺术馆馆长楚建国、东临日报社社长沈智、东临市广播电视台台长苏彦新列席会议。说是一个碰头会，其实来的都是各单位带头人，足见对本次会议还是相当重视的。

本次会议主要议题是商讨共同举办"东临市旅游观光节暨东临市爱我家乡摄影大赛颁奖典礼"的相关活动事宜。会议决定活动场地设在永龙湾风景广场。时间是九月二十八日星期六那天。正好是国庆节之前的最后一个休息日。

会议最后由刘敬业做总结，他的讲话不打草稿，想到哪里就讲哪里，在座的同志们都听得很认真。

因为刘敬业的讲话从来都能起到鼓舞与号召的作用。

同志们！这次"东临市旅游观光节暨东临市爱我家乡摄影大赛颁奖典礼"，市委、市政府非常重视。

我们不能只把它当成一个简单的观光节与颁奖典礼来对待。我们应当做的是抓住契机，发动群众，推广开发旅游文化项目的同时，在继续招商引资、继续扩大投资建设我们新东临的规模等方面做出新成绩，需要强化提升东临市的硬环境、软环境，做出更值得期待的成绩来。

同时，我们不能只把社会主义核心价值观放在口头上，我们还要做到不忘初心，勇于肩负历史使命，为我们东临这座全国文明城市有力出力，有光发光。我们的公式不再是 1=1，而是 1=1+N。为什么这么说呢？比如，一个游客来我们东临市旅游观光，他对我们东临印象很好、很感兴趣，然后，通过这个人的口碑传颂，用老百姓的话说，也就是一传十，十再传百，那样，就可以不止是他一个人来我们东临市了，而是多了不确定的 N 个人，依此类推，就是 1+N。对于我们开放搞活、招商引资、建设新东临等各个方面，都是如此。

一个可以带给我们建设新思路的人，很可能带来 1+N 个投资者、开发者的到来。

再有，我们树立几个系统、几个岗位上的若干典型并不是我们的终极目标，我们要做的是，在工作与生活的各条战线上人人都是榜样，人人都可以当模范。用网络语言说就是达到 Logo 效应。

那样，我们东临市就是当之无愧的全国文明城市。我们就是全国文明城市名副其实的 Logo 了。

副市长刘敬业的临时讲话水到渠成，虽然是即兴发挥，但其意义深远。

他不只是阐释了即将举办的"东临市旅游观光节暨东临市爱我家乡摄影大赛颁奖典礼"的主旨所在，也相当明了地向在座的各单位带头人传达了市委、市政府的决心与精神。那就是下大力度，在硬环境与软环境两方面搞好新东临的建设，全面铺开东临城市建设，做好全国文明城市的引领、向导作用，做实至名归的文明东临市。

会后，刘敬业向市长焦和平汇报了本次会议的内容与主要精神。

焦市长对刘敬业所做的工作非常满意。他语重心长地说：

"敬业啊,有你们这些年轻人做着推进的工作,我放心!我坚信,未来的东临市会有更大的进步。我真希望等我退居二线的时候,东临市的发展又上了一个新台阶。我们即便是不能做得更好,咱也不能给老百姓丢脸哪。"

刘副市长一直微笑着、倾听着,并不时地与敬爱的老市长相互交流、探讨一些共同关切的事情,那正是东临市在发展与建设中各条战线、各个层面上的问题。

因为两位市长都是实干家,他们要的是用业绩、用成效来说话。

窗外,阳光和煦,暖风习习。湛蓝的天空下,广袤的大地上,一片繁荣和平的景象。

四

事情终于有了好的转机,一切似乎已尘埃落定。

那个曾经朝夕相处的泡泡,随着时光的逝去,只能在旧梦中再见了。时间真的是医治人们心灵创伤的良药吗?

现在,人们再对恬恬提及泡泡时,她已经可以表现得非常淡定了,甚至她会镇静自若地嫣然一笑,说:泡泡不在了,但是,我还是很怀念它。不过它是值得的,作为我亲爱的手机,它不辱使命,走完了它短暂又光辉的历程。它还没有完成的会由亲爱的花花、眯眯来代替完成,去了却我的夙愿。

应当画上一个句号、一个圆满的句号了吗?对于在寻找泡泡手机过程中形形色色的人与事该有一个定论了。于是,习晓恬在姐妹们的怂恿下写了两份诉求,一个批评件,一个表扬件,由姐妹们加以润色,发去了民心网,为的是给予那些认真或不认真履职的人一个适时的评价,给予那些努力进取、尽心播撒善良与爱心的人,一个比较圆满的交代。

批评主题：通过民心网责成相关部门，以相应方式教育开导相关员工。

批评详细内容：因失主手机丢失，捡到手机的人不肯归还，虽在市政府值班室及东顺区政府办的敦促下，宏兴派出所曾出警一次，但遗失物并不在派出所管辖工作范围内，所以并无实质性进展。

因失主善良，她不想通过法律途径处理捡手机的那个老年妇女，只希望通过相对温和的方式解决，遂又找来宝利社区协助寻找。因为未得到社区任何回复，所以，只好电话询问社区相关情况，却被一男员工生冷拒绝，被一女员工强词搪塞。后来，又电话咨询市政府值班室，又被一男性工作人员高冷推脱。

来宝利社区的两位员工缺乏基本的职业素养，没有最起码的爱心及维护东临市全国文明城市荣誉的意识。而市政府值班室那个男职工身为国家公职人员，那高高在上的工作作风，不可一世的傲慢态度，不愿为民做主的冷漠自私更是让当事人气愤不已。

诚挚希望通过民心网责成相关部门，以相应方式教育开导这几位工作人员，让他们明白是党和人民给他们的权利与义务，千万别忘本，千万别给我们东临全国文明城市的称号抹黑。

表扬主题：表扬东顺区政府办工作人员欧阳驰及市政府值班室女员工肖小玉肯于倾听民声，尽职尽责，愿意以一己之力帮助公民解决诉求。

表扬详细内容：因失主手机于 2018 年 12 月 10 日早在东顺区丢失，通过查询监控录像及周围居民提供线索，判定捡手机的人是住在来宝利小区 4 期 12 号楼的一个老太太，但老太太女儿女婿拒不承认家中有此人。后来，失主几次报警，并三次去派出所，但民警不愿作为，一再推托让去找法院，说不在他们工作范围内，且生硬的态度逐渐升级，致使手机丢失的时间一再延长，找回手机及手机内各种重要信息的可能性更加渺茫。

失主不懂得法院与派出所的工作范围应怎样严格界定，只希望以相对温和的方式解决事情。

2018 年 12 月 15 日 14 时 29 分，失主一方拨通市政府办值班室电话，年轻女职工肖小玉耐心听取了失主这边的个人诉求，并表示会马上向领导汇报，以便及时联系相关部门做工作。15 时 07 分，东顺区政府办工作人员欧阳驰主动联系到失主，认真听取失主诉求，诚恳表示将积极配合领导做工作。当日晚 6 时，在东顺区政府相关部门督促下，宏兴派出所出警一次，那家人没再否认老太太的存在，但以"去外地了，没有电话联系不上"为由仍不让其本人出面。

虽然找手机的进展不够顺利，但是像欧阳驰及肖小玉两位同志那样，表现出对老百姓诉求的耐心与关切，尽己所能帮助辖区居民办实事的扎实工作作风，值得点赞！并点赞 15 日当天为失主这一诉求做了相应工作的市政府及东顺区政府相关领导。

请民心网一定将手机失主的这一份表扬带到相关部门，并能够让其他思想淡薄的工作人员向这样的好同志学习，使东临市文明城市的这种为人民服务的精神得以弘扬与传播。

没想到，这一纸小小的诉求，也激起了一些生活的浪花。

东顺区委、区政府，东临市委、市政府都纷纷致电习晓恬，赞扬她敢说真话、实话，有正气，有勇气，敢担当，说她的诉求既有针对性，又有代表性，他们不但要认真对待，找相关的工作人员，该批评的批评，该教育的教育，该表扬的表扬，该提倡的提倡。既不姑息袒护，又要传递正能量。必须让每一个在职在岗的员工、干部有一个清醒的认知，做到把社会主义核心价值观切实贯彻到思想中去，真正落实到行动中去。

因为这一个批评，一个表扬，习晓恬和她的闺密们、这四朵金花的生活与命运也在悄悄地发生着改变。

五

这一天，大麦、满分、晓恬、惠惠姐妹四人到永龙红海滩采风。是恬恬提出的要求，她除了带单反相机、手机花花和眯眯用来拍照，还带上了画板、画笔，她要写生。

因为泡泡不在的缘故，恬恬的画笔好久不用都快长毛了。要说到画画，习晓恬虽不是专业，却也颇得姐妹们的推崇。曾经一度在大麦的怂恿下参加过几次大型画展，受到了东临市画师们的好评。

其间还有一个小小的插曲。

习晓恬有一幅名为《墨蟹图》的中国画画得惟妙惟肖，对东临市的水乡湿地文化做了淋漓酣畅的大胆诠释，这幅画被一位收藏家悄悄收藏了。晓恬的姐妹们却为此闷闷不乐。她们认为，恬恬的辛劳是被一个不露面的收藏人士以支付金钱的庸俗方式劫走的。姐妹们才不稀罕金钱，她们看中的是生活的本源，是一个人活得要有所值，是精神上的幸福，而不是一味地追求物质上的拥有。

好在有当地美术界的一位大咖出面做了工作，说收藏者收藏恬恬的画，也是源于一种爱，你们把爱分享给他一次吧。

好吧，话都说到这个分上了，就此打住吧。姐妹们这才取消了索回《墨蟹图》的打算。

已是入秋时节，将要被一片火红取代的碱蓬草绿意渐淡，隐约的暗红颜色正在一天天转浓，红红绿绿，清清雅雅，一望无际地涂抹到天边去，与那里的山山水水、蓝天白云，形成了一幅辽阔的画卷。

在一处红海滩廊道的凉亭下，大麦、满分、惠惠尽兴地玩，恬恬在画风景，画三姐妹的速写。

中午，姐妹几个来到附近的农家，吃到了农家院的特色菜肴，观赏到了农舍风光。

然后，她们来到不远处的田野里，松软的沙土地上。这个地方与风景区的红海滩只一水之隔。

这里的草地，除了勿忘我、蒲公英、地丁、蓼及一些叫不上名字的草本植物，也几乎是碱蓬草的世界。野花们五颜六色，星星一样点缀其中。姐妹们躺下来，闻着花草的香味，说一些四姐妹之间的悄悄话。说三个姐姐的家庭，老公，孩子，说惠惠的炉子哥，说那个追惠惠似是上刀山下火海也要誓不罢休的欧阳驰。

温暖的阳光下，四个姐妹好像要睡着了。

恬恬的手机铃声忽然响起来。一个不合时宜的电话打到花花上来了。

恬恬懒洋洋按下接听键，刚一听到对方的声音，她立刻清醒了，原来又是那个东顺区政府办的欧阳驰。

"是欧阳驰哎！"习晓恬小声告诉另三个姐妹。

她们三个也都不再昏昏欲睡了。

"又是欧阳捣乱，来者不善。"满分小声嘀咕。

"听听看吧。"大麦说。

只有惠惠不说什么，这会儿她心里在想，这个家伙又要摆什么妖阵。

"你好！是习晓恬女士吗？"欧阳驰中规中矩，在例行公事。

"你好，你是欧阳驰。"恬恬笑着替他报了名字，"有什么事，不会是关于我手机的好消息吧？"

"不是手机的事情，但与你的手机有关，我是想说声谢谢你！"欧阳掩不住心中的快乐，他的努力工作换来了良好成效，那是对他本人及其工作的肯定。

"谢我什么？"恬恬疑惑。

"市里、区里都对我的工作给予了肯定与表扬，这让我有更大的决心与信心了，让我在今后的工作与生活中更加不懈怠，勇于追求。"欧阳有点像在表决心似的。

明白了，一定是晓恬的姐妹们发给民心网那两份诉求的原因。

"追求真理吗？"晓恬笑着问了一句。

"嗯，真理。只要是正确的就追求。"欧阳回答，一点也不犹豫。

"包括我们惠惠？"恬恬相信欧阳的话语里一定包含这层意义。

"包括。"欧阳不假思索地回答。

"不怕马珊珊跟你闹，不怕你妈妈收拾你？不怕头破血流？"恬恬调侃道。

"不怕。"欧阳很坚定。

"欧阳驰，姐姐想问你，"这时的习晓恬幽了欧阳驰一默，"你不是网上说的那种妈妈控？爸爸控？"

"不是。"欧阳坚决地回答。

"那，再问你一句，也不是马珊珊控？"晓恬又打趣道。

晓恬身为姐姐，与另两位姐姐一样牵挂着惠惠的婚恋问题，她要适时试探一下这个欧阳驰的真实想法。

"当然不是，姐姐你过虑了。"欧阳驰好机灵，接着说了下一句，"我是惠惠控。"

恬恬听了欧阳驰的话忍不住笑了，说道："你讲的话很受众。你现在想让惠惠跟你说话吗？"恬恬及时转移了话题。

"当然想。真的吗，晓恬姐？太好了。她和你在一起？"欧阳立刻开心起来，连说话的语调都变了。

"惠惠，跟欧阳说几句话吧。"恬恬把手机传给惠惠。

一个有责任感的好男孩，一个善良懂爱的好女生，追求幸福是他们的权利。

"喂——"惠惠接过了恬恬手中的花花。

"惠惠，你好吗？"欧阳的声音里是掩饰不住的兴奋与激动。

"我很好的。你好！"惠惠温顺作答，好像也被欧阳驰传染上了某种好心情。

当惠惠愉快的声音传到欧阳驰耳朵里，他这样想着，好呀，你倒是好！就是不知道我受的煎熬。

"我不太好。上一次我们一起唱的那首歌《让我照耀你》，后来我听了一遍又一遍。真的唱到我心坎里去了。"欧阳的声音一下子低了八度，怎么变化这么快？

"嗯，我们都是各自在寻找一个人，这个人带来的爱情可以像光一样照耀我们自己。希望我们都能找到最好的。"惠惠的话听来似乎很轻松。

"惠惠，你是我的最好。"欧阳忽然又把语音加重、加大，仿佛唯恐惠惠听不清楚似的。

"我。"惠惠面露难色。

"别再对我说你已经找到了，你找到的不是你的最好，我的也不是。"欧阳很执意，很果决。

"欧阳驰，你很霸道呢。想给我洗脑？"惠惠轻轻地笑了，一种羞涩伴随着愉悦的表情写在她姣好的脸庞上。

"给我们彼此机会，让我们重新来过。放开眼界，也许这一次才是真的最好。"欧阳驰又说。

欧阳驰的话坚定有力，不容置疑。他在放下电话之前，为心爱的姑娘舒惠轻轻唱起了那首带着爱情之光的歌曲《让我照耀你》：

> 我把很美的梦想当作礼物
> 送给了那花香和鸟鸣
> 希望你也来一起享用吧
>
> 我陪清浅的小溪轻轻地
> 浣洗过那云霞和阳光
> 晴朗的天空蓝得更分明了
>
> 站在很春天的地方，我迷惑
> 你还在忧伤里打坐吗
> 为什么，不来我的身旁
> 轻轻唤一唤我的乳名
> 就会碰触到我的心疼
>
> 站在很春天的地方，我迷惑
> 你还在忧伤里打坐吗
> 为什么，不来我的身旁
> 爱情早已在枝头发芽了
> 跟我来，让我照耀你

六

习晓恬左手平稳地把握着方向盘，匀速驾车，右手点开车载蓝牙系统中的电话接通键。

"喂，小恬恬，你怎么不接我视频？"是大麦来电。她的声音响亮，听来心情不错。

"开车呀，刚才是红灯变绿灯。"晓恬恬撒娇地跟姐姐对话，"麦子！"

"你这个小东西，每天大脑里也不知在想什么。自己有好事了，也不关心。"大麦用宠爱的语气说着她的闺密妹妹，仿佛她不是姐姐而是长辈。

"我？好事？听起来很受众。我能有什么好事？"恬恬不解地问。

"就是你那个摄影比赛得了一等奖啊。"大麦放大了说话的音量。

"这个我知道的，我又不是没得过奖的人。"晓恬开着车，眼前是不断变换着的蓬勃绿色，"虽然在本市没什么人知道咱，但是在外面的文学界，在那个笔名恬贝贝的光环映照下，我还是小有名气的吧？"晓恬开始调皮。

"那是，我妹妹是谁呀？分分钟把周边那些不知天高地厚的文化小名人打翻。"今天的大麦思维蛮灵活，还用上了时髦语言。

"嗯，分分钟打垮他们！"恬恬忍俊不禁，笑出了声，"姐姐好能替我吹啊！还打翻在地，踏上亿万只脚呢。姐姐，别再替我搞自我陶醉啦。酸得我呀，脸快皱成山核桃模样啦。"

"妹妹，我说正经事，你那个一等奖的比赛据说要搞一个大型的颁奖典礼哪。"大麦以郑重其事的口吻说道。

"官宣？"恬恬问道，她也用了一个网络词语。

那只不过是一个平常的摄影赛事。真的还要举办一个大的颁奖仪式吗？如果是，那么此刻，它真可以算作一个突如其来的令习晓恬惊讶的好消息了，也可以算作一个小确幸吧。

"当然，你姐夫告诉我的。"大麦把握十足地说。

"对哦，我那个伟大的姐夫。"晓恬明白了，边说，边拉长了语调。

来自大麦老公的消息，自然不会有差。可是，习晓恬对颁奖典礼之类的活动并不热衷。

大麦向晓恬说了两遍典礼的时间与地点："二〇一九年九月二十八日，东临市永龙湾滩涂广场。"然后笑着问晓恬，"妹呀，记住了吗？"

"记住了。"晓恬乖乖地回答。

大麦告诉晓恬颁奖典礼是要与旅游观光节一起举办的，会是一场非常隆重、非常喜庆的活动。

"到时候我们都会去典礼现场的。所有的人都会见证我妹妹习晓恬的高光时刻。"大麦的兴致很高。

"谢谢姐姐支持！不胜感动！"晓恬调皮地一笑。

"那恬恬妹，你都希望谁来呢？"大麦这句话问到晓恬心里去了。

是呀，那个颁奖典礼，那个观光节，恬恬想见到的人太多了。可是，自己的力量太弱小，许多事情是做不到的，恬恬只能在心里偶尔幻想一下、安慰自己一下罢了。

五彩斑斓的九月是美丽的。它从酷热难耐的夏日走出来，携带着瓜果遍地的秋，正如梦如幻地悄然登场。各种果蔬花草，各路山水风物，都竭尽所能，施展自己的成熟之美、炫目之色。是的，在这个有生命存在的星球之上，季节在不断更迭，四时在不停轮回，现在，祖国东部沿岸的滨海小城东临市又一次处于丰收在望的黄金时节了。

辽阔的东临市永龙湾海域，在阳光、月光的注目之下，每一天都在轻轻弹奏着无垠的交响曲。海边滩涂是一个开阔之地，面积数万亩。滩涂与海接近处，沙粒细软，形成一个可供游人或坐或卧、随意嬉戏的巨大场地；离海较远处，是一条狭长的纽带，左干右湿。

滩涂纽带的干地处正是永龙湾大型滩涂风景广场，周边店铺林立，是休闲、娱乐、购物聚集地。中间地势开阔平坦，花木散落四周，平日供车辆停泊，及人们行走或短暂停留等自由使用，一旦有庆祝或典礼之类的大型活动，即成为最适宜最热闹的场所了。纽带的湿地处其实是渐干渐湿的，从干到半干半湿的草地，然后即渐入永龙湾湿地佳境。

那湿地佳境恰恰是东临市永龙红海滩的所在地，绵延十数里，浩浩荡荡，美不胜收。

这几天，永龙湾滩涂广场被布置得焕然一新，一个盛大的节日就要到来了。是的，再过几天，就要迎来中华人民共和国七十周年华诞了，人们怎么能不隆重庆祝呢？

白天远远就能看到锦旗、横幅、大幅图片随处可见。入夜，各种亮化、LED 展示屏、彩灯像霓虹一样闪亮全场。

广场内外，各种宣传标语十分抢眼："不忘初心、牢记使命。""为中国人民谋幸福，为中华民族谋复兴。""社会主义核心价值观：富强、民主、文明、和谐，自由、平等、公正、法治，爱国、敬业、诚信、友善。""扫除黑恶势力，得民心，顺民意。"

广场北面搭起了举行观光节与颁奖典礼活动的大舞台。台下东西两侧，是东临市爱我家乡摄影比赛获奖的一些照片被放大之后做成的宣传图片。图片上方的横幅写有这样一些宣传语：

全国文明城市，魅力无限。共建文明东临，共享东临文明。

促进东临经济更兴旺，谱写东临文旅新篇章。

贯彻落实《中华人民共和国公共文化服务保障法》，共创国家公共文化示范区，共享公共文化发展新成果。

文旅之行，见证东临，以文化带动你的旅程精彩，以旅游丰富你的文化生活。

你走来，是亲近东临市物质文化与精神文明的一次最佳契机；你离开，是带走东临人热情好客与礼仪口碑的最好回馈。

一眼望去，整个永龙湾广场花团锦簇，彩旗飘飘，与遍野的瓜果香、稻麦香，与肥美的鱼虾参蟹等水产品，与蓝天白云、碧海红滩，与辛勤劳作的人们，交织在一起，共同为东临市的秋天绘出了一幅壮丽的画卷，谱写了一曲优美的赞歌。

七

通过报刊、广播电视、网络平台等各种媒体做过宣传报道的"东临市旅游观光节暨东临市爱我家乡摄影大赛颁奖典礼"备受瞩目，它必然欢乐、隆重、真诚、火热。

这场令晓恬的姐妹们为之高兴与喝彩的庆典活动，这场令东临市市民为之兴奋与期待的庆典活动，在一片美好祥和之中，如期举行了。

首先出场的是德高望重的东临市摄影家协会主席——钱海老先生，他站在典礼台上，精神饱满地致开幕词。

各位领导、各位来宾，各位朋友：

大家上午好！

秋高气爽，金桂飘香。乘着东临市创建全国文明城市的东风，在中华人民共和国成立七十周年华诞即将来临之际，由我们东临市摄影家协会、东临文旅局、东临市发展和改革委员会三家单位主办，东临市群众艺术馆承办，东临市广播电视台、东临日报社协办的东临市旅游观光节暨东临市爱我家乡摄影大赛颁奖典礼现在开幕！

各位远方来的朋友，你们辛苦了！东临市人民欢迎你们！欢迎你们尽兴参观我们的摄影展览，欣赏我们的海湾及滩涂风光，游览我们各处的人文及自然景观，认识我们东临，了解我们东临，熟悉我们东临，进而与东临人民成为真正意义上的朋友。

我们希望你们不只是来旅游度假，而是带来更多更长久的价值与意义。希望通过你们的口口相传，介绍更多的有识之士来我们东临考察投资，建设我们东临，发展我们东临，让你们的家乡与我们的东临携起手来，共同开发，共同进步。实现中华民族伟大复兴的中国梦，需要的不是一两个人，而是我们所有人，是我们大家。

在这华美盛大的庆典活动火爆登场之际，希望各位宾朋在东临游得尽兴，玩得开心，吃得放心。我们盼望你们的再一次到来，并且带上你们的亲朋好友一同来做客。

同志们，朋友们，感谢你们的光临和指导，东临市人民欢迎你们！

谢谢大家！

钱海老先生的开幕词热情洋溢，言简意赅，充分代表了参与此次活动各单位的主旨，体现了东临市建设的大方向、大理念、大目标。观众们给老前辈送上热烈的掌声。

接下来，由庆典活动的司仪宁恩浩宣布：下面有请东临市副市长刘敬业同志讲话。

剑眉朗目的刘敬业阔步走上舞台，面对台下如潮的宾朋，以洪亮浑厚的嗓音开始了他的庆典致辞。

尊敬的各位领导、各位来宾，女士们，先生们：

大家上午好！

我是刘敬业，是东临市市民中的普通一员。因为工作需要，我主持东临市的文化旅游宣传教育工作。刚才钱海老先生已经宣布了今天旅游观光节及颁奖仪式的开幕。在此，我代表市委、市政府对本次活动表示热烈的祝贺，对为观光节及摄影活动作出贡献的同志们表示衷心的感谢，同时对前来东临市参观旅游的各界朋友表示最热忱的欢迎！

本次摄影大赛活动参展的摄影图片各具特色，可谓精彩纷呈，为东临市文化旅游宣传带来了很可观的蝴蝶效应。在短短半年多的时间里，东临市在旅游开发、引进外来资源等方面都取得了长足的进步。

在此，请大家以掌声祝贺他们！感谢他们！

同时，我想重点介绍一组摄影作品——《东临市的召唤》，这组摄影作品在互联网及新闻报道中已经引起了轰动。作品构图由表及里，深具内涵，从多个角度全方位诠释了东临市在地域文化、人文价值、社会环境等诸多方面的优势与愿景，经过新闻媒体及互联网的传播，大大提高了东临市的知名度，让更多的人进一步了解东临市人文历史、自然风光及投资环境的宽度与广度，在招商引资、更好更快地建设新时代滨海特色的东临市等方面发挥了重要的作用。

这组摄影作品的作者是一名来自基层的普通女职工，她不仅在摄影方面取得了突出成绩，而且她数年如一日，利用假期时间为一个小山村做义工，每年从工资里节省出来一万元钱资助那里的贫困小学生。她摄影用的手机丢失后，被人捡到拒不归还，她不是怨天尤人，不是愤世嫉俗，而是利用业余时间把寻找手机过程中的各种冷遇，及形形色色的人与事当作小说素材，通过文学作品来唤醒某些人麻木与冷漠的心灵，传播社会正能量，乐观、阳光地生活和进步。

东临市作为一个县级市，获得全国文明城市这一荣誉来之不易，需要我们每一位市民从我做起，努力提升自身的思想文化素质，以及道德品质修养，来逐步发展与巩固我们的道路自信、理论自信、制度自信、文化自信。所以，这位平凡的女同志身上所表现出来的优秀思想品德，是非常值得提倡与发扬的。她就是本次摄影大赛一等奖的获得者，她的名字主持人稍后会宣布，请大家把掌声送给她。

最后，我谨代表东临市委、市政府，代表东临市全体市民，祝贺此次庆典活动能够搭建起东临市与八方宾朋沟通交流的桥梁，希望来东临市旅游观光的每一位大朋友小朋友，都能够来有所得，来有所值，希望你们不只是这一次来我们东临市，而是还会有第二次、第三次光临，希望你们能够更多地关注、支持东临市的发展和建设，同时通过你们的口碑媒介，会引导介绍更多的宾朋到咱们东临来投资兴业、观光旅游，与东临市全体市民共谋发展、共创辉煌。

我的讲话到此结束，谢谢大家！

刘敬业副市长的脱稿演讲，气度不凡，沉稳又有担当，充满智慧与号召力，又非常接地气，真的太精彩了！台下的游客观众不时报以潮水般的掌声，经久不息。

八

站在台上获奖者的队伍里，习晓恬的表情是恬静的，微笑着的，就如永龙湾明媚宁静的海面，虽波澜不惊又令人生出许多遐想。有一些亮晶晶的东西开始在习晓恬的眼睛里闪动，像阳光下的海，美丽得如星星一样。

透过人头攒动的空白，晓恬看到了许多她不认识的人，也看到了她所熟识的以及在她生命里不可或缺的人：大麦、满分、惠惠、亮歌、皮皮、阿瑶，还有方起明、老景，还有一个神秘的人——高以文、大麦的老公，那个很少露面却常被恬恬、满分、惠惠几个妹妹调侃的姐夫。这些习晓恬平日生活中的亲人，他们分头在招呼一些近道或远道而来的客人：

同事安家成、关友泉、陶思梦、冉亮，保安丰永录。

奚媛媛和她并肩而行的老公。甘师傅和他的爱人。

田桂枝阿姨，李凤兰阿姨，一旁站着的是男孩齐良。

爱心团队队长郝志丽姐姐，跟在她身边的应当是她的队员，她的家人。

还有丁满业、小张姑娘、管文军、胖子胡、信访办小唐等同志。

也有小林，以及她熟悉的东顺区商业银行的其他顾客。

金英秀阿姨和她的老伴许金哲大叔，他们的漂亮女儿、两个儿子也都来了。

小雪妹妹抱着她的囡囡，还有他的客家老公也赶到了。好像是刚刚下车或者飞机，还没来得及安顿住所，行李箱还由她老公拉在身旁。

栗瑞强和她爱人也来了，他要求程超必须同行。但是程超感觉还是不要见司漫分的好，他一直与小表舅保持着一定的距离，滞留在人流最密集的地方。

腾腾由他的妈妈抱着，小手指一直指来指去，应当是在边看边问什么。他爸爸潘力紧跟在旁边。有那么一会儿，腾腾的小手指向了站在领奖台上的习晓恬，好像还在喊着什么，一定是他看到了恬恬阿姨，他在喊她。

向贵北被雨儿亲热地挽着胳膊，边走边有说有笑。看来他们俩已冰释前嫌，雨儿应当是改过自新了。他们身旁的几个人，应当是同行而来的文朋好友。看到那个仡佬族青年闵旭了，还有青年画家季然，他们两个正在跟朋友们说说笑笑。

徐梓博、赵红、姜在岩、邵茹娜以及恬恬其他的大学同学，一支有点庞大的队伍也出现了。大麦、满分、惠惠几个姐妹引领着他们，与他们交谈着，还不时地朝着习晓恬这边望着。梓博、赵红、在岩、茹娜还有其他的同学，他们都不约而同地在向晓恬挥着手。

走路有些跛的石龙和他的妈妈也来了，由亮歌陪同。几年不见的他们，不知聊着些什么，笑得好开心。

代春声是和欧阳驰一块来的。不过欧阳驰遇上了一个小麻烦，他本来是与代春声、潘力等人一起走着的。这时有人在朝他喊话。

"欧阳驰，你等等！"是马珊珊在喊他。

不是说两个人分了吗？怎么还黏糊着？

"你让我找那个舒惠说一句话，说完我就走，我不缠着你。"马珊珊用了恳求的语气对欧阳驰说。

"说什么，你嫌闹得不够爽是吧？当我不知道是吧？"欧阳驰威而不怒地问道。

"你知道什么？"马珊珊一脸的不糊涂装糊涂。

"你找我妈妈，找舒惠他们院长。是不是你干的？"欧阳驰倒不生气，他只是好笑似的看着马珊珊问。

"我……"马珊珊忽然眼睛一亮，"我看到了。"她急着向前跑起来。

"舒惠！"马珊珊喊了一声跑过去，也不管鞋跟的高度是不是不方便了。

"马珊珊？"惠惠看到了跑过来的马珊珊，她迅速调整心态，表现出相当的优雅，"欢迎你来观光。"

"你赢了，欧阳他喜欢你这样的女孩子。"马珊珊低下头，用手摸摸自己波浪翻卷的头发，"我、是我做得不好！"

"没什么。你怎么确定我会赢？"舒惠打量着马珊珊，有些好奇地问。

"他养的那盆植物。"马珊珊抬起头，诚实地回答，"我才明白其中的用意。"

"小乌龟精神吗？"舒惠笑问。

马珊珊抬起垂着的头，不自然地笑了。

卢光与他的妻子陈丽乔也到场了。他们见到了正在忙着招呼客人的舒惠。

陈丽乔主动走上前，向舒惠打招呼："你好，舒惠姑娘！"

"陈阿姨、卢院长你们来了，欢迎！"惠惠礼貌又有分寸。她早已放下了心上的包袱吗？此刻的她，脸上正洋溢着青春而甜美的气息。

"谢谢你以前对欣欣的照顾，又对你卢叔叔那么好！"陈丽乔借今天的热闹场合，表达着她与卢光复合以来一直想表达的想法。

对卢光与舒惠的那一段恋情，陈丽乔早已释然了。毕竟卢光那么优秀，优秀的男人哪有没人爱的道理？况且，这个舒惠一看就不是坏女人。只是卢光辜负了她罢了。又有因为自己的出现而使未确定的一份感情受到干扰的成分在吧？

"阿姨您真客气！"惠惠不知说什么好。

她看了看陈丽乔，瘦削的脸上好像比前些天在医院遇见时恢复了更多的元气。再看一眼卢光，他曾经的男神气色也好了不少。看来，他们原汁原味的两个人重新在一起才是最好的结局。

"听你卢叔叔说，那个叫欧阳驰的男孩子是你男朋友，以后一定带上他来我家玩，阿姨给你们做好吃的。"陈丽乔上前拉着舒惠的手亲切地说。她想，这是此刻来自她心田里最真诚的话语。

"谢谢陈阿姨，有机会我们一定去。"舒惠再次礼貌地应答。她不知道，她回答的话会不会有一天真的成为现实。

也许，漫长的光阴流逝之后，人们的心境会豁然开朗，了无旧日的痕迹。

"大麦、满分，你们来重要客人了。"忽然，有人在喊大麦他们几个人。

哦，是高以文的声音。站在台上的习晓恬看到了，那是昌吉大叔、冯之香奶奶，还有盼盼，那个从来都不曾走出过山村的小女孩。

你的邀约还没有发出
我已等不及

曾经，你只在别人的故事里
今天，我就是你故事的主角

大河的水，静静地流
你叫它灌溉的花草树木
都做了欢迎我的仪仗队员

枕着你的臂弯睡去
哪怕只有一个晚上

也是幸福的

我的梦里梦外
都被你的呼唤温柔了

往来的人群中，那一位
频频回望我的年轻女子
长发如诗

这谜一样的女子
她可是
我前世途经你时的模样

有万千的星星游过来
在阳光下的眼眸中

这一刻，我好想和你一起
去吹一吹蓝天白云下的风

这是习晓恬按照大麦、满分、惠惠三个闺密给她布置的作业、为邀约那些亲朋好友而写的诗《我为赴你的邀约而来》。

这美丽的诗句在习晓恬的心底流淌着。

是的，有万千的星星游过来，在阳光下的眼眸中。

习晓恬眼睛里的星星像要飞出来了，在阳光下，一闪一闪。

九

东临市政府大楼，副市长刘敬业的办公室。

阳光和谐地照在几盆挺拔的绿植上。摆满了书籍的书架立在刘敬业的黑色靠背椅后面。

刘敬业面前桌案上的电脑开着，页面停留在一个卫星定位地图上。他移动鼠标，想把一个地图上的位置放大，他想更清晰地看到什么。不知道他操作成功没有。

忽然，刘敬业拿起面前的电话筒，按下一个预置拨号键。

"叫高以文到我办公室来一下。"

几分钟后，高以文就来了，他轻轻敲了敲刘敬业办公室的门。

"请进！"刘敬业洪亮的声音在门内响起。

"刘市长，您找我？"进门来的高以文恭敬地问。

"以文哪，这不是咱们市旅游观光节要和爱我家乡摄影大赛颁奖仪式一起举办嘛。焦市长去省里开会前，与我们几个领导班子成员商量了一下，决定邀请习晓恬资助的山村小学代表也来参加典礼，还有习晓恬帮助的那个小女孩和她的奶奶，车票、吃、住、游全程报销。"

"太好了！"高以文没想到领导们能做出这么贴民心的决定，他从大脑里搜寻着恰切的语言回应刘副市长，"这种做法，不仅能增进咱们东临作为全国文明城市的品质，一定还能增强咱们市文化宣传的文明力度。"

"嗯，讲得不错！"刘敬业边说话，边赞同地点着头，"这件事就由你全权负责。你对习晓恬的情况最熟悉。她接触的山区里的人，你也有办法请来。我们相信你的工作能力。"

"刘市长，您过奖了。"高以文谦虚地回答。

"还有呢，焦市长昨天给我电话，说要从他下个月的工资里扣除两千元钱，捐给邀请来的山区客人。"刘敬业继续交代工作。

"哦，真给力！"高以文以一个下属对待老上级的崇敬之心，诚挚地说，"用网络语言说，焦市长的做法很走心。"

"我也要拿出两千元工资给山区来的客人。按你的说法，也走心？"刘敬业一边说一边爽朗地笑了。

"当然，都走心！"高以文也笑了，但他马上又郑重地说道："我也向两位市长学习，我捐款一千。"

"这种走心的好事都交给你去办，回头去跟劳资部那边说一下，把要扣除的工资扣出来。"刘敬业对高以文信任有加，许多事都交由他去办。

"好的，我一会儿就去办。"高以文利落地回答。

"以文，我有一个问题一直想问你。"刘敬业忽然想起了一件让他疑惑的事情。

"是什么问题，刘市长？"以文好奇又不解地望着刘敬业。

"你怎么知道习晓恬同志那么多情况的？"刘敬业直视着高以文，满面认真地等待他的回答。

今天，刘敬业副市长终于把这个他怎么也想不出答案的疑问抛给了高以文。

高以文笑了，吐字清晰地回答道："这个问题很简单，刘市长，因为，习晓恬是我爱人的闺密。"

"哦？你家简红麦有这么高大上的朋友，很好啊！"刘敬业又朗声笑了，由衷地夸赞道。

"她不止这一个好朋友，还有两个，她们四个人号称四朵金花。"高以文此时想起四姐妹，想到令他骄傲的夫人简红麦，主动向老上级汇报。

"四朵金花，不错嘛！"刘敬业听后，笑着说。

"我爱人你是知道的，其实她们四个人都很优秀。"高以文像是想起了什么似的说，"四朵金花中最小的那朵，据说东顺区办的欧阳驰正追她呢。"

"这是好事啊！欧阳驰那小伙子人不错，有才有貌，工作成绩突出，很有发展前途呢。"刘敬业点着头，对欧阳驰的评价很高。

"欧阳驰的父母都是高级知识分子。据说，他为了追小金花得罪了他父母，连他们给订好的门当户对的女朋友都坚决不理了。"以文介绍得很翔实。

"男子汉嘛，就是要有志气，敢追求。"刘敬业边开怀地笑着，边夸奖那个勇敢的追求者——欧阳驰。

十

　　5G是下一代信息技术的沟通基础，物联网产业和人工智能的发展离不开5G技术的突破，更重要的是5G将改变信息和数据传输的基本形式，是具有战略平台意义的核心技术，相信在不久的将来，凭借北斗卫星导航的综合网络，结合5G技术和人工智能技术，中华民族的伟大复兴即将来临！

这是习晓恬某一天看了网上新闻，转发在四朵金花微信群中的一段话。发这个消息时，她还不曾想过，在她还没有实施购买5G手机的计划时，一件莫大的好事正降临在她身上。

今天的活动庆典，发放奖品和证书的环节是从优秀奖开始的，然后是三等奖、二等奖，最后，才是一等奖获得者名单的公布及奖品与证书的宣读。

东临市副市长刘敬业、东临市摄影家协会主席钱海、东临市文化和旅游局局长丛卫东、东临市发展和改革委员会主任施正续、东临市群众艺术馆馆长楚建国、东临日报社社长沈智、东临市广播电视台台长苏彦新等领导同志全都在场。他们是今天这个盛大庆典的带头人、见证人，又是为各位获奖者颁奖的最美嘉宾。

当典礼司仪、东临市电视台著名主持人宁恩浩用洪亮又有磁性的声音宣布：

"东临市爱我家乡摄影大赛一等奖获得者是，习晓恬女士。"

嘉宾席上的各位领导、台下的观众朋友们、同台获奖者等全体在场的人都不约而同地鼓起了掌，掌声仿佛要淹没主持人接下来宣布颁奖的声音。

宁恩浩站在获奖者队伍一旁，手持麦克，用字正腔圆的语调大声宣读："将要向一等奖获得者颁发的是，东临市爱我家乡摄影大赛获奖证书，还有最值得期待的奖品，那就是最新款的国产5G手机一部。请东临市副市长刘敬业为习晓恬女士颁奖。"

今天的习晓恬身着洁白飘逸的裙装，一双白色坡跟皮鞋，长长的披肩直发，微风轻轻扬起她的发梢。站在领奖台上的她气质高雅脱俗，那么出众，那么完美。

又是一阵掌声响起来。宁恩浩后面说的话几乎听不清楚了。

只见副市长刘敬业健步走上台去，从礼仪小姐手上的托盘中拿起证书与未拆封的手机礼盒，走到习晓恬面前，先是向习晓恬郑重地伸出右手，与习晓恬握了握手，然后将证书与奖品用双手递向习晓恬，同时亲切地对她说道：

"习晓恬同志，感谢你为东临市人民作出的贡献！向你学习！"

习晓恬恬静地微微一笑，用标准的普通话说道："谢谢领导，我要向大家学习，共同进步！"

此刻，东临市永龙湾广场上，那么多的人举起他们亲爱的手机，那么多的手机被举起来，向着舞台，向着周围的景观，按动操作键，拍照、录制视频。

此刻，永龙湾滩涂风景广场艳阳高照，金风习习，彩旗飘飘，欢声雷动。一首清丽唯美的小诗在习晓恬的脑海里呼之欲出，她要把这首诗献给她爱着的东临市，献给她爱着的人们：

荒芜不再，如歌的岁月
九曲一弯的廊道，漫生
长着关公脸的碱蓬草
洋洋洒洒的，闲适自如
伸出手臂，一丛丛
任你抱满怀的红蓼，沾满
时光的斑驳
闪着眼睛，总想逃跑的
小蟹，有一个
好听的名字：望海潮
当一阵阵海风，吹乱了
我的衣衫、发丝、笑语
水湾流畅，鸥鸟的鸣叫
串起记忆深处的片段
仿佛回到青春年少的时光
初次遇见的洁白花絮
一朵一朵，送给我
是柔柔的星星
天上的薄云，真美
轻轻打开诗歌的羽翼
一路跟随我们，经过我们
梦一样的黑土地
那片很辽阔很辽阔的红
那片很辽阔很辽阔的海

此刻，那欢乐的声波被一种无形的力量传递给了浩渺无垠的海面、绚烂美丽的红海滩、秋色灿烂的广袤田野、宏伟壮丽的高山大川、清澈如洗的蓝天、悠悠荡荡的白云……

第二十章　发现不同的风景

明媚的夏日午后，习晓恬坐在露台的秋千上，随意翻看着手机花花上的微信相册，以及写在相册图片前面的话。手机泡泡已经远去，里面所有的一切都杳如云烟，幸好花花还在身边陪伴着她，她的思绪随着文字的流转，飞向无涯的天际去了。

亮歌已经长大了。
他偶尔会对我不放心。
似乎，他深度怀疑我这个妈妈空有即将五十岁的面容，却只有二十岁的心脏，很可能会做出像小孩子一样不成熟的事情。

（2018 年 5 月 1 日）

归时，莲朵早已入梦，以及金银花、蒲公英、杏子、燕雀……
夜阑人静。书房挥毫、读诗、抚琴；听雨轩小坐、看云、听雨。
有时品茗，偶尔发呆……

（2018 年 6 月 10）

雨霁微凉。夜将来，夜未央。
与知音二三，小饮、叙谈、朗读、唱歌……

天色很晚的时候，我们告别。

又飘雨了。

（2018 年 6 月 14 日）

与大麦、满分、惠惠三个闺密共计四朵金花采风活动，以图文记：

赏荷，采桑果，摘樱桃；

登高，采枸杞，摘杏子。

赏荷，最好的是那个午后时光。花儿竞相绽开了蓓蕾，空气里弥漫着的是水汽和花草的味道。时而，会听到鱼儿跃出水面又迅速返回水中的声音。林木间，一支蒲公英的伞朵，在清风里自在地摇曳……

（2018 年 6 月 21 日）

金阿姨送我的糖块。每次从首尔回来，她都会送糖果之类的小礼物给我。

认识阿姨在十年前。她信仰基督教，曾带来厚厚的圣经故事和读本给我看。我也曾领着童年时的亮歌去过金阿姨常去做礼拜的一座教堂，亮歌还为那里正在排练节目的人们弹琴伴奏。

我尤其喜欢影视剧中在基督教堂举行婚礼时的那种庄严、肃穆、神圣、美好……

（2018 年 6 月 23 日）

将一些旧居中的书带到这个有着宽大露台的房子来，置于阳光之下晾晒。

我坐上秋千，听夏日风翻动书页的声音。

（2018 年 7 月 2 日）

家人带回的俄罗斯糖果，其中有一种被我吃掉大半袋了，才忽然发现一个有趣的问题。就是这个无糖衣果仁软糖，别林斯基奔萨州涅瓦糖果厂生产的花生米夹心糖，它的文字标识及介绍都是俄文与中文并行的，左边俄语，右边汉语，这是什么原因呢？是以此表明专属售往中国？还是中俄两国关系友好的象征？抑或是中文即将成为世界通用语呢？

我选择中俄两国友好，因为这会是世界迈向和平进步的良好开端；我也选择中文成为世界通用语言，那将证明我们中国的足够强大，也方便了国人，减去了太多孩子从小学习外国语的烦恼。

我又从糖果盒里找出来自另外两个国家的糖果，拍下图片。我在想：什么时候，其他态度强硬的国家，也会以友好的姿态对待我们日益强盛起来的中国呢？

晚安中国，晚安每一个友好的国度，晚安人间……

（2018 年 7 月 10 日）

每一次与亮歌通电话，他的开场白都是那一声愉快的"妈咪呀"，然后才是相互之间的问答聊天。

傍晚时分。亮歌来电，问我在做什么。

我说，坐在秋千上弹吉他。

"是不是太拉风啦？"我笑着问他。

亮歌笑了，说："挺有情调啊！"

我问亮歌最近在做什么？

他说刚完成一个报告。

"你们学校还没有放暑假吗？"

"就我们系还有些课务。"

然后，我说到炎热的夏天。

"是啊，今天好像感觉天气忽然一下热起来了。"

"不会是忽然热的，"我笑着对亮歌说，"这边室温三十五摄氏度。"

亮歌是忙得感觉不敏锐了吗？也许天天有空调相伴的原因，也许帝都真的不很热。

这么暴热的天，我似是想寻一点晚风中乐音的凉意。

（2018 年 8 月 1 日）

前两天
与几个朋友在近郊玩的时候
看到一只小小流浪猫
瑟缩着在一个草丛边上蹲着
我们以为它是找不到家了
于是带回我们的芳华公寓

又不能被学校管理员发现
就把它藏在一个地沟油小纸盒里
几个大男人让一只害着眼疾的小猫咪
终于有了暂时的归宿和美好的小未来

即便知道这个世界也有黑暗的人
也会小小震动一下
说实话，我的心也跟着软下来
眼泪好像也要不听话

这是来自亮歌 QQ 空间的小诗《流浪的小猫咪》，被我署上他的大名，郑重其事地发在我的恬贝贝公众号上了。

那天，亮歌从实习地北京怀柔打来电话，问他的作品是从哪里找的，是他写的吗？

我嗔怪他：你这个粗心的孩子！当然是你写的，要不你认为谁会这么写？是从你空间说说找来的，等下你自己去看。如果不是我发现了，谁都不知道你们收留过流浪小猫咪呢！

他自然是立刻想起来了。然后，我们还一起聊到那个北京小姐姐和一个外国留学生大哥哥去他们学生公寓领养那只猫咪的事情。

这之前，我在微信上留言告诉亮歌：宝贝，就是这段从你空间找来的文字，几乎没做什么变动，我准备拿去参加一个诗歌选集的征稿活动。写作并不需要刻意。

我不过是将亮歌的文字简单分行，修正一两个字词，一个半个句子而已。倘立意不佳，没有亮点，怎么可取？

记得幼年的亮歌很有一些文艺天赋，曾经用他的童言给我讲过很长的故事，我统统用钢笔记下来，后来记录的纸张却不知去向，找过几次都没有找到。现在我保留下来的是他的一部分童诗、日记、作文及他童年的创意简笔画、手工制作，后来的国画、装饰画、水粉画、素描、漫画等等，还保留了他学琴阶段谱的简单曲子……

亮歌这小子，知道自己偏科严重，文科不好，也不要那么没自信吧！

（2018 年 8 月 3 日）

又一个商家在盗卖我的那部长篇小说《没有假期的孩子》。谁为它提供的盗版？谁为它的盗版买单？

可笑的是，出版时间都搞错了，仿佛在我还没有出书计划时，我的书就已经被印出来了。

我也是醉了。

（2018 年 8 月 9 日）

采自大自然。

三鲜馅饼数个、蒜蓉苋菜一盘、甜瓜两只、野菜一盘，其他菜品略。

龙葵花、苘麻花、鸡冠花、太阳花数朵，其他花果略。

酒水略。

瓢虫一只。缠绵枝梢。

蜻蜓、彩蝶二三。绕庭院徘徊。

阳光不浓不淡。树荫不深不浅。

此时，正适合品茗小酌，读书听曲，谈古论今共知音……

（2018 年 8 月 22 日）

今天是九月一日，中国收获三个冠军，是二〇一八年雅加达亚运会期间最值得庆贺的一天：

中国女排三比〇决胜泰国队；

中国女篮七十一比六十五淘汰朝韩联队；

中国男篮八十四比七十二战胜伊朗队。

这几天，这株名曰一帆风顺的花，正在悄悄打开它的蓓蕾，一展欢颜。我祈愿我爱着的人们，万事如意，梦想成真，人生的旅途一帆风顺。

蝶恋花，每天都开着，它的倩影映上苍穹，也是绝世的美。

（2018 年 8 月 23 日）

朝霞，夕暮，夜色。

数日前绽放花蕾的一帆风顺，此时，在柔和的灯光下，依然静静地扬着它美丽的风帆。

二〇一八年九月十日，亮歌的农历生日，愿在京城求学的他永远快乐，愿爱永伴他。

（2018 年 9 月 10 日）

今天的天气晴多阴少。

亮歌儿时的小布熊每天为我做伴。

我蛮喜欢我的红吉他，也时常想起从前的那把原木色古典吉他。

现在用的弹唱书也来自旧岁时光。

（2018 年 9 月 23 日）

常常从一个地方出发，去往另一个地方，为的是发现不同的风景，放飞不一样的心情。

白天时，天空真蓝。映着树木倒影的水面也蓝莹莹的，悦目。

西落的太阳隐在树后，霞光灿烂。

中秋月越升越高了。

但愿人长久，千里共婵娟。

（2018 年 9 月 24 日）

中国女篮八十七比八十一战胜日本，跻身世界杯八强，一雪六年被日本压制的痛。

（2018 年 9 月 26 日）

尽管是阴雨天，假期归来的亮歌，从今天早晨起，一直在东临市图书馆看书学习。下班后，我开车去接他。

想到我亦曾坐在那里阅读图书，曾游历过那里的一方有山有树、有水有桥的小园，并且我的画作曾经在那里展出。

潜意识里，增添了我对它某种悄然的亲切感。

（2018 年 9 月 29 日）

这个假期，终于可以静下半晌光阴，偏安一隅，让我享受一回身为母亲的幸福和美好。

图片中，海蟹正对的那盘菜出自亮歌的手艺。

今年国庆节，亮歌归来的第二天傍晚，我从图书馆接他回来后，他亲自下厨做了一道菜——水煮鱼片，用的是家中现有食材，记得他还去露台摘了几个红辣椒，做出来后，特别好吃，可以说是我吃过的水煮鱼中最美味的。

茶道方面，亮歌也蛮有型有范。

一米阳光映照之下，坐在秋千之上的小帅哥酷酷的。

（2018 年 10 月 5 日）

世锦赛第二轮争夺战，中国队以三比〇（25：17；26：24；25：18）的战绩完胜美国队，提前进入本届世锦赛的六强。这是自二〇〇六年世锦赛中国女排三比一击败美国女排之后，时隔十二年，中国女排首胜美国队。

（2018 年 10 月 10 日）

武术、舞蹈、书画、收藏、远足、摄影、音乐、对弈、美食、插花……

文学，是我最小的热爱。

（2018 年 10 月 27 日）

一些花开，是期待中的事情。

（2018 年 12 月 4 日）

去北方赏雪。这是二〇一八年的第一场雪。

午后。山里。

有阳光洒下的明亮斑驳，有鸟雀疾飞时带起的鸣叫，有苍翠的松针、浅褐的松果，也有风吹不走的黄叶、籽实，还有一个你，一个我。

雪地上，尽是半掩半露的果实、叶片，未及凋敝的花也时时闪亮视线。少见行人，更罕见小动物的足迹。

举目四望，不禁哑然一笑，被雪花统领的大地，仿佛刚刚上演了一场危险降临时的仓皇出逃剧。似乎这场突来的雪，让一切生物还没有做好充分的应对准备。

注：当现在的 2019 年盛夏，晓恬恬再次从微信中看到这一段文字——"仿佛刚刚上演了一场危险降临时的仓皇出逃剧。似乎这场突来的雪，让一切生物还没有做好充分的应对准备"，当她想起写下这节文字之后的第五天，手机泡泡就杳无影踪了，再想起那之后发生的诸多事情，原来，这世间一切都是会有预兆的吗？

（2018 年 12 月 6 日）

弄丢了爆（泡泡）、米（眯眯）、花（花花）三款手机中的泡泡，被一拾垃圾的老妪捡去，找至其家，其家人拒不配合，否认家中有此人以及其他事实。通过市政府办找宏兴派出所出警一次，那无赖刁民一家才不敢否认那个老妪的存在及每日捡垃圾的事实，然，待问及是否捡到手机之时，则说已问过本人，记不清捡没捡，忘了……

找不找回手机事小，人心不善事大；一些部门是否推诿、是否作为，事亦不小。

我和我的小伙伴们，无语期待中。

（2018 年 12 月 16 日）

今天气温很暖和。

仿佛初春的艳阳天，仿佛走到田野里，就可以看见小河淙淙地流淌，小花小草摇摇摆摆的影子。

这样的天气，真的适合三五闺中密友相约，林中徜徉，看蓝天白云，沐暖阳轻风，谈谈季节的轮回，聊聊生活的多彩。

待归来，围坐一处，吃烧烤、饮酒、品茗、论诗、作画、拨琴放歌，侃侃而谈，天空海阔……

幸甚至哉，不亦乐乎？

（2018 年 12 月 18 日）

请做一个向往高山流水的人
日子并不是表面那样看似平淡无奇
不平庸的心灵令岁月不老
冷漠与热情适宜于对待百味人生
享受恬静的阳光，品味一种优雅
乡间民宿的生活，从传说里走来
小葱这种青菜，我吃了可能过敏
天气渐冷，保持身体的温度
以便更好地保持心里的温度
放下不当的欲望，才可以生活轻松

远方的学子，我愿你们身体健康，精神快乐，然后才能更好地拼搏未来。

（2018 年 12 月 20 日）

生命里的时光
珍爱着的美好
冬天来了
飘着白色的六角精灵
童话中总有一座小木屋
点缀梦境

春的风铃在海的那岸

轻轻地摇响

远行的帆起航了

多年以后，会不会忘却

曾经，属于我们的

一首歌，一份缘，一段路

昨晚与同事们去 KTV Club，回来很迟。睡到自然醒，又睡。梦见亮歌，还有皮皮、瑶瑶、欣欣，都还是邻家小孩子那样小小的。他们手里拿着各自喜欢的甜点，在我身边玩耍。

（2019 年 12 月 23 日）

吊兰开了，精致的朵朵。

紫叶锦是一种常年开的花，小小巧巧，一副害羞的犹抱琵琶半遮面的样子。

蟹爪兰是我小时候就喜欢的花，喜欢它有茂盛的生命力。长这么一大把年纪，才自己养它，是望岛市场那位田桂枝阿姨送我的，她说我一定能养好它。现在，它含苞欲放了，我很开心。

一年四季花开不败的太阳乐，也是我很小时候，或者是在少女时代就喜欢了。

三角梅颜色亮丽，有一种热烈的美。

韶光里，听老人们讲，曾经有一首茉莉花歌曲流行的年代，那是什么时候的事情，我自是不知晓。不过，在我青葱的岁月里，茉莉花，曾在我的小小闺房里，悄悄播洒过沁人的芬芳，至今记忆犹新。

（2019 年 1 月 1 日）

上午，在美术馆，参观书画展。闺密为我拍的炫酷照，有点辣眼睛。仿佛岁月变迁、沧海桑田，都已不再……

（2019 年 1 月 3 日）

繁华隐去，我依然是那个平凡女子，粗茶淡饭，布制衣衫

别说我有一些些神秘，读不懂，猜不透。

每一个拈花一笑的背后，都可能是不一样的人生际遇。

（2019 年 1 月 12 日）

按图小描：

收到两本样刊。

一本是省级刊物，名字就略了吧。发表的是我的诗歌代表作，这也是我的这组代表作第一次较完整发表。所以要纪念一下。

《贵北北诗歌书屋精选》是北漂宋庄的文学青年向贵北和他朋友一起编的选本，也是宋庄唯一的文学选本，这本书有我的作品，有我家亮歌公子的诗，还有其他我敬重的诗人们的作品，所以值得纪念。

这几张照片，正如亲们看到的，那是亮歌宝贝幼年时穿戴过的物品：小衣裳小裤子、小袜子小手套、小鞋垫，还有被他自己画上了水墨画的短衣短裤。

亮歌宝贝儿时的油画《花瓶与花》一幅。

我的更衣间小床上，摆的是陪伴幼年亮歌的布艺玩具。

亮歌的卧室小柜子上，摆着伟人毛泽东的铜雕像。

（2019 年 1 月 14 日）

首先，@ 所有人。

然后自述：

岁月成尘，斯人已年长，仍幻想回少年。

这个春节假期，在乡间最有趣的民宿生活，是不听长辈的

话，与三个闺密一起，从户外架起的炉灶中取木炭，为小朋友烤海飞蟹、海鱼，烤玉米、红蒜、芋头，烤白薯和红薯，冷落了文字、书画、琴……

（2019 年 2 月 10 日）

二月十七日，入夜时分，亮歌驾车陪我看电影《给人生插上翅膀》。从放映厅出来，走在电动升降梯上时，我问他这部电影的意义是什么？亮歌回答说：人生需要有梦想。

总结得很正确啦。一个人有了人生的梦想，才能有动力，才能去付诸实现。

（2019 年 2 月 19 日）

这一盆一帆风顺，已经长出五只白色的小船帆了，另一盆长出三只。还会有更多更漂亮的小风帆起航的，说明二〇一九年诸事顺利了。

茉莉花开时，别致的形态，满室的香。

亮歌回校那天，我为他做的是西点早餐，他吃得不多但很开心。

彼时，亮歌在沙发上听语音教程，他的运动鞋摆在门口。

洒进客厅里的阳光，真暖。

书房，亮歌学习的地方，还有他躺的沙发床。

金钱草在书房的一角，长势茂盛，样子萌萌的，可爱。

那一天，雾淞沆砀，景色美得纯粹。

我依照亮歌教的，做了水果奶昔，满满一碗，足够我吃好长的上午时光。

（2019 年 3 月 5 日）

春节前起笔，三月份正式开启的小说《亲爱的手机》已经进行到八万字了。一朵花最初遇见时的样子，美丽呈现。

　　做自己喜欢的事情，与自己喜欢的人在一起，牵手去想去的地方，邂逅最美的风景，以及自己。

（2019 年 3 月 30 日）

　　不经意间发现，木槿树下，苦菜花开了。

　　书房与露台相接的窗前，铜钱草开出一串串细小的花。

　　多肉盆栽，未开花时已像花。

　　西子湖畔，画船依旧，美景如诗。

　　旧居，像一个梦，遥远且近。

（2019 年 4 月 5 日）

　　长篇小说《亲爱的手机》在初稿的基础上做了必要的修正，已完成十五万字。正值劳动节，送一朵美丽的小花给自己。

　　我的闺密大麦、满分、惠惠与我在一起，我们举起酒杯，齐声说：Cheers!

（2019 年 5 月 2 日）

尾　声

　　这是公元二〇二二年仲夏，习晓恬正在休年假。按以往的惯例，此时的她不是在小山村扶叶园做义工，就是在一个风景秀美的地方旅游观光。然而，二者都不是。她此时正宅在家里，读书看报、写字画画、浇花拔草、弹琴唱歌、美食甜点、追剧品茶，总之，她没有离开东临市去任何一个地方。是她一改旧习，不喜欢了吗？

　　这天上午十点钟，习晓恬正在煮一壶南方友人寄来的红茶。茶点也备好了，是她自己做的花样小蛋糕，还有苹果芒、山竹、木瓜等几样水果。她准备一边喝茶，一边吃茶点，再一边追剧，一边抱着吉他随便弹几下。除了不能像游览风景名胜那样，将身心交付大自然，彻底放松自己，也不能像在扶叶园小山村那样，神清气爽地给孩子们讲课，讲故事，传播真善美，不能跟孩子们在一起，无忧无虑地交流、做游戏、山上山下地玩耍，这种生活，好像也蛮不错。

　　习晓恬把煮好的茶水倒进有山水图案的盖碗茶杯中。今天，就只有她一个人喝茶了，不会像往常那样，有朋友坐在身边，亲亲热热地喊着她的名字，让她展示茶艺中的"白鹤沐浴""观音入宫""春风拂面""关公巡城""韩信点兵"，或者再秀一下"起、落、回、旋、挫、摇、出、滴、撩、赏、倒、品"的茶道招式。

今天，她不用讲究"一泡可倒，二泡全要，三泡四泡味道好，五泡六泡越品越妙"，也不需要把泡好的茶水先倒入茶海，再端起来给客人们和自己一遍一遍往茶杯中续茶水了。

晓恬坐在沙发上，打开了电视机，找到最近在看的热播剧《下一站就是幸福》，并开始喝茶、吃点心、吃水果。

忽然，手机花花响亮的铃声划过了安静的空间，晓恬拿起手机一看，是北京号码，还是一个固定电话，应当是一个办公电话。现在几乎人手一部手机，固定电话基本退出了人们的家庭生活，除非工作单位办公需要。这是谁要找她呢？

"喂，你好！"晓恬摁下听话键，礼貌地问。

"你好！你是习晓恬吗？"那边传来一个浑厚的男士声音，普通话不是那么标准，明显带有江南一带的地方口音。

"是的，您找我？是有什么事情呢？"晓恬显然是迷惑不解了。

"哦，是这样的。我是北京一家出版社的文学编辑。"打电话的人在自我介绍，"我叫何君，宏升律师事务所的徐梓博是我朋友。"

"哦？嗯嗯，你认识他，他是我的大学同学。"晓恬的回应像是自言自语，她在想那个做律师的老同学徐梓博，认识他的人一定不会少。

"我们最近才认识的。"何君笑了一下，继续说，"听梓博说，你写了一部传播正能量的小说叫《亲爱的手机》，还没有找到合适的出版社。"

"是的，何老师。"晓恬莞尔一笑，说，"看来梓博也是帮我关注着呢。"

"手机是个热门话题，特别是现代人基本都活成手机控了，这种题材的小说应该会有市场效应，如果出版后有影视公司看中了，把故事搬上银幕，那样就会更加精彩……"何君在电话里谈了几点看法，习晓恬非常认可。

在与习晓恬的交流中，何君表达了为习晓恬出版《亲爱的手机》这本书的意愿。看得出何君是坦诚的，也是客观现实的，晓恬决定把小说稿子交给他们出版社。

"那么，何老师就先看看我的作品。"晓恬愉快地说，"题材好，质量也要过关。"

"是的，质量为先，以质取胜。"何君以一种轻松的语调回答，仿佛是刚刚完成了一项既定计划的那种轻松。

何君感觉到了习晓恬是一位有情怀有见地的好作家，相信与她的合作一定能够圆满成功。

出版小说的事情初步确定了。习晓恬把这个好消息告诉她的闺密和方起明、亮歌，也告诉其他家人朋友。大家都为她高兴，同时，一致认同习晓恬的这本《亲爱的手机》树立家国情怀，传播正能量与精神文明，是一部值得收藏的好书。

在这苍茫的宇宙之上，唯有时间是最易逝的东西。

在习晓恬写完《亲爱的手机》那个农历二○一九年的年末与二○二○年年初，一场突如其来的疫情，席卷了整个世界。宅，几乎成了人人必须做的功课，让手机更加无可比拟地成了人们出行、生产、生活、学习、休闲中不可或缺的必需品。

　　一个宅字
　　锁住了太多人的奔跑与飞翔

　　戴口罩，少出门，勤洗手
　　不聚会，多消毒
　　不要近距离接触陌生人

　　是谁让这几个素不相干的语句

那么快就亲密无间
共同蹭起了网络热度
居家，停运，停航，停止轮渡

我看见
雪花又开了
它们开在北方忧伤的天空

雨花也开了
它们开在南方的街巷
昼夜失眠的面庞

　　这是习晓恬在疫情期间写的诗。在当下疫情尚未完全消灭的形势下，在世界范围内，"宅"字俨然成了一个流行的网红字眼，它的一个含义是呈现的暂时生活状态，另一个含义是拒绝疫情传播与蔓延的直接简便方式。

　　手机，亲爱的手机，无人可以替代你。

　　这个时候，习晓恬长篇小说《亲爱的手机》的出版与问世，是不是显得更加必要呢？

　　真的好期待。

2019 年 4 月 19 日初稿

2019 年 5 月 2 日修正

2022 年 9 月 21 日再度修正

2024 年 8 月 18 日定稿

图书在版编目（CIP）数据

手机密码 / 刘倩儿著 . -- 北京 : 中国文史出版社，
2024. 11. --（实力榜·中国当代作家长篇小说文库）.
ISBN 978-7-5205-4850-2

Ⅰ. I247.5

中国国家版本馆 CIP 数据核字第 202420CP36 号

责任编辑：全秋生

出版发行：中国文史出版社
地　　址：北京市海淀区西八里庄路 69 号　　邮编：100142
电　　话：010-81136602　　81136603　　81136606（发行部）
传　　真：010-81136655
印　　装：廊坊市海涛印刷有限公司
经　　销：全国新华书店
开　　本：787 毫米 × 960 毫米　　1/ 大 32
印　　张：10.375
字　　数：300 千字
版　　次：2025 年 1 月北京第 1 版
印　　次：2025 年 1 月第 1 次印刷
定　　价：68.00 元